mtb

Umwelthinweis:
Dieses Buch wurde auf chlor- und säurefreiem Papier gedruckt.

Meg Donohue

Liebe auf vier Pfoten

Roman

Aus dem Amerikanischen von
Ivonne Senn

mtb

MIRA® TASCHENBUCH
Band 25907
1. Auflage: März 2016

MIRA® TASCHENBÜCHER
erscheinen in der HarperCollins Germany GmbH,
Valentinskamp 24, 20354 Hamburg
Geschäftsführer: Thomas Beckmann

Titel der amerikanischen Originalausgabe:
Dog Crazy

erschienen bei: William Morrow, ein Imprint von
HarperCollins Publishers, New York

Published by arrangement with
William Morrow, ein Imprint von HarperCollins Publishers, New York

Konzeption/Reihengestaltung: fredebold&partner GmbH, Köln
Umschlaggestaltung: büropecher, Köln
Redaktion: Maya Gause
Titelabbildung: Shutterstock / Annette Shaff
Autorenfoto: Alex Wang Photography
Satz: GGP Media GmbH, Pößneck
Druck und Bindearbeiten: CPI books GmbH, Leck – Germany
Printed in Germany
Dieses Buch wurde auf FSC®-zertifiziertem Papier gedruckt.
ISBN 978-3-95649-276-1

www.mira-taschenbuch.de

„Durch die Fröhlichkeit eines Hundes wird unsere eigene verstärkt. Das ist ein großes Geschenk."
Mary Oliver, Dog Songs

„Wenn Sie dieses Buch lesen, ist die Wahrscheinlichkeit hoch, dass Ihr Herz gebrochen ist."
John W. James und Russell Friedman, Trauer(n) heilt

1. KAPITEL

E*ins.*
Zwei.
Drei.

Drei tiefe Atemzüge, bevor ich die Tür öffne und sehe, dass Leanne Hadley, mein Vieruhrtermin, kaum wiederzuerkennen ist. Ihr zauberhaftes Haarnest ist zu einem glänzenden Bob gezähmt, ihr nicht zusammenpassender Jogginganzug durch einen Rollkragenpullover und schmal geschnittene Hosen ersetzt. Außerdem ist sie geschminkt. Mir wird das Herz schwer.

Ich bin nicht überrascht von Leannes Verwandlung oder von dem, wofür sie mit Sicherheit steht. Immerhin ist das der Sinn einer Therapie – von dem Moment an, wo wir einander zum ersten Mal begegnen, arbeiten wir hart auf den Abschied hin. Aber Leanne kommt, seitdem ich meine Praxis vor drei Monaten eröffnete habe, jede Woche zu mir, und auch wenn ihr sichtbarer Fortschritt mich natürlich freut, werde ich sie doch vermissen. Selbst in ihrer Trauer war sie eine hervorragende Gesellschaft gewesen. Ihre Gefühle sind stark; sie weint sehr schnell, lacht aber noch schneller, und ihre süße Art steckt voller ironischem Witz.

Vielleicht hatte ich mich auf ihre Besuche mehr gefreut, als ich es hätte tun sollen.

Nicht Besuche, ermahne ich mich stumm. *Sitzungen.*

Wie auch immer, das war jetzt vorbei, so viel ist klar, noch bevor sie das Haus betritt. Sie strahlt förmlich, als wäre sie zurück im Strom des Lebens und würde langsam von mir weggetragen.

„Sie sehen gut aus“, sage ich lächelnd. Ich muss die Worte um den Kloß herumzwängen, der sich in meiner

Kehle gebildet hat. Hinter Leanne strömt der Nebel immer schneller herein und umhüllt den Sutro Tower, die riesige rot-weiße Antenne, die sich hoch über die Stadt erhebt. Im Osten ist der Himmel blau; im Westen fehlt ihm jede Farbe, er wirkt so appetitlich wie Spülwasser. Den Überblick über das Wetter von San Francisco zu behalten ist eine Schlacht, die ich anscheinend nicht gewinnen kann, und ich kann es kaum erwarten, die Tür zu schließen.

Wir folgen unserer üblichen Routine. Leanne nimmt ihren Platz auf der gepolsterten grauen Couch in meinem Wohnzimmer-Schrägstrich-Büro ein, während ich ihr eine Tasse English-Breakfast-Tee zubereite. Ich weiß genau, wie sie ihn mag – süß mit einem Tropfen Sahne, die ich mir wöchentlich mit meinen Lebensmitteln liefern lasse, seitdem sie in der ersten Sitzung danach gefragt hatte.

„Haben Sie sich die Haare schneiden lassen?", erkundige ich mich auf dem Rückweg ins Wohnzimmer. Das Nachmittagslicht fällt durch die zarten weißen Vorhänge, die ich aufgehängt habe, als ich vor vier Monaten hier eingezogen bin. Der Effekt ist genauso, wie ich ihn mir vorgestellt hatte – gemütlich und intim, friedlich, ohne ernst zu wirken.

„Nein, ich habe sie mir nur geföhnt", erwidert Leanne fröhlich. „Ich vergesse immer, wie viel besser ich mich fühle, wenn ich das tue. Es hebt meine Stimmung."

„Es gibt irgendeinen Witz darüber", sage ich. „Etwas über heiße Luft und Therapien."

Leanne hat eine wundervolle Lache, kräftig und hell. Als sie ihren Kopf in den Nacken wirft, sehe ich, dass die dunklen Ringe, die normalerweise wie Schatten unter ihren blauen Augen liegen, weg sind, verblasst vom Schlaf und abgedeckt durch Make-up.

„Oh, Maggie“, sagt sie. „Sie haben mir so geholfen, während dieser Zeit meinen Humor nicht zu verlieren.“

Mein Magen zieht sich zusammen.

Patienten neigen immer zu Schmeicheleien, bevor sie Auf Wiedersehen sagen.

Ein paar Nächte, nachdem Sealy, ihr elf Jahre alter Russischer Toy Terrier, eingeschläfert werden musste, hatte Leanne Hadley im Internet nach „Hund“ und „Tod“ und „Schuldgefühle“ gesucht und sich irgendwie ihren Weg zu der neuen Website meiner Praxis durchgeklickt, in der ich Menschen, die ihr Haustier verloren haben, bei der Trauerbewältigung unterstütze. Während unserer ersten Sitzung hat sie mir ein Foto von Sealy gezeigt. Wie sich herausstellte, sind russische Terrier niedliche kleine Tiere mit kurzem Fell, abgesehen von den langen gekräuselten Haaren, die wie Wimpel von ihren aufgestellten Dreiecksohren abstehen. Sealy wirkte frech und hübsch mit seiner scharf geschnittenen Nase und Büscheln von fedrigem rotblondem Haar am Kopf.

Debbie Gibson, hatte ich gedacht. Die berühmten Doppelgänger von Hunden zu finden ist eines meiner besonderen Talente. Mein eigener Hund, Toby, ein Flat-Coated-Retriever-Mischling, könnte das uneheliche Kind von Elizabeth Taylor (schwarze altmodische Hollywoodlocken) und Bruce Willis (kräftiger Hals, Funkeln in den Augen) sein – obwohl in den letzten Jahren eine starke Ähnlichkeit mit Ian McKellan (grauer Bart) durchkommt.

Während unserer ersten Sitzung erfuhr ich, dass Sealy ein Trostgeschenk von Leannes Ehemann Darren gewesen war, nachdem ihr jüngstes Kind aufs College gegangen war. Wann immer Leanne fernsah, sprang Sealy auf die Lehne der Couch und rollte sich an ihrem Hinterkopf zusammen, so eng und leicht wie ein Lorbeerkranz. Ab und zu vergrub sie ihre kühle feuchte Nase in Leannes Haar und schnüffelte herzhaft. Im Auto bevorzugte Sealy die Rückbank („Ms. Sealy und ihr Chauffeur“, witzelte Leanne). Sie führte jedes Mal einen verrückten Freudentanz in der Küche auf, wenn jemand eine Dose öffnete, und verzog sich schmollend für eine Stunde unter den Esstisch, wenn die Dose etwas anderes als Hundefutter enthielt. Sie ertrug es, dass Leanne sie auf den Arm nahm, aber sonst durfte das keiner („sie hatte ihren Stolz“). Das Klackern von Sealys kleinen Krallen auf dem Holzfußboden hinter Leannes Füßen war elf Jahre lang die Hintergrundmusik zu Leannes Leben gewesen.

Nach Sealys Tod hatte Leanne ihr Schlafzimmer zwei Tage nicht verlassen. Ihre Wangen hatten vor Scham gebrannt, als sie mir das erzählte. Ich versicherte ihr, dass ihre Reaktion nicht ungewöhnlich war.

„Liebe ist Liebe“, sagte ich ihr, wie ich es all meinen Patienten sage, die sich dafür schämen, dass der Tod ihres Hundes sie dermaßen mitnimmt. „Und Verlust ist Verlust.“

Sie schenkte mir ein dankbares Lächeln, das ich erwiderte.

Jetzt öffne ich mein Notizbuch. „Wie war Ihre Woche?“

„Gut, danke“, erwidert Leanne. Es war dreißig Jahre her, dass sie aus South Carolina weggezogen war, aber sie hatte noch immer diesen bezaubernden Südstaatenakzent, der so weich war wie ihr rundes Gesicht. „Ich habe viel im Garten gearbeitet. Ich habe alle vertrockneten Geranien aus den Blumenkästen auf der Terrasse entsorgt und schicken Schachtelhalm gepflanzt.“

„Was hat Sie dazu inspiriert?“

Sie nippt an ihrem Tee und überlegt. „Die Jahreszeit, schätze ich. Der Frühling ist im Anmarsch, auch wenn man das vom Wetter her nicht denken würde.“ Sie schaut in ihre Tasse, und zwischen ihren Augenbrauen erscheint eine steile Falte. „Es ist kaum zu glauben, dass ich zu Ihnen gekommen bin … dass Sealy schon drei Monate fort ist. Es fühlt sich immer noch so …“ Ihre Stimme versandet.

„Drei Monate sind nur ein Wimpernschlag verglichen mit dreizehn …“ Ich schüttele kurz den Kopf und korrigiere mich: „… *elf* Jahren Kameradschaft.“

Leannes Blick flitzt zu der Reihe von gerahmten Diplomen an der Wand hinter mir – der Bachelor in Allgemeiner Psychologie und der Magistergrad in Klinischer Psychologie, beide von der University of Pennsylvania, die Urkunden und Lizenzen vom Dachverband der zertifizierten Berater, der amerikanischen Akademie für Trauerbewältigung und des Haustiertrauerprogramms. Mir ist schon öfter aufgefallen, dass diese Wand wie ein Ruhepol für meine Patienten ist, eine Erinnerung daran, warum wir jetzt ein Teil des Lebens des jeweils anderen sind. Sie ist auch mein Ruhepol, obwohl ich warte, bis ich alleine in der Wohnung bin, um sie mir anzuschauen. An guten Abenden versichern mir diese Diplome und Urkunden, dass ich – trotz aktueller Entwicklungen, die auf Gegenteiliges hindeuten – weiß, was ich tue. Ich bin eine talentierte Psychologin.

Leannes Blick gleitet wieder zu mir. „Die andere große Neuigkeit der Woche ist, dass ich endlich bereit war, mir *Titanic* anzusehen.“

Ich schaue auf meine Notizen.

„Mein Gott!“, sagt sie. „Habe ich Ihnen die *Titanic*-Geschichte nie erzählt?“

„Ich glaube nicht."

Leanne strahlt. Sie ist eine lebhafte Geschichtenerzählerin, ein Charakterzug, der, wie sie sagt, von dem Hund bestärkt wurde, den sie als Kind hatte. Bert, eine Dänische Dogge, die ihre ausufernden Verkleidungsspiele und Selbstgespräche mit der stoischen Ruhe einer königlichen Palastwache ertragen hat, die von betrunkenen Touristen fotografiert wird.

„An dem Abend, an dem Darren Sealy mitgebracht hat", sagt Leanne und lehnt sich auf der Couch zurück, „haben wir uns den Film *Titanic* angesehen. Genauer gesagt: Ich habe ihn mir angeschaut, während Darren sich durch einen ganzen Wald von Baumstämmen gesägt hat. Unsere neue Hündin hat den Film zusammengerollt auf meinem Schoß ebenfalls verschlafen. Ich erinnere mich, wie ich ihre weichen Ohren gestreichelt und gedacht habe, wie verrückt es war, dass ich mich bereits vollkommen in sie verliebt hatte, und wie glücklich ich war, dass es ein weiteres Lebewesen in unserem Haus gab." Sie zuckt mit den Schultern. „Sie wissen doch, wie sehr mir die Kinder gefehlt haben."

„Ja", sage ich. „Und wer würde sich nicht in einen schlafenden Welpen verlieben?"

„Genau." Sie lächelt. „Also hat sie den ganzen Film über auf meinem Schoß geschlafen, bis schließlich der Abspann lief und Céline Dion anfing, *My Heart Will Go On* zu singen." Sie hält inne. „Das Lied kennen Sie, oder?"

Ich fange fürchterlich und dramatisch an zu singen. „Near … Faaar … Whereeeever you are …"

Leanne bittet mich lachend aufzuhören. „Okay, okay, ich glaube, Sie meinen den richtigen Song", sagt sie. „Auch wenn er schwer zu erkennen ist."

Ich grinse. „Was ist dann passiert?"

„Kurz, nachdem sie Célines Stimme hörte, sprang Sealy, die bis dahin tief geschlafen hatte, auf ihre winzigen Pfoten, reckte ihr Näschen zur Decke und stieß das süßeste summende, elfenhafte Welpenjaulen aus, das die Welt je gehört hat."

„Also ist Sealy die Kurzform von Céline?" Ich hatte immer gedacht, Sealys schwarzes seehundgleiches Rückenfell wäre für ihren Namen verantwortlich.

Leanne nickt. „In ihrem ganzen Leben, die ganzen elf Jahre, hat sie nie gejault. Außer für Céline Dion."

„Glauben Sie, dass das ein Zeichen der Freude oder der Qual war?"

Leanne lacht. „Der Freude. Ganz bestimmt. Ich glaube, sie fand, dass Céline Dion die schönste Stimme hatte, die sie je gehört hatte. Sie hat sie tief bewegt."

„Haben Sie ihr je Whitney Houston vorgespielt? Mariah Carey? Vielleicht hatte sie eine Vorliebe für Diven."

„Nein, nein, nein", sagt Leanne lachend. „Es war nur Céline."

Ich nicke und lasse eine Pause entstehen. „Was für ein Geschenk."

Sie sieht mich fragend an.

„Diese Erinnerungen", sage ich. „Sie werden Sie immer begleiten. Sie sind der Teil von Sealy, der ein Teil von Ihnen geworden ist."

Leannes Augen glänzen. Ich spüre, dass sie bereits an eine weitere Geschichte denkt, und so beuge ich mich vor, bereit, sie mir anzuhören.

Als Trauerbegleiterin für Menschen, die ein Haustier verloren haben, höre ich viele glückliche Geschichten. Das scheint die Menschen immer zu überraschen, die glauben, die Sitzungen seien verheulte herzzerreißende Stunden. Klar, es gibt auch Tränen, aber genauso Geschichten von Hunden, die Menschen das Gefühl der Einsamkeit genommen haben, Hunden, die ihnen beigebracht haben, was Liebe ist, die ihre Herzen geweitet und stärker gemacht haben. Und Hundemenschen – die Mehrzahl meiner Patienten sind Hundemenschen – haben einen wunderbaren Sinn für Humor. Einige der lustigsten, fröhlichsten Geschichten, die ich je gehört habe, stammen von meinen Patienten. Sie sind ein vielschichtiger Haufen, aber die Geschichten, die sie erzählen, haben im Kern alle die gleiche schlichte Wahrheit: Hunde machen uns zu besseren Menschen.

Der Großteil meiner Arbeit besteht darin, diese Geschichten zu würdigen – die glücklichen und die traurigen. Die Geschichten erzählen das Leben nach. Wir lachen, wir weinen, wir bringen alles ans Licht. Oft entdecken wir, dass es Themen gibt, die über den Verlust des geliebten Tieres hinausgehen. Gefühle können heimtückisch sein. Es können Jahre vergehen, bevor man den Schmerz entdeckt, der in einem wohnt, ein stacheliger alter Kerl, der sich an unserem Herzen festklammert.

Zum Ende unserer Sitzung bin ich entschlossen, Leanne den ganzen Weg von meiner Wohnungstür bis zu der Pforte am Bürgersteig zu begleiten, aber mit jedem Schritt baut sich das allzu vertraute Gefühl des Grauens in mir auf. Mein Herz klopft. Ich verberge das Zittern meiner Hände, indem ich sie in die Taschen meines Blazers stecke.

In meiner Brust flattert die Panik wie ein kleiner dunkler Vogel, der droht, seine Flügel auszubreiten.

Als ich die Pforte öffne, geht Leanne einfach hindurch und dreht sich dann um, um mich zu umarmen. Sie steht auf dem Bürgersteig und ich auf dem letzten Stein des gepflasterten Weges, sodass unsere Umarmung etwas groß und unbeholfen anfängt, aber dann kommt sie einen Schritt auf mich zu und schließt die Lücke zwischen uns.

„Danke für alles, Maggie“, sagt sie an meinem Ohr. „Wirklich, tausendfachen Dank.“

Ich habe Angst, dass sie spürt, wie schnell mein Herz schlägt. Ich versuche, mich auf die Palme auf der anderen Straßenseite zu konzentrieren, aber plötzlich frischt der Wind auf und der Baum stöhnt; seine dunklen unförmigen Schatten verwandeln sich in verwundete Tiere, die auf den Bürgersteig schlagen. Ich schließe meine Augen und unterdrücke einen unwillkürlichen Schauder. Oder vielleicht tue ich das auch nicht, denn als ich meine Augen wieder öffne, sehe ich, dass Leanne sich mit gerunzelter Stirn zurückzieht.

„Geht es Ihnen gut?“, fragt sie, die Hände noch auf meinen Schultern.

„Natürlich!“ Ich klinge atemlos. Es kommt mir so vor, als verdunkle sich der Himmel, und ich bin nicht sicher, wie lange ich noch hier am Gartentor stehen kann. Ich nehme ihre Hände in meine und drücke sanft zu, spüre, wie ihre frisch manikürten Fingernägel sich in meine Handflächen drücken, und wünsche ihr einen schönen Tag.

Leanne lächelt, aber ich sehe, dass sie immer noch besorgt ist. Also zwinge ich mich stehen zu bleiben und zuzuschauen, wie sie in ihrer Tasche nach dem Autoschlüssel sucht und dann ihren alten grünen Mercedes gefühlte hundert Mal vor- und zurücksetzt und mir damit ausreichend Munition für meine Theorie liefert, dass es eine umgekehrte Korrelation zwischen den Fahrkünsten eines Menschen und der Größe seines Autos gibt. Als sie endlich ausparkt, hupt sie noch einmal und winkt mir zu. Ich setze ein Grinsen auf und winke mit beiden zitternden Händen hoch über meinem Kopf. Erst als ich einen Blick auf Leannes Gesicht und ihre überraschte Miene erhasche, fällt mir auf, dass ich aussehen muss wie einer dieser Menschen, die am Flughafen die Flugzeuge dirigieren. Oder wie eine Bhangratänzerin.

Ich warte, bis ihr Wagen außer Sicht ist, bevor ich herumwirble und so schnell wie möglich den Weg zu meiner Wohnung hinunterhaste.

Sobald ich wieder drinnen bin, durchflutet mich die Erleichterung. Ich gehe sofort ins Badezimmer und schrubbe meine Hände im Waschbecken. Leanne sah aus wie das blühende Leben, aber die Wahrheit erfuhr man immer erst, wenn es zu spät ist. Das Wasser ist so heiß, dass meine Haut ganz rot wird. Ich halte durch und summe zwei Mal *Happy Birthday* – ein nützlicher kleiner Tipp, den ich kürzlich während eines Besuchs auf der Website der Seuchenkontrollbehörde aufgeschnappt habe. Als ich den Rat las, fragte ich mich sofort, ob meine Mutter ihn wohl kennt. Ich konnte mich gerade noch davon abhalten, sie in Philadelphia anzurufen und zu fragen, aber ich kann nicht aufhören, an sie zu denken, sobald ich meine Hände unter das kochend heiße Wasser halte und sehe, wie meine Hautfarbe sich verändert.

Ich drehe den Wasserhahn zu und lausche, wie mein flacher unregelmäßiger Atem sich langsam beruhigt.

Achtundneunzig, denke ich.

Ich betrachte mich im Spiegel über dem Waschbecken. Ich bin blasser als damals, als ich hergezogen bin, aber meine Augenbrauen haben sich nicht verändert: bernsteinfarben, schön gebogen und ausdrucksvoll. Meine beste Freundin Lourdes sagt immer, ich hätte vertrauenswürdige Augenbrauen. Sie nennt sie meine Geldverdiener. Und wer weiß? Sie könnte recht haben. Selbst der zugeknöpfteste Patient enthüllt mir irgendwann seine Geheimnisse, schwarze Kohlestücke, die er so festgehalten hat, dass sie sich in scharfe glitzernde Diamanten verwandelt haben.

„Achtundneunzig“, sage ich laut. Das ist eine interessante Zahl; der seidige Schimmer der Neunzig, die zuschlagende Tür der Acht. Ich sage sie noch einmal. Morgen wird eine neue Zahl ihren Platz einnehmen, und es scheint mir wichtig, den Überblick zu behalten.

Es ist achtundneunzig Tage her, seit ich das letzte Mal einen Fuß durch das Gartentor auf den Bürgersteig gesetzt habe.

2. *KAPITEL*

Ich gebe Google die Schuld.

Natürlich mach ich nur Witze. Ich bin Therapeutin; ich weiß, ich kann das nicht dem Internet in die Schuhe schieben. Aber es stimmt, dass die logistischen Schwierigkeiten, die damit einhergehen, wenn man sein Haus nicht verlassen kann, praktisch verschwinden, wenn man sich in die Arme des World Wide Web fallen lässt, das einen so herzlich willkommen heißt. Lebensmittel, Bücher, Vitamine, Nahrungsergänzungsmittel, selbst Alkohol … alles kann geliefert werden. Das Internet unterstützt mich mit der falsch-lässigen Finesse eines knopfäugigen Drogendealers. Kein Grund, das Haus zu verlassen, schnurrt Amazon, wenn mein Vorrat an antibakterieller Seife zur Neige geht. *Ich liefere dir morgen eine Packung bis an die Türschwelle.*

In der Version meines Lebens, die meine Freundin Lourdes erzählt, ist sie diejenige, die mich vor vier Monaten aus Philadelphia weggelockt hat. Sie hat mich aus irgendeiner in eine Sackgasse führende Beziehung herausgerissen, für die ich ein besonderes Talent zu haben scheine, und aus einem Job, der, auch wenn ich ihn als befriedigend empfand, niemals wirklich zu mir gepasst hatte. Ich lasse Lourdes glauben, dass sie für meinen Umzug verantwortlich ist, denn ein wenig stimmt es – immerhin bin ich jetzt die Mieterin der Erdgeschosswohnung ihres Hauses in San Francisco. Es gibt keinen Grund, ihre Seifenblase zum Platzen zu bringen, keinen Grund zu behaupten, dass der wahre Katalysator für diese Veränderung in meinem Leben mein Hund Toby war.

Nach Abschluss meiner Ausbildung hatte ich eine Position als Therapeutin in einer Trauerklinik in Philadelphia angenommen. Sieben Jahre war ich dort tätig, aber erst als ich anfing, nach der Arbeit ehrenamtlich als Trauerbegleiterin für Haustierbesitzer zu arbeiten, erlebte ich einen „Aha-Moment", der Oprah Winfrey stolz gemacht hätte. Menschen zu helfen, die ihre geliebten Haustiere verloren hatten, fühlte sich an wie meine wahre Berufung. Eine Berufung, die meine Ausbildung und meine persönlichen Interessen miteinander verband.

Mit persönlichen Interessen meine ich Hunde. Ich habe Hunde schon immer geliebt. Kennen Sie Leute, die an keinem Baby vorbeigehen können, ohne sein pummeliges kleines Gesichtchen anzugurren? So bin ich mit Hunden. Ich bin überzeugt, einen Hund zu streicheln bringt Glück. Einige Menschen reiben den Bauch eines Buddhas; ich bin dafür bekannt, einen Welpen mehrere Straßenblocks lang zu verfolgen, nur um die Chance zu bekommen, *seinen* Bauch zu streicheln. Für mich ergibt es wesentlich mehr Sinn, daran zu glauben, dass Welpen Glück bringen, als zum Beispiel an eine Glückszahl. Kann eine Zahl einen an die Macht der reinen bedingungslosen Liebe erinnern? Kann eine Nummer Loyalität verkörpern oder Lebensfreude oder Güte oder Freundschaft oder … Nun, Sie verstehen, worauf ich hinauswill. Ich liebe Hunde.

Obwohl ich das starke Gefühl hatte, dass ich mit anderen Tierliebhabern zusammenarbeiten sollte, hielt ich an meinem Krankenhausjob fest, weil ich meinen Patienten gegenüber eine gewisse Verantwortung empfand und es außerdem eine sichere Stelle war, die gut bezahlt wurde und mir eine angenehme, wenn auch nicht sonderlich aufregende Routine bot. Mir fällt es schwer, Veränderungen anzunehmen (hierfür gebe ich, wie jeder gute Therapeut, meinen Eltern die Schuld). Außerdem ist tierische Trauerberatung nicht gerade die beste Nische, wenn es darum geht, Geld zu verdienen. Die Idee blieb also sehr lange ein Hirngespinst.

John, mein damaliger Freund, hat diesen Wechsel in meinen beruflichen Plänen auch nicht unterstützt. In den ersten Monaten unserer Beziehung war er sehr zurückhaltend, was seine Gefühle gegenüber Tieren anging. Aber manchmal glaubte ich zu sehen, wie sein ordentlich geschnittenes Haar sich einen Zentimeter aufrichtete, wenn ich über meinen Hund Toby sprach. Es war, als plustere er sich wortwörtlich auf – nicht unähnlich einem Hund, der sein Nackenfell aufstellt, wenn er Gefahr spürt. John war auf eine für viele gut frisierte attraktive Männer typische Art bedürftig; ich glaube nicht, dass ihm die Idee, das Scheinwerferlicht zu teilen, gefallen hat – genauso wenig wie die Vorstellung, dass er sich meine Zuneigung mit einem Hund teilen musste. Auf gewisse Weise wusste ich also beinahe von Anfang an, dass John und ich nicht wirklich zusammenpassten, aber sobald ich mal jemanden in meine Arme geschlossen habe, fällt es mir schwer, ihn wieder loszulassen. Ich fing an, Johns offensichtlichen Egoismus als liebenswürdige Macke zu betrachten, ein wenig wie damals, als mein Großvater väterlicherseits starb und ich auf der Beerdigung voller Zuneigung über seine unverfrorenen donnernden Rülpser sprach.

Trotzdem, alles war relativ gut bis zu dem Punkt, der sich als *der große fürchterliche Stir-Fry-Vorfall von 2013* in mein Gedächtnis eingebrannt hat.

Vor fünf Monaten hatte John angefangen, an den Abenden, an denen ich länger arbeiten musste, in meine Wohnung zu gehen, um etwas für mich zu kochen. Man muss ihm zugutehalten, dass er ein ausgezeichneter Koch ist, und die ganze Dinner-Idee war sehr nett – zumindest in der Theorie. In Wahrheit kam ich nach Hause und fand eine verwüstete Küche vor und hörte Toby verzweifelt hinter der Tür zu meinem Schafzimmer bellen.

„Dein Hund hat mir einen haarigen Blick zugeworfen, als ich gekocht habe“, war Johns Erklärung dafür, warum er Toby ins Schlafzimmer gesperrt hatte. Er hatte gerade einen Topf Spaghetti in ein Sieb geschüttet und hinter ihm stieg der Dampf auf.

Mir hat es nie gefallen, dass John Toby immer als „deinen Hund“ bezeichnete. Ich war mir aber auch bewusst, dass nicht jeder Hunde auf die gleiche Weise liebte wie ich und dass es für andere Menschen gesünder war, mit jemandem zusammen zu sein, der nicht genauso war wie ich. Außerdem hatte ich angenommen, dass Johns Anmerkung zu dem „haarigen Blick“ nur ein Witz war. Ich meine, Toby hatte die für Hunde üblichen Haare um die Augen herum, aber sein Blick war selten anders als fröhlich oder gutmütig.

Als ich das zweite Mal nach Hause kam und Toby im Schlafzimmer bellen hörte, verstand ich, dass John keinen Scherz gemacht hatte. Zumindest fand ich ihn nicht länger lustig. John tat, als würde ihn mein Ärger verblüffen, aber ich sah etwas Gefühlloses und Hartes hinter seiner harmlosen Miene lauern. Er spielte ein Machtspiel, wie ich erkannte, er versuchte, mir ein Ultimatum zu stellen. John wollte, dass ich mich für ihn entschied, ihn Toby gegenüber bevorzugte, ihm bewies, dass ich ihn mehr liebte als meinen Hund. Seine mangelnde Selbstachtung war traurig, und als professionelle Therapeutin tat es mir in der Seele weh, das zu sehen, aber als seine Freundin wurde mir immer klarer, dass ich mit einem Arschloch zusammen war.

Trotzdem blieb ich cool. Ich versuchte, John zu erklären, wie es Toby ging. „Toby ist einsam und verwirrt", sagte ich. Abgesehen von dem Highschoolmädchen, das nachmittags vorbeikam, um mit ihm spazieren zu gehen, war er den ganzen Tag allein. „Er ist vermutlich ganz aufgeregt, wenn du herkommst, weil er hofft, dass du mit ihm noch einen kurzen Spaziergang machst – oder ihm wenigstens ein wenig Aufmerksamkeit schenkst."

Es brach mir das Herz, mir Tobys Enttäuschung und vielleicht sogar Verzweiflung vorzustellen, die er womöglich empfand, wenn am Abend die Haustür geöffnet wurde und er John und nicht mich hereinkommen sah. Toby war vierzehn Jahre alt – so eine Behandlung hatte er nicht verdient.

Vor Toby hatte ich zwei andere Hunde gehabt – einen wunderschönen, sehr energiegeladenen Cockerspaniel namens Bella, gefolgt von einem würdevollen weißen Schäferhund namens Star. Ich hatte diese Hunde geliebt, wirklich geliebt, aber mit Toby war es anders. Ich hatte ihn aus dem Tierheim geholt, als ich neunzehn war. Laut dem Informationsblatt an seinem Käfig war er ein Flat-Coated-Retriever-Mischling, wog neunundzwanzig Kilo und war ungefähr ein Jahr alt. Mir gefiel die Vorstellung, einen Hund zu mir zu nehmen, der aus dem Welpenalter raus war. Einen Hund mit einer ungekannten Lebensspanne auf dem Konto. Es kam mir nur fair vor; er wusste ja auch nicht, worauf er sich mit mir einließ. Toby sah stark und solide aus, sein schwarzes Fell fiel wie Schlaghosen über seine Pfoten, und das clevere spielerische Funkeln in seinen schokoladenbraunen Augen bemerkte ich sofort. Als ich die Tür zu seinem Zwinger öffnete, lief er auf mich zu, und mein Herz öffnete sich weit. Ich erinnere mich, laut aufgelacht zu haben; das Geräusch vermischte sich mit dem Bellen der Hunde um uns herum. Das Einzige, was in der Szene fehlte, war Orchestermusik, die zu einem großen herzzerreißenden Crescendo anschwoll. So groß fühlte sich dieser Moment für mich an, und das tut er immer noch, Jahre später, wenn ich mich daran erinnere: an den Augenblick, in dem ich Toby und er mich ausgewählt hat.

Und so wurde Toby mein treuer Begleiter auf meinem seltsamen Weg durch die Zwanziger, als ich versuchte, mich in der neuen Welt der Erwachsenen zurechtzufinden, nicht mehr zu Hause wohnte, die ersten Freunde und das College hinter mich brachte und dann meine lohnenswerte, aber auch anstrengende Arbeit als Trauertherapeutin begann. Toby war die ganze Zeit dabei, ein verspielter liebender Gefährte, der mich bei Laune hielt. Freunde waren gekommen und gegangen, aber Toby war geblieben.

Ich habe eine Theorie: Man bekommt immer den Hund, den man in einer bestimmten Phase seines Lebens braucht. Bella und Star waren die Hunde, die ich in meiner Kindheit gebraucht hatte – tröstend, anspruchslos und süß. Toby war der Hund, den ich brauchte, um aus meiner Schale zu schlüpfen, als ich erwachsen wurde. Er schenkte mir Humor und Herz und unerschütterliche Freundschaft. Er ließ nie zu, dass ich mich zu sehr in mich zurückzog. Wir verstanden einander, Toby und ich. Auf viele Arten dachte ich an ihn als meinen hündischen Seelenverwandten.

Ich hatte John nie genau erklärt, was Toby mir bedeutete, aber hätte ich das wirklich tun müssen? Es waren meine Wohnung, meine Regeln, mein Hund. Ich hatte John sehr deutlich klargemacht, dass er Toby nicht mehr einsperren durfte.

Als ich also das dritte Mal nach Hause kam und mir der Geruch von Stir-Fry aus der Küche entgegenwehte, während ich im Hintergrund Toby im Schlafzimmer bellen hörte, wurde mein Frust zu Wut. Ich rannte den Flur hinunter und funkelte John böse an, als ich an der Küche vorbeikam.

Toby hörte in dem Moment auf zu bellen, als ich die Schlafzimmertür öffnete. Es wirkt vielleicht merkwürdig, einen Hund als charismatisch zu beschreiben, aber das war Toby – ausgelassen, gesellig und vor gutmütigem Schalk nur so vibrierend. Wie konnte irgendjemand ihn nicht lieben? Er hatte einen breiten hübschen Kopf, helle intelligente Augen, die vom Alter noch nicht getrübt waren, und ein weiches schwarzes Fell, das in letzter Zeit einige graue Strähnen bekommen hatte. Jetzt hing seine Lefze an seinem Gaumen und gab den Blick auf seine Zähne frei, was ihm ein lustiges zerzaustes Aussehen verlieh, bei dem ich lachen musste, obwohl ich vor einer Minute noch geschäumt hatte. Toby schien von meinem Lachen ein wenig beleidigt zu sein – oder vielleicht auch davon, dass er im Schlafzimmer eingesperrt worden war –, denn er schüttelte sich. Ich schnappte mir seine Leine und ging mit ihm zur Tür, ohne ein Wort mit John zu sprechen. Kein noch so perfekt gebratener, mit Teriyaki-Soße glasierter Zuckermais war diesen Unsinn wert.

Wir waren einen Block von meiner Wohnung entfernt, als mein Handy klingelte.

„Wir sind fertig!“, sagte Lourdes statt einer Begrüßung. Sie und ihr Ehemann Leo hatten endlich die Renovierung der Wohnung im unteren Bereich ihres Hauses fertiggestellt und wollten sie auf Craigslist zur Vermietung einstellen. Sie hatte schon seit Monaten versucht, mich zu überzeugen, eine eigene Praxis zu eröffnen, aber nicht hier, sondern in San Francisco, wo laut ihrer Aussage „die Hippies aus der Bay Area für Trauerberatung nach dem Tod ihrer Haustiere genauso Schlange stehen wie Hipster vor den Coffeeshops, die handgebrühten Kaffee ausschenken". Sie war noch nie ein großer Fan von John gewesen, und seitdem sie und Leo mit der Renovierung auf die Zielgerade eingebogen waren, hatten ihre Bemühungen, mich zum Umzug zu bewegen, ihren Höhepunkt erreicht.

Während ich meiner Freundin zuhörte, wie sie einen letzten Anlauf unternahm, mich davon zu überzeugen, in ihr Apartment einzuziehen, schaute ich Toby an. Seine Hüften schienen ein wenig steif zu sein, aber sein Gang, wenn auch langsamer, war so fröhlich wie immer. Als wir die Ecke erreichten, schaute er über seine Schulter zu mir auf. Wohin jetzt? schienen seine vor Enthusiasmus leuchtenden Augen zu fragen. *Komm, gehen wir!* Er hatte sein Eingesperrtsein im Schlafzimmer schon wieder vergessen und konnte es kaum erwarten weiterzulaufen. Das ist das Wunderbare an Hunden – sie schauen immer nach vorn.

Wieso bin ich mit John zusammen? fragte ich mich. *Warum arbeite ich immer noch im Krankenhaus?* Ich war zweiunddreißig Jahre alt und hatte noch nie woanders als in Philadelphia gewohnt. Seit zehn Jahren lebte ich in derselben Wohnung nur wenige Straßen von meinen Eltern entfernt. Ich trat schon so lange auf der Stelle, war so lange in meiner Routine gefangen – ich wartete, aber worauf genau?

Am Telefon hatte Lourdes ihr letztes und verzweifeltstes Verkaufsargument für ihre Wohnung erreicht – die energieeffiziente Toilette. „Es gibt zwei Spülarten", sagte sie. „Die eine fürs kleine Geschäft und die andere …"

„Lourdes“, unterbrach ich sie lachend. „Ich nehme sie.“

„Was? Du willst gar nicht mehr über die zweite Spülart hören? Diese Information hat keinerlei Einfluss auf deine Entscheidung?“ Sie hielt inne. *„Verarsch mich jetzt bloß nicht!* Hast du gerade gesagt, dass du sie nimmst?“

Lourdes' Freudenschrei war so laut, dass Toby erstarrte, ein seidiges grau meliertes Ohr in Richtung Himmel drehte und bellte.

Vier Monate später bin ich also hier und klopfe an Lourdes' Tür. Wenn Sie sich unbedingt eine Agoraphobie einfangen müssen, empfehle ich Ihnen dafür eine Wohnung in einem Haus, wo im ersten Stock Ihre beste Freundin aus Collegetagen wohnt und wo das Grundstück sicher von einem Zaun geschützt wird, der es von dem Bürgersteig abtrennt.

In dem Moment, in dem Lourdes die Tür öffnet, kommt ihr Pudel Giselle angelaufen und drängt sich zwischen meine Beine. Ich halte mich lachend am Türrahmen fest.

„Tja, das kann passieren“, sagt Lourdes und schaut ihre Hündin an. „Die Mädchen haben sie endlich davon überzeugt, dass sie ein Pony ist.“

Ich knie mich hin und streiche das flauschige apricotfarbene Fell zwischen Giselles Ohren zurück. Es springt sofort wieder nach vorn. Giselle ist schlaksig und fröhlich und klug, und ich stelle mir immer vor, wenn sie sprechen könnte, würde sie wie Julia Child klingen, deren Fernsehsendung meine Mutter während meiner gesamten Kindheit geschaut hatte. Ihre Zunge schießt vor und ich drehe lachend meinen Kopf zur Seite, sodass sie auf meiner Wange landet.

Lourdes beobachtet unsere kleine Begegnung amüsiert. „Wein?“

„Ich dachte schon, du würdest nie fragen."

Am Küchentisch sitzen Lourdes' Töchter Portia und Gabby und malen auf einem langen Streifen Metzgerpapier, der von zwei Plastikdosen mit Wachsmalkreiden und zwei Glashäfen festgehalten wird, die mit Erde und Sukkulenten gefüllt sind. Die Sukkulenten sind Ableger aus den Hochbeeten, die Lourdes im Garten selbst gebaut hat.

Ich liebe meine Wohnung im Erdgeschoss wegen ihrer Sauberkeit und Ruhe. Ich liebe Lourdes' und Leos Wohnung für ihre Energie, den Rhythmus eines Familienlebens. Es ist ein blasses schmales Gebäude, das den gesamten Winter über Gefahr zu laufen scheint, vom Nebel und Regen ausradiert zu werden. Im einen Moment noch da, im nächsten fort. Von vorn sieht es wie ein bescheidenes Haus im viktorianischen Stil aus, aber vor ein paar Jahren haben sie innen alles herausgerissen. Ich weiß nicht, wie es vorher ausgesehen hat, aber bestimmt nicht so wie jetzt mit den offenen Räumen, dem Betonfußboden und der Glaswand, die wie ein Akkordeon zusammengefaltet werden kann, wenn das Wetter es erlaubt. Jetzt ist die Glasfront geschlossen. In der Ferne klammert sich der Nebel an die steilen dunklen Hänge des Sutro Forest und nur ein Hauch von Sonnenuntergang lässt seine äußeren Enden glühen. Mir wird ein wenig schwindelig, und ich wende den Blick ab.

„Hey, Mädchen", sage ich und gehe zum Tisch.

„Mags!", ruft Gabby. Sie ist drei und hat vor Kurzem das erste Mal die Haare geschnitten bekommen. Ihr rundes engelsgleiches Gesicht wird von einem tiefschwarzen Pottschnitt umrahmt, der einem Serienmörder zur Ehre gereichen würde.

„Hi, Maggie!“, sagt die siebenjährige Portia.

Lourdes öffnet eine Flasche Wein und füllt zwei Gläser. In den zehn Jahren seit dem College – trotz Ehe und Kindern und Jahren, in denen sie ihre eigene Landschaftsgärtnerei führte – kommt es mir so vor, als hätte Lourdes sich kein bisschen verändert. Ihre Garderobe ist immer noch ein Musterbeispiel an Effizienz; ein Wechsel aus Button-down-Hemden in normalerweise bunten Karomustern und dunklen Jeans, deren Knie von der Gartenarbeit durchgescheuert sind. Sie trägt ihre glänzenden schwarzen Haare immer noch hinter die Ohren geklemmt und hat jeden Tag ihre Brille mit den dicken Gläsern auf, weil sie keine Lust hat, sich mit Kontaktlinsen abzumühen. An jemand anderem hätte die Brille vermutlich sehr seriös ausgesehen, aber Lourdes hat eines dieser Gesichter, die nie anders als freundlich aussehen können. Selbst wenn sie einen Strom an Sarkasmus über einen ergießt und flucht wie ein Hafenarbeiter, verlieren die dunklen Augen meiner Freundin nie ihre samtige Wärme.

Sie stellt die Weinflasche ab und reicht mir eines der Gläser. „Hattest du einen guten Tag bei der Arbeit?“

Ich nicke und trinke einen Schluck Wein. „Ich hatte gerade die letzte Sitzung mit einer meiner ersten Patientinnen, seitdem ich hier bin.“

„Therapie.“ Lourdes schüttelt den Kopf. Sie blättert durch eines der Rabattheftchen von einem Supermarkt, die sie so liebt, und hält ab und zu inne, um etwas herauszureißen oder mit einem grünen Wachsmalstift einzukreisen. „Das ist ein grauenhaftes Geschäftsmodell. Wenn du gut bist in dem, was du tust, verlierst du deine Kunden.“

„Patienten“, korrigiere ich sie. „Wie läuft es mit dem Gartenprojekt?“

Lourdes hatte ihre Firma nach Gabbys Geburt erst einmal auf Eis gelegt, aber vor Kurzem hatte sie sich für ein Projekt an Portias Grundschule einspannen lassen. In einer Ecke des Schulhofs soll ein Gemüsegarten angelegt werden. Da sie es gewohnt war, aufwendige Gärten nur in Absprache mit *einem* Besitzer zu designen, frustrierte sie der langsame Entscheidungsprozess des Elternausschusses, der mit dem Projekt beauftragt worden war.

Anstatt einer Antwort hebt sie nur die Augenbrauen und nimmt einen großen Schluck. Manchmal kommunizieren wir durch die Art, wie wir trinken – ein kleiner Trick, den wir auf dem College entwickelt haben.

Gabby rennt zu mir und klettert auf meinen Schoß. Sie ist kein sonderlich ruhiges Kind – einmal habe ich sie neben Giselles Futterschüssel knien sehen, wo sie sich mit einem manischen Funkeln in den Augen Hundefutter in die Backen gestopft hat –, aber sie scheint es zu genießen, auf meinem Schoß zu sitzen und mein Gesicht anzuschauen. Ihr Körper ist ganz ruhig, während sie mich mustert. Die Erfahrung ist gleichzeitig tröstend und nervenaufreibend. Sie ist so vertrauensvoll, so furchtlos, dass es mir die Kehle zuschnürt.

„Hallo, Gabby", sage ich.

„Hi, Mags", lispelt sie. Und dann, mit einer beiläufigen Bewegung, die mich an das Mal erinnert, als ein Typ in einem Bus in Philadelphia sein Jackett öffnete, um mir eine ganze Reihe gestohlener iPhones zu zeigen, hebt Gabby ihr T-Shirt und enthüllt ihren Bauch, der mit lauter Trader-Joe-Aufklebern bedeckt ist. Sie zieht einen ab und reicht ihn mir. Sie zuckt nicht einmal, als sie den Aufkleber von ihrer Haut zieht, so ein wunderbarer kleiner Rabauke ist sie.

„Oh, danke. Ich hatte schon immer das Gefühl, dass mir genau hiiiier …“, ich klebe mir den Sticker auf die Nasenspitze, „irgendetwas fehlt.“

Gabby lacht. Lourdes sieht zu, wie ihre Tochter von meinem Schoß krabbelt und anfängt, um den Tisch herumzutanzen. Im Hintergrund spielt leise ruhige klassische Musik, die mir bisher gar nicht aufgefallen ist, aber Gabby zuckt mit den Schultern und wackelt mit den Hüften.

„Sie tanzt wie ihr Vater“, sagt Lourdes reuevoll, woraufhin ich meinen Wein beinahe durch die Nase ausspruste. „Okay, Chiquitas, Zeit für den Schlafanzug.“ Portia und Gabby stöhnen, trollen sich aber. Wir hören, wie sie die Treppe hinaufstapfen, und dann das Aufziehen und Zuschieben von Schubladen.

Giselle trottet zu mir und legt ihren Kopf auf meinen Schoß. Sie ist ein anhänglicher Hund, den man einfach lieben muss. Als Toby und ich hier in Lourdes' Haus ankamen, nachdem wir drei Tage in einem voll gepackten Mietwagen quer durchs Land gefahren waren, hatten Toby und Giselle sofort angefangen, gemeinsam durch den kleinen Garten zu rennen. Nun ja, „rennen“ ist vielleicht etwas zu viel gesagt – damals konnte Toby schon nicht mehr wirklich rennen. Aber die Hunde hatten sich abwechselnd in Spielstellung geworfen und mit den Schwänzen gewedelt und sich gegenseitig mit den Pfoten angestupst, wobei sie fröhlich ihre Zähne entblößten. Ich fand schon immer, dass miteinander spielende Hunde etwas Ansteckendes haben, und so hatte auch Tobys und Giselles fröhliche Energie sich über unsere Ankunft gebreitet. Als Lourdes mich den steilen Steinpfad zu der knallblauen Wohnungstür am Ende ihres zauberhaften Hauses geführt hatte, waren die Zweifel, die während meiner Fahrt hierher in mir gewachsen waren, wie weggeblasen.

Ich streichle Giselle immer noch, muss aber für einen Moment vergessen haben, wo ich bin, denn das Nächste, was ich weiß, ist, dass ich in meine Tasche greife und eine Handvoll meiner Abendvitamine heraushole. Ich stecke sie mir in den Mund und spüle sie mit einem Schluck Wein herunter.

„Was war das?“, fragt Lourdes.

„Was?“

„Mir hat niemand erzählt, dass wir den Teil des Abends erreicht haben, in dem wir Pillen einwerfen.“

„Manchmal braucht ein Mädchen einen kleinen Stimmungsaufheller.“

„Maggie.“

Mein Lachen klingt ein wenig blechern. „Das ist nur Vitamin C.“

„Ganz schön viel Vitamin C.“

Oben schreit jemand. Ich beobachte Lourdes, die den Atem anhält, den Kopf neigt und abwägt, ob sie nach oben gehen und eingreifen muss. Als die Geräusche nicht eskalieren, seufzt sie hörbar und lässt sich tiefer in ihren Stuhl sinken. Wir stoßen miteinander an und ich denke, vielleicht hat sie die Vitamine vergessen, aber dann sagt sie: „Wenn Leo nach Hause kommt, sollten wir diese Party verlegen. Wie wäre es, wenn wir auf einen trockenen Martini ins Kezar's gehen?“

Ich nippe an meinem Wein und hoffe, dass das als Antwort reicht. Sie hebt eine Augenbraue.

„Der Augenblick der Wahrheit“, sagt sie. „Wie ist der Stand?“

Ich atme tief ein. „In der heutigen Aufführung von ‚Die agoraphobe Therapeutin‘“, sage ich, „wird die Hauptrolle von Maggie Brennan gespielt.“ Dann fange ich zu der Melodie *Seasons of Love* aus dem Musical *Rent* an zu singen: „Wie misst du/drei Monate zu Hause? In Netflix – in Amazon/in Google – in Tassen Kaffee …“

Lourdes lacht. „Wirklich, Maggie. Wie viele Tage?“

„Achtundneunzig.“

Sie ist meine beste Freundin, und ich habe ihr alles erzählt. Nun ja, nicht wirklich alles. Ich habe ihr nicht erzählt, dass ich mir Sorgen um meine Praxis mache, dass ich, wenn ich nicht bald eine ernsthafte Steigerung in der Anzahl meiner Patienten sehe, meine Ersparnisse angreifen muss, um meine Miete zahlen zu können. Schlimmer noch, dass ich Angst habe, eine Hochstaplerin zu sein – denn eine Therapeutin, die sich nicht im Griff hat, ist vermutlich noch weniger vertrauenswürdig als eine Friseurin mit einer schlechten Dauerwelle. Oder dass ich Probleme zu haben scheine, mich von meinen Patienten zu verabschieden, selbst von denen, bei denen ich weiß, dass ich ihnen geholfen habe. Und das liegt nicht nur daran, dass ich mir Sorgen über das fehlende Einkommen mache. Manche Dinge kann ich nicht laut aussprechen, nicht einmal Lourdes gegenüber. Zu leicht könnte unsere doppelte Beziehung – als Vermieterin/Mieterin und als beste Freundinnen – zu klebrigem Terrain zwischen uns werden. Ich habe Angst, dass wir irgendwann Distanz zueinander wahren, um nicht daran haften zu bleiben.

Aber sie weiß, dass ich das Grundstück seit Monaten nicht verlassen habe, und sie kennt auch meine Familiengeschichte. Sie weiß, dass ich kürzlich von einer Ordnungsfanatikerin zu einer Bakterienphobikerin geworden bin, dass ich mir Sorgen mache über die Krankheiten, die meine Patienten in meinen kleinen sicheren Hafen einschleppen könnten, dass ich mich ständig durch einen Berg an Vitaminen und medizinischen Tees und antibakterieller Seife arbeite. Mal ehrlich, welche andere Möglichkeit habe ich denn, außer wachsam zu sein? Was würde ich tun, wenn ich mir etwas einfinge? Selbst mein guter Freund Google hätte Schwierigkeiten, einen Arzt zu finden, der gewillt wäre, Hausbesuche zu machen, ohne dafür ein kleines Vermögen zu verlangen. Trotzdem, normalerweise denke ich daran, meine Vitaminzufuhr in Lourdes' Gegenwart auf ein Minimum zu beschränken, und versuche, Zurückhaltung zu üben.

„Achtundneunzig Tage", sagt Lourdes. Trotz ihres beiläufigen Tonfalls spüre ich, dass sie besorgt ist. „Das ist zu lang."

Ich weiß, es ist nicht fair, dass Lourdes und Leo die Einzigen sind, die wissen, dass ich das Grundstück seit drei Monaten nicht verlassen habe. Ab und zu droht sie mir, meine Eltern anzurufen und es ihnen zu sagen, aber ich weiß, dass sie das nie tun würde. Sie fühlt sich verantwortlich – sie glaubt, sie ist diejenige, die mich überredet hat, ans andere Ende des Landes zu ziehen, meinen Job aufzugeben und mein altes Leben hinter mir zu lassen. Sie macht sich Sorgen, dass der Stress dieser vielen Veränderungen auf einmal mich zu hart getroffen hat, und damit liegt sie nicht falsch. Ihre Schuldgefühle arbeiten zu meinem Vorteil. Ich hasse es, dass sie sich verantwortlich fühlt, aber meine Eltern dürfen nicht wissen, was los ist. Diese Nachricht würde meinen Vater zerstören – und bei meiner Mutter vielleicht noch Schlimmeres anrichten.

Ich nehme die Weinflasche in die Hand und tue so, als läse ich die Beschreibung auf dem Etikett. „Ist dir je aufgefallen, dass sie nie schreiben, dass der Wein nach Trauben schmeckt? Leder ... Muskat ... aber Trauben? Nie." Ich drehe die Flasche in meiner Hand und schaue sie ernst an. „Was ist los, bist du etwa zu gut für die Früchte, aus denen du gemacht bist?“

Lourdes hebt abwehrend die Hände. „Okay, okay, ich verstehe schon. Wir wechseln das Thema gleich, nachdem du mir gesagt hast, dass du versuchen wirst rauszugehen. Ich komme mit dir. Bitte, lass mich dir helfen, Maggie.“

Selbst wenn wir darüber Witze machen, will ich nicht, dass Lourdes mich jemals in den Fängen einer Panikattacke sieht. Das ist zu peinlich. Als ausgebildete Therapeutin weiß ich, dass eine mentale Krankheit nichts ist, dessen man sich schämen muss. Aber als Frau habe ich auch meinen Stolz.

Vor achtundneunzig Tagen, nur eine Woche, bevor ich meine Praxis eröffnet habe, saß ich im Behandlungszimmer eines Tierarztes und habe zugesehen, wie mein Toby starb. Danach bin ich mit gebrochenem Herzen durch den Golden Gate Park nach Hause gegangen. Die Abenddämmerung war bereits hereingebrochen, der Park ein Netz aus unbekannten, dunkler werdenden Pfaden. Die Panik kam nicht langsam. Ich spürte den Moment, in dem sie mich ergriff, mich in einen eisigen schwarzen See riss, den ich aus Beschreibungen meiner Patienten kannte, aber in den ich bislang nicht mehr als einen Zeh hineingetaucht hatte. Mein Herz fühlte sich grotesk geschwollen an, es zitterte und pochte in meiner auf einmal viel zu engen Brust. Tintenschwarze Löcher, glänzend wie Ölflecken, schwammen vor meinen Augen. Ich schnappte nach Luft, und als ich schluckte, schmeckte meine Spucke sauer, giftig. Um mich herum bewegten sich die Bäume, beugten sich zu mir. Die Schatten rückten näher, und dann rannte ich, stolperte total verängstigt weiter, mich verzweifelt nach der Sicherheit meines Zuhauses sehnend. Ich hatte das Gefühl, als liefe ich um mein Leben.

Erst viel später, nachdem ich viele Stunden in meinem grausam leeren Toby-losen Apartment geschluchzt hatte, kehrte mein Atem langsam wieder zur Normalität zurück, und ich konnte meinen Professionelle-Therapeutin-Hut wieder aufsetzen. Ich wusste, was ich im Park erlebt hatte war kein Herzinfarkt, sondern eine Panikattacke gewesen, dass, egal wie es sich angefühlt hatte, mein Leben und meine geistige Gesundheit nie wirklich in Gefahr gewesen waren. Und dann, am nächsten Tag, als ich endlich versuchte, die Gartenpforte zu öffnen und auf einen Kaffee zum Markt zu gehen, erkannte ich, wie wenig meine jahrelange Ausbildung und Therapie mir helfen konnten. Mit Wissen ausgestattet zu sein war ungefähr so nützlich, wie mit einem Messer zu einem Pistolenduell zu erscheinen. Mein Herz fing sofort an zu klopfen. Meine Kehle verengte sich und dann zitterte ich, krümmte mich und schnappte nach Luft. Meine Angst, dieser vertraute flatternde Vogel in meiner Brust, als ich auf die Pforte zuging, wurde zu einem großen hungrigen Monster, das meine Brust in seine Klauen nahm, mir den Sauerstoff raubte und die Sonne verdunkelte.

Und obwohl ich es besser weiß – obwohl alles, was ich je studiert habe, mir das Gegenteil anzeigt –, bin ich überzeugt, dass Panik nichts ist, was man kontrollieren kann; man kann sie nur vermeiden. Das hatte ich nie völlig verstanden, wenn meine Patienten ihre Panik beschrieben. Und ich glaube, es ist gar nicht möglich, das zu verstehen, wenn man es nicht selbst erlebt hat. Die Panik ist so Furcht einflößend, dass die Entscheidung, das eigene Leben so zu verändern, dass man sie nie wieder erfahren muss, vernünftig, ja sogar rational erscheint.

Aber ich kann nicht so weitermachen, das weiß ich. Ich kann mein Leben nicht in sich zusammenfallen lassen, nur weil ich nicht in der Lage bin, den Ratschlägen zu folgen, die ich meinen Patienten jahrelang gegeben habe. Und wenn ich hier behaglich mit meiner besten Freundin in ihrem Zuhause sitze und plaudere, fällt es mir leicht, so zu tun, als wäre ich derselbe Mensch, der ich immer gewesen bin. Jemand mit ein paar Macken – einer leichten Allergie gegen Veränderungen, einer ebenso leichten Angst gegen Höhe, ein kleiner Ordnungsfanatiker – aber nichts, woraus ich mich nicht an meinen eigenen Haaren wieder herausziehen könnte. Es ist leicht, hier zu sitzen und die enorme Panik zu analysieren und zu sezieren, in die ich kürzlich verfallen war, und sie dadurch in den Griff zu kriegen. Immerhin weiß ich, dass es nur ein großes physiologisches Missverständnis ist. Meine Angst bringt mein Herz zum Rasen, was mein Gehirn denken lässt, dass ich körperlich in Gefahr bin, angegriffen werde, und das lässt meinen Körper in den Flucht-oder-Kampf-Modus verfallen, woraufhin er Adrenalin ausschüttet, das meinen Puls in die Höhe treibt, meine Hände zittern lässt und meinen Blick einschränkt. Es ist eine Kettenreaktion aus fehlgeleiteten und fehlinterpretierten Signalen. Nervenzellen. Chemische Reaktionen. Aus der Ferne betrachtet passt es alles in eine hübsche Gleichung. Und für den Augenblick vereinen sich rationale Gedanken, das warme Gefühl des Weins, der Freundschaft und das süße Geräusch von Giselles schläfrigem Atem unter dem Tisch, um das drohende Biest der Angst in meiner Brust zum Schweigen zu bringen.

„Okay", verspreche ich Lourdes. „Ich versuche es." Ich nippe an meinem Wein, weil meine Kehle auf einmal fürchterlich trocken ist.

Lourdes strahlt sichtlich erleichtert.

Ich bin begierig darauf, das Thema zu wechseln – ich habe mich schon immer wohler gefühlt, den Problemen anderer zu lauschen, als meine eigenen zu diskutieren –, also frage ich Lourdes erneut nach dem Gemüsegartenprojekt an Portias Schule. Jetzt, wo der Wein sie ein wenig gelockert hat, weiß ich, dass sie nicht widerstehen kann, ihre Sorgen vor mir auszuschütten.

„Oh, Maggie, diese Eltern." Sie stöhnt. „Sie scheinen es einfach nicht fassen zu können, dass das Gemüse wachsen wird. Sie wollen die Setzlinge im Abstand von drei Zentimetern und ohne irgendeinen Plan wild durcheinanderpflanzen. Sie glauben, dass sie damit eine wichtige Lektion über *Vielfalt* erteilen. Diese Pflanzen werden sich gegenseitig ersticken. Das wird grauenhaft. Kleine Kinder, die jeden Tag sterbende Pflanzen gießen. Ja, das wird tatsächlich eine Lektion. Eine Lektion über den Tod. Eine Lektion über Arschlöcher."

„Mama."

Wir zucken beide zusammen. Gabby steht in ihrem Schlafanzug in der Tür, in der Hand eine nackte Babypuppe mit glasigen halb geschlossenen Augen. Irgendwie war sie die Treppe hinuntergekommen, ohne dass wir sie gehört haben.

„Hast du dir die Zähne geputzt, mein Schatz?", fragt Lourdes. Gabby schüttelt den Kopf. „Geh wieder nach oben und bitte deine Schwester, dir zu helfen. Ich komme in ein paar Minuten hoch, um dir etwas vorzulesen." Als Gabby schweigend davonstapft, dreht Lourdes sich zu mir um und flüstert: „Wie kommt es, dass es keinen Horrorfilm über Kleinkinder in Schlafanzügen gibt? Die können sich so verdammt leise heranschleichen."

Ich muss betrunken gewesen sein, als ich Lourdes' Wohnung verließ, denn ich finde mich leicht schwankend am Fuß der Treppe wieder und starre auf den Zaun vor mir. Das hübsche gebogene Tor in der Mitte ist eines der Dinge, die mich so verzaubert hatten, als ich das erste Mal vor dem Haus vorgefahren war. Eine Erinnerung steigt in mir auf. Ich sehe Toby aus dem Mietwagen springen und auf die Pforte zugehen. Auf die Hunden eigene, intuitive Weise wusste er genau, wo wir hinwollten, und hatte beschlossen voranzugehen.

Ich drehe mich von dem Gartentor weg und fühle mich sofort besser. Allein in die Richtung meiner Wohnung zu schauen sorgt dafür, dass sich etwas Dunkles, Schweres von meinem Herzen löst und Platz für Luft macht. Ich schwebe den Weg zu meiner Wohnung förmlich hinunter, meine nackten Füße berühren kaum die Steinplatten, die an Lourdes' Haus entlanglaufen und meinen Heimweg markieren. Als ich das kalte Metall des Türknaufs in meiner Hand spüre, lächle ich. Nachdem ich die Tür hinter mir geschlossen habe, klingt der Atem, den ich ausstoße, wie ein Lachen. Es ist eine milde Form der Euphorie, nach Hause zurückzukommen, eine köstliche Entspannung in meinen Gliedern. Ich lasse mich auf die Couch sinken und fühle mich matt und weich, bis ich mich an das Versprechen erinnere, das ich Lourdes gegeben habe.

Ich werde es versuchen, hatte ich gesagt.

Als wenn das so einfach wäre.

3. KAPITEL

Am nächsten Morgen, als ich mich auf die übliche Reise durch meinen E-Mail-Eingang mache, finde ich eine Nachricht von Sybil Gainsbury, der Geschäftsführerin von SuperMutt Rescue.

Während meines ersten Monats in San Francisco war ich damit beschäftigt gewesen, meine Praxis einzurichten und mich per E-Mail bei Tierärzten und Organisationen in der Bay Area vorzustellen, die mit Hunden arbeiteten. Sybil Gainsbury schien ihren Finger ganz besonders am Puls der örtlichen Hundeliebhabergemeinde zu haben. Ein paar meiner ersten Patienten fanden ihren Weg zu mir, nachdem Sybil meine Kontaktinformationen an ihr großes Netzwerk weitergeleitet hatte. Sowohl aus Dankbarkeit als auch aus ehrlichem Interesse fing ich an, für ihre Hunderettungsorganisation zu arbeiten.

Im Laufe der letzten Monate bin ich irgendwie zu SuperMutts inoffiziellem Webmaster geworden. Pflegefamilien mailen mir Beschreibungen der Zöglinge, die sie bei sich aufgenommen haben, und ich poste sie zusammen mit Fotos der Hunde auf der Website der Organisation. Diese Arbeit kann ich von Zuhause aus machen und sie hält mich an den Tagen beschäftigt, an denen ich keine Patiententermine habe. Da ich nicht da draußen sein kann, um selbst ausgesetzte Hunde von der Straße zu sammeln, fühlt sich das hier wie die nächstbeste Alternative an.

In letzter Zeit habe ich Sybil auch geholfen, SuperMutts jährliche Spendenaktion auf die Beine zu stellen, eine Cocktailparty mit Auktion, die im Haus eines wohlhabenden Hundeliebhabers und Patrons in San Franciscos schickem Sea-Cliff-Viertel abgehalten wird. Ein paar der in Pflegefamilien befindlichen Hunde werden an (passende und überprüfte) Familien versteigert, genau wie eine lange Liste an Dingen und Dienstleistungen, die zu spenden ich die örtlichen Ladenbetreiber überzeugen muss.

Wie üblich strotzt Sybils E-Mail nur so vor Ausrufezeichen. *Super Arbeit, Maggie!*, schreibt sie. *Toll, dass du die Kreuzfahrt im Sonnenuntergang als Spende ergattert hast! Ich habe das Gefühl, wir werden mehr Geld einsammeln als jemals zuvor, und das haben wir nur dir zu verdanken! Ich kann es kaum erwarten, dich auf der Party endlich persönlich kennenzulernen!*

Ich hatte nie gesagt, dass ich zu der Spendenfeier kommen werde, aber es ist nur natürlich, dass Sybil davon ausgeht, dass ich da sein werde. Auch wenn wir uns bislang noch nicht persönlich kennen, schreiben wir uns mehrmals pro Woche und haben Freundschaft geschlossen. Irgendwann fing ich an, sie mir als Mischung aus einer unermüdlich fröhlichen Version von Joan Didion und einem weiblichen Franz von Assisi vorzustellen, dem Schutzheiligen aller Tiere. In anderen Worten, ich stelle mir Sybil vogelähnlich und robust, mit grau werdenden Haaren, langen Röcken in Müslifarben und Augen, die hinter einer übergroßen Brille hervorblitzten, vor, umgeben von einer aus allen Rassen dieser Erde bestehenden Hundemeute.

Mein Plan ist, ihr am Nachmittag der Veranstaltung eine Entschuldigung zu schicken und ihr zu erklären, dass es mir nicht gut geht. Das ist keine Lüge; allein der Gedanke daran, an der Party teilzunehmen, bringt mein Herz zum Rasen. Diese Reaktion ist nicht neu; ich habe mich auf Partys schon immer ein wenig unbehaglich gefühlt. Der Druck der Leute, der Lärm. Früher war mein Unbehagen auf Partys, genau wie meine Höhenangst, nichts, was mein Leben bestimmt hätte, aber jetzt mache ich mir Sorgen, dass jede noch so kleine emotionale Unbehaglichkeit eine Panikattacke auslösen könnte.

Ich schreibe Sybil zurück und informiere sie über weitere Spenden, die ich uns gerade zu sichern versuche: ein Jahr kostenlose Hundeschur in einem Hunde-Spa in Russian Hill namens The Pampered Pup und eine Weinstunde mit einem bekannten hiesigen Sommelier, der vor ein paar Jahren einen Hund durch SuperMutt zu sich genommen hat.

Ich sage nichts über die Party.

Am Nachmittag habe ich eine neue Patientin. In der Theorie ist das eine Erleichterung; ich bin froh, eines der vielen Löcher in meinem Terminkalender zu füllen. Aber in Wahrheit ist es etwas ganz anderes, denn sie taucht schmutzig und wütend auf, ihre Augen blitzen wie die einer Wildkatze, die kurz davorsteht, in heißes Badewasser geworfen zu werden.

„Du musst Anya sein", sage ich. „Ich bin Maggie Brennan." Ihr Blick gleitet zur Seite, nur ein knochiger Finger schießt aus dem Ärmel ihres riesigen Mantels hervor, um heftig an ihrer Nase zu wischen. Auf der ganzen Welt gibt es nicht genügend antibakterielle Seife, um mir auch nur vorstellen zu können, ihr die Hand zu schütteln, also winke ich sie einfach durch die Tür und hoffe, dass die Geste einladend wirkt. „Bitte, komm doch herein."

Sie schleicht ohne ein Wort an mir vorbei, der Ärmel ihres Mantels streift meinen Blazer. Ein moschusartiger saurer Geruch folgt ihr. Bevor ich es merke, huste ich in meine Ellenbeuge. *Eine Echinacea, eine probiotische Tablette, zwei Vitamin C, Pfefferminztee mit Honig, salzhal-*

tiges Nasenspray (zwei Schübe pro Nasenloch). Das Rezept schreibt sich förmlich von selbst – ein moderner Schutzzauber gegen Bakterien, die auf eiskaltem Wind und den unsauberen Händen von meinem Patientenbesuch hereingetragen werden.

Das Einzige, was ich über diese Frau weiß – eigentlich ist sie noch ein Mädchen, sie kann nicht älter sein als zwanzig –, ist, dass ihr Bruder sich Sorgen um sie macht. Er ist derjenige, der meine Website gefunden und mir eine E-Mail geschrieben hat, um den Termin zu vereinbaren. Das ist ein seltsames Arrangement, aber nachdem ich jahrelang im Krankenhaus Patienten durch verschiedene Formen der Trauer begleitet habe, braucht es schon mehr als eine E-Mail von einem besorgten Familienmitglied, um mich zu überraschen.

Meine Schwester könnte schwierig sein, hatte Henry Ravenhurst in seiner E-Mail gewarnt. *Aber sie muss wirklich mal mit jemandem sprechen.*

Anya steht kurz hinter der Tür, ihr geschmolzener Blick wandert langsam über das Wohnzimmer und die Küche, den eingepflanzten Geldbaum in einer Ecke (ein Einweihungsgeschenk von Lourdes), den Kamin mit seinem leeren Sims, die zwei gelben Sessel auf der anderen Seite des Couchtisches gegenüber dem taubengrauen Sofa, die gerahmten Diplome und Lizenzen und Zertifikate an der Wand. Während sie meine Wohnung mustert, mustere ich sie. Ihr langes Haar, das braun sein könnte, aber zu schmutzig ist, als dass ich das mit Gewissheit sagen könnte, hängt ihr über die Schultern wie ein feuchtes Geschirrhandtuch über einem Wasserhahn. Abgewetzte Kampfstiefel aus Leder schauen unter dem Saum des mächtigen armeegrünen Parkas hervor, der ihren Körper zu verschlucken scheint.

Die Stiefel sehen aus, als wiegen sie so viel wie sie und werden mit Sicherheit noch seltener gereinigt als ihre Haare.

„Kann ich dir den Mantel abnehmen?", frage ich, obwohl ich sie eigentlich viel lieber bitten würde, ihre Stiefel auszuziehen.

„Ich bleibe nicht lang." Anya schiebt den Riemen ihrer Tasche – ein schwarzes Ding aus Segeltuch mit vielen Taschen – auf ihrer Schulter höher und verschränkt dann die Arme vor der Brust.

„Nun", sage ich. „Bitte setz dich, wo immer du magst. Wie wäre es mit etwas zu trinken? Wasser oder Tee?"

Sie schüttelt den Kopf und lässt sich auf die Couch plumpsen. Etwas in ihrem Gesicht fängt das Licht von oben auf und glitzert – ein winziges grünes Nasenpiercing, wie ich sehe, ein Stecknadelkopf an Farbe in ihrem fahlen Gesicht, wie der entfernte Lichtstrahl eines Leuchtturms in einem See aus Nebel. Unter ihrer harten Miene zeichnet sich unbezähmbare Trauer ab.

„Mein Hund ist weg", sagt sie und starrt zu Boden. Ihre Stimme ist flach, ausdruckslos.

Mein Herz zieht sich zusammen. Das ist eine instinktive Reaktion. Alle meine Patienten haben ihre Hunde verloren; deshalb kommen sie ja zu mir. Trotzdem, jedes Mal, wenn ich die Worte höre, spüre ich den harten Stachel des Verlusts im Fleisch.

Ich setze mich ihr gegenüber auf die andere Seite des Couchtischs und sage ihr, wie leid mir das tut. Sie brennt immer noch Löcher in den Teppich mit ihrem Blick, also richte ich meine Worte an die milchige gezackte Linie von Haut, die der Scheitel in ihren Haaren freigibt. „Würdest du mir gerne von ihm erzählen?", frage ich. „Was für ein Hund war er?"

„Nein." Anyas Lippen stoßen das Wort aus, doch sie schaut immer noch nicht auf. Sie fängt an, den Reißverschluss ihrer Jacke rauf und runter zu ziehen, eine Bewegung, die vor Frust nahezu vibriert.

Ich erkenne bereits, wie gut ein Hund jemandem wie ihr mit ihrer unausgeglichenen Energie getan haben muss. Wie die Routine, sich um ihn zu kümmern, ihn zu füttern, mit ihm spazieren zu gehen, ihr geholfen haben muss, ausgeglichener zu sein. Allein einen Hund zu streicheln kann den Herzschlag beruhigen und Endorphine ausschütten, die eine ähnliche Wirkung haben wie Antidepressiva und Schmerzmittel. Das ist nur einer der vielen Gründe, warum manche Leute der Tod ihres Hundes so mitnimmt. Eine meiner Patientinnen hat den Verlust ihres Hundes vor Kurzem damit verglichen, von jetzt auf gleich kein Prozac mehr zu nehmen.

Das „Nein" hängt immer noch in der Luft.

„Wir müssen nicht über deinen Hund reden", sage ich. Manche Patienten unterdrücken ihre Gefühle – Wut und Kummer und selbst Lachen brodeln auf und aus ihnen heraus wie Wasser aus einem kaputten Hydranten. Andere brauchen Zeit, Ermutigung oder manchmal auch Schweigen, bevor sie anfangen können. „Wir können erst einmal über etwas anderes sprechen."

Jetzt endlich schaut sie auf. Ihre Augen haben ein schlammiges Grün, die Farbe von Pflanzen auf dem Grund eines Sees. „Nein", sagt sie erneut. „Billy ist nicht tot. Er ist nur ... weg. Ich bin nur hier, weil mein Bruder Henry mich erpresst hat."

Ich schaue auf das offene Notizbuch in meinem Schoß. Ganz oben auf die Seite habe ich Anyas Namen geschrieben. Darunter steht: Bruder – Henry. Nun schreibe ich dazu: Hund – Billy.

Ich hatte noch nie einen Patienten mit einem vermissten Hund, ganz zu schweigen von jemandem, der behauptet, erpresst worden zu sein, um zu mir zu kommen. Die Beziehung zwischen jedem Patienten und seinem oder ihrem Hund ist einzigartig, und die Symptome der Trauer variieren, aber die Tatsache, dass der Hund tot ist, ist allen gleich.

„Wie lange ist Billy schon weg?“, frage ich.

„Vierundzwanzig Tage.“

Ich schreibe das auf. „Wie schrecklich. Darf ich fragen, was passiert ist?“

Als Anya wieder anfängt, den Reißverschluss ihrer Jacke hoch und runter zu ziehen, fällt mir auf, dass auf ihren rechten Handrücken eine altmodische Kamera tätowiert ist. Innerlich zucke ich zusammen; es scheint mir eine äußerst schmerzhafte Stelle zu sein, um sie wieder und wieder mit einer Nadel zu bearbeiten.

„Was soll das schon bringen?“, fragt sie. Ihre Stimme verliert ihre Ausdruckslosigkeit und zersplittert in harte zerrissene Stücke. „Ich will ihn einfach nur finden.“ Dann, bevor ich noch etwas erwidern kann, beugt sie sich vor. Ihre Augen verfinstern sich. „Lassen Sie mich Ihnen eine Frage stellen, Frau Doktor …“

„Oh bitte, nenn mich Maggie, ich bin keine …“

Anya unterbricht mich, bevor ich sie daran erinnern kann, dass ich Trauertherapeutin bin und keine Ärztin.

„*Maggie.*“ Sie sagt meinen Namen so, wie ich mir vorstelle, dass sie „Day Spa“ oder „entkoffeiniert“ sagen würde. „Haben Sie einen Hund?“

Ich zögere nur für einen Augenblick, aber in diesem Moment sehe ich ihre Augen zwischen meinen hin und her schauen, ein kleiner Funken des Interesses in ihnen.

„Nein“, sage ich. „Aber ich liebe Hunde.“

„Sie lieben Hunde. Okay. Also sagen wir mal, einer dieser Hunde, die Sie *lieben*, verschwindet. Er ist einfach … weg. Würden Sie zu irgendeiner Frau in die Praxis gehen und Tee trinken und darüber plaudern, wie er verschwunden ist? Oder würden Sie lieber da draußen sein …“ – sie zeigt mit dem Daumen in Richtung der Tür, ihre Worte rauschen in einem frustrierten Zischen über ihre Lippen – „… wo sie wenigstens den Hauch einer verdammten Chance hätten, ihn zu finden?“

„Ich würde da draußen sein wollen“, erwidere ich, ohne zu zögern. Und ich möchte gerne glauben, dass es stimmt. Ich würde gerne glauben, dass ich, wenn ich dächte, Toby irgendwo da draußen in der Stadt finden zu können, nicht zögern würde. Ich würde meine Zähne zusammenbeißen gegen mein galoppierendes Herz, die Atemlosigkeit, die Angst. Ich würde durch die Straßen wandern, bis ich ihn gefunden hätte.

Anya scheint zu glauben, dass ich noch etwas sagen will, denn sie lehnt sich zurück und mustert mich durch zusammengekniffene Augen. Ich beschließe abzuwarten, aber ich interpretiere die Situation falsch, denn nach kurzer Zeit steht sie auf und schlingt sich ihre große Tasche über die Schulter.

„Wenn Henry Sie jemals wieder kontaktiert“, sagt sie, „richten Sie ihm einfach aus, dass ich hier war. Ich habe ihm versprochen, dass ich kommen würde, aber ich habe ihm nicht versprochen zu bleiben.“

„Sicher.“

Ich weiß, wie ich meine Miene ruhig halten kann, selbst wenn meine Gedanken rasen. Mein Chef im Krankenhaus in Philadelphia hat mir immer wieder gesagt, wie gefährlich es sein kann, sich zu sehr auf seine Patienten einzulassen.

Emotionale Distanz ist wichtig, hat er mich wieder und wieder ermahnt. *Sie ist wichtig für den Prozess.* Ich war nie gut darin, seinem Rat zu folgen, was ohne Zweifel der Grund dafür war, dass er sich so oft wiederholt hat. Ich kann es mir nicht leisten, Patienten zu verlieren, aber noch wichtiger ist, dass alles an Anya – ihre Wut, der leere gehetzte Ausdruck in ihrem Gesicht, die Traurigkeit, die darunter lauert, ganz zu schweigen von ihrer offensichtlichen Missachtung jeglicher Hygiene – mir Sorgen macht. Ich will ihr helfen. Ich muss ihr helfen. Ich kann nicht zulassen, dass sie geht.

„Bevor du gehst", sage ich, „hast du ein Foto von Billy? Ich könnte es an die Tierschutzorganisationen schicken, mit denen ich in Verbindung stehe, und nachfragen, ob irgendjemand ihn gesehen hat." Ich sage das leichthin, als wäre es nur eine Idee.

Anya zögert. Dann fängt sie an, in ihrer Tasche zu wühlen. „Hier." Sie hält mir einen kopierten Flyer hin. Ich hoffe, dass sie sich wieder setzt, aber sie steht einfach nur da und beobachtet mich, während ich den Zettel lese.

Die Worte BILLY RAVENHURST WIRD VERMISST schreien mich in großen Blockbuchstaben vom oberen Teil der Seite an. Und dann: 100 DOLLAR BELOHNUNG FÜR JEGLICHE INFORMATION. Darunter ist ein Foto eines Hundes abgebildet, der durch die Luft springt, den Kopf so gedreht, dass er direkt in die Kamera schaut. Der Wind verfängt sich in einer seiner Wangen, was ihm ein schelmisches Grinsen verleiht. Ich hatte mir Billy als stoischen Schäferhund oder als raubeinigen Pitbull-Mischling vorgestellt – etwas, das zu Anyas harter äußerer Schale passte –, aber wie sich herausstellt, ist er klein und rauflustig mit borstigem weißem Fell, schelmischen schwarzen

Augen und – selbst mitten im Sprung – mehr als nur einer leichten Ähnlichkeit mit Albert Einstein.

Ich schaue von dem Flyer auf und sehe Anya an. „Bist du Fotografin?“

„Nein, ich habe mal fotografiert, aber jetzt nicht mehr.“ Sie verschränkt die Arme. „Wie auch immer. Das ist nur ein Bild.“

Ich lege den Flyer mit Billys Foto auf den Couchtisch und tippe mit dem Finger darauf. Anyas Blick gleitet darüber hinweg.

„Das hier wirkt auf mich nicht wie ‚nur ein Bild‘“, sage ich. „Nur durchs Anschauen habe ich das Gefühl, Billy zu kennen. Es ist wunderschön. Ich würde alles dafür geben, so ein Foto von meinem Hund Toby zu haben.“

Anya sieht mich an.

„Er ist gestorben“, sage ich. „Vor neunundneunzig Tagen.“ Ich merke, wie sich etwas in mir löst und außer Reichweite springt. Ich habe noch nie einem meiner Patienten von Toby erzählt, und ich weiß nicht, warum ich es bei Anya tue. Die Worte kommen einfach aus mir heraus.

Als ich mich zwinge aufzuschauen, fällt Anyas Miene kurz in sich zusammen und richtet sich dann so schnell wieder auf, dass ich mich frage, ob ich es mir nur eingebildet habe. Aber dann geht sie zurück zur Couch und setzt sich. Ich bin erleichtert.

„Mein Bruder Clive denkt, ich bin hundeverrückt“, sagt sie.

„In dieser Praxis“, erwidere ich ernst, „nennen wir das ‚hundenormal‘.“

Anyas Lippen zucken. *Ist das der Anflug eines Lächelns?* Ich spüre, dass sich etwas zwischen uns verändert. Der Spruch war nur ein Witz, aber ich habe es auch ernst gemeint. Es ist wichtig, dass meine Patienten wissen, dass sie nicht allein sind mit ihren tiefen Gefühlen für ihre tierischen Gefährten. Unsere Hunde sehen uns in unseren besten und in unseren schlimmsten Phasen und lieben uns mit unvergleichlicher Hingabe. Wir teilen unser Leben mit ihnen. Sie kennen unsere tiefsten dunkelsten Geheimnisse, Dinge, die manchmal die uns am nächsten stehenden menschlichen Vertrauten nicht einmal ahnen. Niemand sollte sich dafür schämen, Gefühle für ein anderes Lebewesen zu haben und am Boden zerstört zu sein, wenn ein Freund weg ist. Was könnte normaler sein als Liebe?

Ich notiere mir den Namen Clive in meinem Notizbuch und frage Anya, ob schon jemand auf ihre Flyer reagiert hat.

„Ja", sagt sie, „aber bisher ist nichts dabei herausgekommen. Henry meint, die Belohnung ist zu hoch und lockt die Lügner aus dem Wald hervor."

„Warum, glaubst du, hat dein Bruder dir vorgeschlagen, zu mir zu kommen?"

Anya verdreht die Augen. „Vorgeschlagen? Er hat mich *gezwungen*. Wenn ich nicht zu Ihnen gekommen wäre, hätte er meiner Großmutter erzählt, dass er sich Sorgen um mich macht – um meine *mentale Gesundheit*. Meine Großmutter ist alt und krank, und das Letzte, was sie braucht, ist, sich meinetwegen aufzuregen. Wie auch immer, ich glaube, Henry fühlt sich einfach schuldig. Er zieht nächsten Monat nach Los Angeles und versucht, alle losen Enden zu verknüpfen, bevor er abreist. Wenn er mich dazu bringt, zu Ihnen zu kommen, kann er sich einreden, er hätte versucht, mir zu helfen."

Ich mache mir eine kleine Notiz über ihre Großmutter und notiere mir dann noch, dass ihr Bruder wegzieht. „Stehen du und Henry euch nahe?", frage ich.

Sie zuckt mit den Schultern. „Schätze schon."

„Warum, glaubst du, macht er sich Sorgen um dich?"

Anya fängt an, am Nagel ihres Zeigefingers zu knabbern, und jetzt erst fällt mir auf, dass alle ihre Nägel bis zum Nagelbett runtergebissen sind. Einige sind blutig, andere nur zerfetzt.

Ich frage sie, ob sie Probleme hat zu schlafen, und ihre Augen schießen zu mir herum.

„Könnten Sie schlafen, wenn Ihr Hund vermisst würde?", fragt sie. „Wenn Sie einfach eines Tages von der Arbeit nach Hause kämen, und er wäre weg?"

Das erklärt die dunklen Ringe unter den Augen. Ich kann ihr das nicht vorwerfen; in letzter Zeit habe ich auch nicht gut geschlafen. Wenn ich endlich in den frühen Morgenstunden wegdämmere, hoffe ich immer, Toby in meinen Träumen zu sehen. Doch das tue ich nie, und dann wache ich mit einem leeren Gefühl auf, das seine Abwesenheit nur noch mehr betont.

Angesichts Anyas vogelscheuchenartiger Gliedmaßen und eingefallener Wangen schätze ich, dass sie auch nicht viel isst.

Anstatt einer Antwort frage ich: „Ist es so passiert? Du bist nach Hause gekommen, und Billy war fort?"

„Ja, aber er ist nicht weggelaufen. Das hätte er nie gemacht. Ich gehe immer ohne Leine mit ihm, und er entfernt sich nie mehr als ein paar Schritte von mir." Sie fängt wieder an, mit dem Reißverschluss ihres Parkas zu spielen.

„Wenn er nicht weggelaufen ist – was glaubst du dann, was passiert ist?"

„Jemand hat ihn gestohlen." Sie reckt ihr Kinn, fordert mich heraus, ihr zu widersprechen.

„Das ist ja schrecklich! Ist jemand eingebrochen? Sind noch … andere Dinge weggekommen?"

„Nein, nein." Sie wendet den Blick ab, und ihre Schultern sacken zusammen. Dann atmet sie tief durch, und als sie wieder spricht, klingt sie erschöpft. „Ich weiß, was Sie denken. Wer würde einen alten Köter klauen? Glauben Sie mir, meine Brüder haben kein Blatt vor den Mund genommen, um mir zu sagen, wie verrückt das klingt. Aber alles andere ergibt keinen Sinn. Billy würde nicht weglaufen, also muss ihn jemand gestohlen haben. Er ist irgendwo in dieser Stadt, und ich werde ihn finden." Sie erzählt mir, dass sie in den letzten vierundzwanzig Tagen jeden Morgen durch die Stadt gelaufen ist und nach ihrem Hund gesucht hat.

Ich kann nicht anders, als innerlich ihren Brüdern zuzustimmen. Wer würde in ein Haus einbrechen und einen Hund, aber sonst nichts stehlen? Das ergibt keinen Sinn. Ich beschließe, diesen Teil ihrer Geschichte für den Moment beiseitezulassen.

„Begleitet dich jemand auf diesen Spaziergängen?", frage ich. Es scheint mir ein ziemlich einsames Unterfangen zu sein. Ich frage mich, ob sie wirklich glaubt, eine Chance zu haben, ihren Hund zu finden. Oder ob nach ihm zu suchen nur eine Möglichkeit ist, beschäftigt zu bleiben, ihre Gedanken von der Realität abzulenken, dass sie ihn vermutlich nie wiedersehen wird. Menschen machen alles Mögliche, wenn sie trauern – immer wenn ich denke, ich hätte jeden Bewältigungsmechanismus, den es gibt, gehört, taucht ein neuer auf.

„Henry ist am Anfang ein paarmal mitgekommen, aber in letzter Zeit weigert er sich. Mein Bruder Terrence behauptet, er wäre zu beschäftigt. Und Clive hält es für Zeitverschwendung. Er mag Hunde nicht mal."

„Über Geschmack lässt sich nicht streiten."

Anyas Lippen pressen sich wieder zu diesem angespannten überraschten Lächeln zusammen. „Alle finden, ich sollte aufhören, nach Billy zu suchen, und akzeptieren, dass er weg ist", sagt sie. „Als wenn ich einfach beschließen könnte, ihn zu vergessen." Sie zuckt mit den Achseln. „Es ist mir egal. Wenn ich das alleine tun muss, tue ich es alleine. Aber ich werde ihn finden."

Ich erkenne jetzt, dass Henry Ravenhurst diesen Termin in der Hoffnung vereinbart hat, ich würde seine Schwester davon überzeugen, dass ihr Hund tot ist. Er will, dass ich Anya helfe weiterzumachen. Aber wer bin ich zu sagen, dass Anya ihren Billy nicht finden wird? Vor Jahren hatte ich auf Empfehlung eines Tierarztes einen Mikrochip unter Tobys Haut einpflanzen lassen, damit er identifiziert werden könnte, sollte er mal verloren gehen. Die Herstellerfirma des Mikrochips schickt mir immer noch E-Mails voller Geschichten von Familien, die Jahre, nachdem der gechippte Hund weggelaufen war, mit ihrem Liebling wiedervereint wurden. Erst heute Morgen habe ich wieder eine solche E-Mail erhalten. Diese Sachen, diese unglaublichen, wie aus einem Disneyfilm stammenden Wiedervereinigungen, passierten tatsächlich.

„Du bist nicht allein", sage ich zu Anya. „Ich würde dir gerne helfen."

Sie schaut mich durch den Vorhang ihrer dunklen öligen Haare an, und zum ersten Mal, seitdem sie durch die Tür gekommen ist, habe ich das Gefühl, dass sie den Tränen nahe ist. „Wirklich?", fragt sie. Ihre Stimme klingt dünn und zäh, sehnig, durchwebt von einem winzigen Schimmer der Hoffnung.

Mein Herz zieht sich zusammen. „Natürlich. Schick mir

das Foto von ihm, und ich werde es an alle Tierschutzorganisationen schicken, mit denen ich zusammenarbeite."

Anya sieht jetzt so zerbrechlich aus, wie sie ein dünnes Bein um das andere schlingt, einen Stiefel gegen den anderen schlägt und an ihren Nägeln herumfummelt. Mir fällt auf, dass sie ihre Eltern nicht erwähnt hat, und ich frage mich, wo die sind.

„Aber ich meine, auch da draußen?", murmelt sie und wedelt, ohne aufzuschauen, mit einer blassen Hand in Richtung Haustür. „Werden Sie mir auch helfen, *da draußen* nach Billy zu suchen?"

„Oh." Meine Kehle schnürt sich zu, die Panik lässt mein Herz schneller schlagen. „Ich … ich glaube nicht, dass ich das kann. Aber lass uns einen neuen Termin vereinbaren, an dem wir uns treffen. Wie wäre es nächste Woche? Wirst du zurückkommen, damit wir weiterreden können?"

Anyas Gesicht verdunkelt sich, die dunklen Flecken unter ihren Augen scheinen sich irgendwie in die Länge zu ziehen. Sie zerrt ihre Tasche auf ihren Schoß und fängt an, darin herumzuwühlen.

Ein angespanntes Gefühl rollt sich in mir zusammen, als ich merke, dass sie gehen will. In all meinen Jahren als Therapeutin hat noch keiner meiner Patienten die Sitzung vor dem Ende verlassen. Meine Gedanken rasen. Trotz Anyas dreckiger, blutiger und garantiert mit Bakterien verseuchter Nägel muss ich den Drang unterdrücken, mich vorzubeugen und ihre Hand in meine zu nehmen. Wenn ich jemandem wie Anya nicht helfen kann – jemandem, der eindeutig durch den Verlust seines Hundes am Boden zerstört ist –, was für ein Recht habe ich dann, so zu tun, als würden die Diplome und Zertifikate an meiner Wand auch nur irgendeine Bedeutung haben?

„Ich kann das nicht", sage ich ihr schnell. „Aber ich würde wirklich gerne weiter mit dir über Billy reden. Ich hoffe, du kommst noch einmal her. Oder heute …" Ich schaue auf die kleine Uhr auf dem Tisch. „Wir haben noch Zeit. Du musst noch nicht gehen."

Anya ignoriert mich. Sie steht auf und lässt einen zerknüllten Scheck auf den Tisch fallen. „Sagen Sie meinem Bruder nur unbedingt, dass ich hier war, damit er mich in Ruhe lässt."

Sie hat bereits die Tür geöffnet und geht über den Weg, als ich zu ihr aufschließe. Bevor ich mich zurückhalten kann, ergreife ich ihren Arm. Das schmuddelige Material ihrer Jacke faltet sich zwischen meinen Fingern, Anyas Ellbogen ist irgendwo in dem riesigen Ärmel verloren. Mein Magen zieht sich zusammen, und ich lasse den Stoff los, wissend, dass das warme glitschige Gefühl den Schatten von Schmutz auf meinen Fingern hinterlassen wird, noch lange nachdem ich sie geschrubbt habe. Ich schüttele meine Hand aus, reibe sie hektisch an meiner Hose ab und bereue den Instinkt sofort – jetzt werde ich die Hose auch waschen müssen.

Anya starrt mich mit einem so intensiv neugierigen Blick an, dass meine Wangen anfangen zu brennen.

„Bitte, bleib …", fange ich an, aber sofort verändert sich ihre Miene.

„Wenn Sie wirklich helfen wollten", sagt sie und wischt wütend über die Tränen, die ihr endlich in die Augen gestiegen sind, „würden Sie mir helfen, Billy zu finden. Ich werde hier nicht weiter meine Zeit vergeuden."

Und dann geht sie in großen Schritten auf die Gartenpforte zu.

Oh, um Himmels willen. Vielleicht sollte ich sie gehen lassen, aber ich kann nicht. Ich folge ihr. Ihre dünnen Beine scheinen einen eigenen Antrieb zu haben, und als ich die Pforte erreiche, schlägt sie bereits wieder zu. Ich reiße sie auf und trete hindurch.

Die Panik versenkt sich wie ein Haken in meiner Brust. Das schwarze Band der Straße vor mir schwankt; der Bürgersteig neigt sich. Dir geht es gut, sage ich mir, dir geht es gut, dir geht es gut. Aber das tut es nicht. Ich springe zurück und spüre, wie mein Rückgrat gegen den Mauerpfosten prallt. Ich fange an, meine Atemzüge zu zählen; das ist ein alter Trick meiner Mutter, eine Beruhigungstechnik, und jetzt ist es auch meiner.

Ein, aus: *eins.*

Ein, aus: *zwei.*

Ein, aus: *drei.*

„Warte!", rufe ich Anya hinterher. Meine Stimme ist rau, und der Wind, der über den Hügel zu mir hinaufweht, verschluckt sie mit Leichtigkeit. Mein Herz pocht – nicht nur aus Angst, sondern auch aus Frust, Wut und Scham.

Anya ist jetzt schon ein ganzes Stück den Bürgersteig hinunter. Ihre Umrisse werden weicher, als sie in einem trüben Nebelwirbel verschwindet. Falls sie mich hört, lässt sie es sich nicht anmerken, und es gibt nichts, was ich tun kann, außer zuzusehen, wie sie geht.

4. KAPITEL

„Der positive Effekt von Hunden auf Menschen mit Agoraphobie hört nie auf, mich zu beeindrucken", sagt Dr. Kirin Himura. Er erklärt, dass ein Hund für Menschen, die auf öffentlichen oder überfüllten Plätzen Panik bekommen, den Übergang zwischen innen und außen erleichtert. Der Hund bleibt in jeder Umgebung vertraut, eine tröstende Präsenz, ein steter Begleiter, eine Boje in einem Meer des Unbekannten. Einige Hunde, merkt Dr. Himura an, bemerken sogar die ersten Anflüge einer Panikattacke in ihren Menschen, sie spüren die nonverbalen Anzeichen von Stress wie einen beschleunigten Herzschlag oder zitternde Hände, die einer Episode oft vorausgehen. Wenn diese Hunde spüren, dass sich eine Panikattacke aufbaut, gibt es kleine Tricks, die sie anwenden, um die Situation zu entschärfen – entweder weil sie entsprechend ausgebildet sind oder weil es in ihrer Natur liegt. Manchmal führt so ein Hund seinen menschlichen Gefährten schnell von dem fort, was auch immer die Paniksymptome auslöst. Manchmal muss er nur seine Nase gegen die Hand der Person drücken, die sich plötzlich am Rande einer Panik sieht, und das reicht, um diesen Menschen zu beruhigen.

Ich finde den Artikel online in einem Magazin, das sich *Alternative Therapien* nennt. Nachdem Anya Ravenhurst gegangen ist, habe ich meine Hände unter heißem Wasser geschrubbt und eine Handvoll Vitamine und probiotische Tabletten geschluckt, während ein einzelner Refrain sich in einer Endlosschleife in meinem Gehirn drehte:

Wenn ich meinen Patienten nicht helfen kann, wer bin ich dann?

Ich wusste, dass ich zu hart zu mir war – von welchem Therapeuten würde man erwarten, einer unwilligen Patientin hinterherzurennen oder ihr zu helfen, ihren vermissten Hund zu suchen? Aber ich konnte das Gefühl nicht abschütteln, Anya im Stich gelassen zu haben. Ich dachte die ganze Zeit an ihre traurige, erschöpfte und verzweifelte Ausstrahlung, die sie sich bemüht hatte, unter einer steinernen Miene und einer ausdruckslosen Stimme zu verbergen. Es musste beinahe unmöglich für sie gewesen sein, mich um Hilfe zu bitten, aber sie hatte es getan, und ich hatte Nein gesagt. Anya brauchte mich vielleicht mehr als je einer meiner anderen Patienten, und ich hatte sie abgewiesen. Meine Angst hatte nicht mehr nur Auswirkungen auf mein eigenes Leben, sondern auch auf das meiner Patienten. Ich ertrug den Menschen nicht mehr, der ich geworden war. Ich brauchte einen Plan, eine Angriffstaktik. Ich bin mit meinem Laptop und einem Stapel Bücher und Anleitungen aus meiner Unizeit ins Bett gekrabbelt, und nun, Stunden später, suche ich immer noch nach Behandlungsmöglichkeiten.

Ich weiß, dass Konfrontationstherapie oder Desensibilisierung als Behandlung für Panikstörungen empfohlen wird, aber bis ich auf den *Alternative Therapien*-Artikel stieß, hatte ich mich nie mit dem Einsatz von Hunden für diese Form der Therapie beschäftigt. Ich recherchiere noch ein wenig mehr im Internet, und was ich finde – Artikel über Artikel, in denen es um Hunde geht, die Menschen mit seelischen Störungen helfen – fasziniert mich. Der dreiundzwanzigjährige Soldat, der mit einer posttraumatischen Belastungsstörung aus dem Irak heimkehrt und dank der Gesellschaft eines Terriermischlings namens Abe aufgehört hat, sich mit Alkohol zu betäuben. Der gelbe Labrador, der einem Mädchen im Teenageralter geholfen hat, ein Gefühl der Sicherheit zu erlangen und die lähmende Angst zu überwinden, unter der sie litt, nachdem sie von ihrem Onkel sexuell missbraucht worden war. Die ausgebildeten und nicht ausgebildeten Hunde in allen Formen und Größen, die Agoraphobikern geholfen hatten, ihr Haus zum ersten Mal seit Monaten oder Jahren, manchmal sogar Jahrzehnten zu verlassen. Diese Artikel sind herzerwärmend und wunderschön und inspirierend, und ab und zu will mir etwas in die Augen steigen, und ich muss aufhören zu lesen.

Ich frage mich, ob meine Mutter von den positiven Effekten von Hunden auf Menschen mit Agoraphobie weiß. Sie hat meine Liebe zu Hunden immer unterstützt, und ich erinnere mich daran, dass sie oft darüber gesprochen hat, wie gut Hunde für Kinder wären, dass sie ein gewisses Verantwortungsgefühl und eine Routine schaffen und gleichzeitig Liebe und Kameradschaft vermitteln. Ich bin ein Einzelkind und habe immer gedacht, sie fände, ein Hund wäre ein guter Ersatz für Geschwister, aber jetzt frage ich mich, ob nicht mehr dahintergesteckt hat.

Denn soweit ich weiß, hat meine Mutter in fünfundzwanzig Jahren ihr Haus nie ohne eine Krankenhauspackung von angsthemmenden Medikamenten verlassen. Selbst mit ihrer Artillerie an Pillen geht sie selten raus. Ich weiß nicht, wann ihre Panikattacken angefangen haben, aber ich schätze, einige ihrer Zwangsstörungen – ihre extreme Sorge um Sauberkeit zum Beispiel und ihre damit verbundene Angst vor Bakterien – waren schon lange da, bevor die Panik den Punkt erreichte, an dem sie es nicht mehr über sich brachte, das Haus zu verlassen. Sie hat selten über ihre Kindheit gesprochen, aber wenn sie es tat, waren ihre Geschichten immer ein wenig düster. Das Einzige, was sie mir je über meine Großmutter mütterlicherseits erzählt hat, die starb, bevor ich geboren wurde, war, dass sie einen billigen Geschmack hatte, was Alkohol und Männer anging.

Wenn die größte Angst meiner Mutter war, nach draußen zu gehen, war ihre zweitgrößte Angst, ihre Ängste auf mich übertragen zu haben. Ich erinnere mich, dass ich schon in jungen Jahren das Gefühl hatte, meine Mutter beobachte mich, suche nach Anzeichen dafür, dass ich ihre Ängstlichkeit geerbt hatte. Trotzdem war es an den meisten Tagen sehr lustig, mit ihr zusammen zu sein. Zu Hause, wo sie sich wohlfühlte, war sie voller Leben, klug und lustig, immer ein schnell erfasstes Detail über den FedEx-Boten oder den Mann vom chinesischen Lieferdienst oder ihre Therapeutin – „Die Heilige Dreifaltigkeit“, wie sie diese drei regelmäßigen Besucher nannte – auf der Zunge. Ich liebte es, ihr zuzuhören, und wurde ziemlich gut darin. Unbewusst lernte ich, wie ich die Pausen in unseren Unterhaltungen zu interpretieren hatte, das flüchtige Mienenspiel und selbst ihre Körpersprache, und wie ich dieses Wissen nutzen konnte, um sie zu ermutigen weiterzusprechen (auf der Uni lernte ich später, dass ich mein ganzes Leben lang intuitiv etwas getan hatte, was sich „aktives Zuhören“ nennt).

Irgendwo auf dem Weg schien meine Mom entschieden zu haben, dass einen vollen Terminplan für mich aufzustellen die beste Möglichkeit wäre, irgendwelche Ansätze – die ich vielleicht hegen könnte –, zu viel Zeit zu Hause zu verbringen, im Keim zu ersticken. Und sicherzustellen, dass ich niemals die Schatten sah, die sie hinter der Haustür spürte. Außerdem, das erkenne ich jetzt, konnte sie mich so von der Last befreien, ihr über Gebühr Gesellschaft leisten zu müssen. Ein Babysitter oder die Eltern von Klassenkameraden oder manchmal auch mein Vater chauffierten mich zu all den Aktivitäten, die meine Mutter für mich ausgesucht hatte – Tanzunterricht und Klavierstunden und Nachhilfe und selbst Gassigehen mit Hunden als ehrenamtliche Mitarbeiterin einer örtlichen Organisation, die Haustierbesitzer mit HIV unterstützte. Ich glaube, meine Mom dachte, wenn sie eine solide Routine für mich etablierte, wenn ich immer wüsste, was mich an jedem einzelnen Tag der Woche erwartete, würde ich mich selbstbewusst und sicher fühlen. Sie wollte, dass mir das Haus zu verlassen so leicht und natürlich vorkam wie das Atmen.

Als Ergebnis wuchs ich zu jemandem heran, der Routine lebte und liebte. Selbst auf dem College genoss ich es, in der Nähe meiner Eltern zu wohnen, über die Straßen zu gehen, die ich so gut kannte, in denselben Läden einzukaufen, in denen ich dies schon seit Jahren tat. Als ich in meinen Zwanzigern war, sah meine Mutter, glaube ich, ihren Fehler und fing an, mir zu sagen, dass ich wegziehen sollte, die Welt sehen oder zumindest unser Land. Ich werde nie ihren erleichterten Blick vergessen, als ich ihr erzählt habe, dass ich nach San Francisco ziehen würde. Sie wäre am Boden zerstört, wenn sie wüsste, wie ich in den letzten drei Monaten gelebt hatte, und ich bin entschlossen zu verhindern, dass sie es jemals erfährt.

Ich versuche, mir vorzustellen, wie ich mit einem Hund an meiner Seite durch die Gartenpforte auf den Bürgersteig vor dem Haus trete, und spüre das kalte Pochen der Panik leise und stetig in meinem Inneren, höre das Rauschen des Pulses in meinem Ohr. Trotzdem, lieber würde ich versuche, meine Angst mithilfe eines Hundes zu überwinden als mit Medikamenten. Selbst wenn es einfach wäre, ein Rezept für angsthemmende Arzneimittel zu bekommen, würde ich diesen Weg lieber nicht einschlagen. Ich mochte es nie, wie meine Mutter sich benahm, wenn sie die Pillen nahm, die es ihr erlaubten, das Haus zu verlassen. Sie machten sie zu einer ruhigeren, weniger interessanten Version ihrer selbst und dämpften ihren Humor. Zu Hause hatte sie ein elastisches Gesicht voller Leben und Liebe, aber wenn sie unter Medikamenten stand, war ihre Mimik stark eingeschränkt.

Meistens verließ sie das Haus für mich – um zu Schulfeiern, Schwimmwettbewerben, dem jährlichen Shoppingtrip vor Schulbeginn zu gehen. Auf diesen Ausflügen war sie niemals sie selbst, sondern immer schwer sediert, ständig ihre Lippen bewegend und ihre Atemzüge zählend in dem Versuch, sich zu beruhigen. Ich hatte mich danach gesehnt, ihr zu sagen, dass sie sich die Mühe nicht machen müsse, aber ich habe es nie getan – nicht einmal, als ich in der trotzigsten Phase als Teenager war. Ich hatte Angst, sie würde denken, sie wäre mir peinlich. Ich hatte Angst, dass sie mir wirklich peinlich war.

Lourdes bietet mir ständig an, mir zu helfen, aber obwohl sie meine liebste engste Freundin ist, will ich nicht, dass sie mich so sieht, wie ich meine Mutter gesehen habe, wenn wir rausgingen und sie gegen eine Panikattacke ankämpfte. Vielleicht bin ich zu stolz, aber ich weiß, es verändert die Gefühle für einen Menschen, wenn man mit ansieht, wie er zittert, sich bemüht, auf den Beinen zu bleiben, während der harte Wind der Panik ihn hin und her schüttelt. Ich will das weder Lourdes noch mir noch unserer Freundschaft antun.

Diese Hundesache, beschließe ich, könnte einen Versuch wert sein.

Ich steige endlich aus dem Bett, um mir etwas zum Abendessen zu machen, als Dad anruft.

„Wie geht es Toby?", fragt er. Das ist immer seine erste Frage.

„Ach, weißt du", antworte ich. „Toby ist Toby." Ich habe meinen Eltern nicht erzählt, dass Toby einen Monat nach meiner Ankunft in San Francisco gestorben ist. Ich fürchte, dass sie irgendwie spüren, auf welche besondere Art sein Tod mich beeinflusst, und ich möchte nicht, dass sie sich Sorgen machen.

Mein Dad stürmt wie üblich an meiner Antwort vorbei, um seine unvermeidliche zweite Frage zu stellen: „Und wie läuft die Arbeit?" Er hat selbst eine eigene Firma, ein Bauunternehmen. Ich weiß, er ist stolz drauf, dass ich das Risiko eingegangen bin, eine eigene Praxis zu eröffnen, und er hat mich gewarnt, dass die ersten Monate und selbst Jahre schwierig werden können.

Ohne Namen oder Einzelheiten zu nennen – von denen ich sowieso nicht über viele verfüge –, erzähle ich ihm von Anya Ravenhurst; dass sie nicht glaubt, dass ihr Hund tot ist, und dass sie nicht wiederkommen wird, um noch einmal mit mir zu reden.

„Klingt, als hättest du alles Menschenmögliche getan, um ihr zu helfen", sagt mein Dad.

Ich spüre, dass ich die Tränen wegblinzele. Diesen Effekt hat die Stimme meines Dads oft auf mich. Sie berührt eine verletzliche Ader in mir, die in eine Zeit zurückreicht, in der es schien, als könne er alle meine Probleme lösen. Ich schlucke. „Nein. Das habe ich nicht. Ich glaube, ich habe ihr überhaupt nicht geholfen."

„Maggie, das kannst du nicht wissen. Vielleicht hast du ihr geholfen, ein Stück mehr zu akzeptieren, dass ihr Hund weg ist."

„Oh nein, dazu ist sie noch nicht bereit. Sie ist immer noch sehr traurig." Ich suche nach einem Weg, um meinem Dad Anyas Gemütszustand verständlich zu machen. „Stell dir vor, wie du dich fühlen würdest, wenn etwas, das du wirklich liebst, von einem Tag auf den anderen einfach verschwindet", sage ich. „Stell dir vor, jemand klaut deine Golfschläger."

„WAS FÜR EIN MONSTER WÜRDE EINEM MANN SEINE GOLFSCHLÄGER KLAUEN?"

Ich lache. Mein Dad liebt es, Golf zu spielen, und da meine Mom nicht wirklich der Golftyp ist, habe ich ihn oft auf seiner sonntäglichen Runde begleitet. Ich habe es geliebt, neben ihm zu sitzen, mit dem Golfkart herumzusausen und im Herbst zu beobachten, wie die Blätter ihre Farbe verändern und im Frühling die kleinen Knospen an den Bäumen sprossen. Ich war ein Stadtkind, und deshalb war meinen Dad auf den Golfplatz zu begleiten wie ein Ausflug aufs Land. Ich wurde selbst eine ziemlich gute Golferin, aber in Wahrheit habe ich das Golfen mehr wegen der fröhlichen Gesellschaft meines Dads und wegen der frischen Luft geliebt als wegen des Sports.

Ich erzähle meinem Dad, dass ich die einzige Möglichkeit, Anya zu helfen, darin sehe, sie auf der Suche nach ihrem Hund zu unterstützen.

Mein Dad schweigt einen Moment, dann sagt er: „Du kannst nicht jedem helfen, meine Süße." Ich höre Jahre der

Traurigkeit und Niederlagen in seiner Stimme. Die schwere Last, eine Frau zu lieben, der er nicht helfen kann. Ich fühle mich schuldig, dass ich unsere Unterhaltung an diesen Punkt gebracht habe.

Im Hintergrund höre ich die Stimme meiner Mutter. Ich sehe sie klar vor mir: mein Dad, der in der Obstschublade im Kühlschrank herumwühlt, und meine Mom, die ein letztes Mal vor dem Zubettgehen die Arbeitsflächen schrubbt.

„Bleib dran“, sagt mein Dad. „Hier ist deine Mutter.“

„Maggie?“

„Hi, Mom.“

„Worüber habt ihr gesprochen?“

Also erzähle ich ihr alles über Anya; alles, was ich gerade meinem Dad erzählt habe. Sie hört schweigend zu, bis ich zu dem Teil komme, an dem Anya mich bittet, ihr bei der Suche nach Billy zu helfen.

„Nun, du musst ihr helfen, ihren Hund zu finden“, unterbricht mich meine Mom. „Das klingt für mich nach Schwarz und Weiß.“

„Nein, nein“, sage ich. „Billy ist kein Dalmatiner. Er ist ein Mischling.“

Meine Mom lacht und hört dann so abrupt auf, dass klar wird, sie wollte mich nur aufheitern. Sie weiß, dass ich zur Ablenkung immer auf Witze zurückgreife; ein Trick, den ich von ihr gelernt habe. Eine nette, dicke Decke aus Humor gibt allen möglichen unangenehmen Gefühlen einen sicheren Ort, an dem sie sich verstecken können.

„Nein, mal ehrlich“, sagt sie. „Was macht es für einen Unterschied, ob du in deinem Büro mit ihr sprichst oder auf einem Spaziergang? Wenn du glaubst, sie sollte mit jemandem reden, hilf ihr, nach ihrem Hund zu suchen, und sprich dabei mit ihr.“

„Aber was, wenn es das Beste für sie wäre zu akzeptieren, dass ihr Hund weg ist?“, frage ich. „Ich möchte kein ungesundes Verhalten unterstützen.“

„Diese Patientin von dir sucht nach etwas“, sagt meine Mom entschieden. „Und sie hat sehr klar gemacht, dass sie das nicht in deinem Büro findet.“

Nachdem ich das Gespräch mit meinen Eltern beendet habe, rufe ich Lourdes an. Ich höre ihr Telefon oben klingeln, ihre Schritte auf dem Boden, als sie hingeht, um den Anruf anzunehmen.

„Hallo Fremde“, sagt sie.

Ich atme tief durch.

„Lourdes“, sage ich. „Ich brauche deinen Hund.“

5. KAPITEL

Giselle rast förmlich vor Freude, als Lourdes sie am nächsten Morgen zu mir herunterbringt. Sie springt von einer Pfote auf die andere und wedelt wie wild mit dem Schwanz. Selbst ihr Fell scheint fester um ihren Körper gespannt zu sein als normal, ihre apricotfarbenen Locken vibrieren bei jedem Schritt. Ich glaube nicht, dass sie meine nervöse Energie aufnimmt, sondern dass sie sich einfach nur freut, aus dem Haus zu kommen, aber wer weiß? Meiner Erfahrung nach sind alle Gerüchte über die beeindruckende und manchmal verstörende Intelligenz von Pudeln wohlbegründet.

Lourdes reicht mir eine Einkaufstasche mit Hundefutter und Näpfen und Spielzeug und einer Leine. Als ich ihr von meinem Plan erzählt habe, haben sie und Leo gemeinsam mit den Kindern besprochen, dass sie das hundefreie Wochenende nutzen würden, um über Nacht nach Napa zu fahren.

„Vergiss nicht“, sagt Lourdes, „dass sie aus der Toilette trinkt.“

„Ist notiert.“

„Und sie wird in der Sekunde, in der du aus der Tür gehst, auf die Möbel springen.“

„Lourdes, mach dir keine Sorgen um uns. Geh und hab Spaß.“

„Okay. Ich bringe dir eine Flasche von etwas Leckerem mit. Sie könnte vielleicht auch leer sein, das kommt darauf an, wie oft Gabby auf der Heimfahrt fragt, wann wir endlich da sind.“ Sie runzelt die Stirn. „Bist du sicher, dass ich nicht lieber bleiben soll? Kann ich nichts tun, um dir zu helfen?“

Ich nicke in Richtung von Giselle. „Du hilfst mir doch."

Lourdes wirft ihrem Hund einen zweifelnden Blick zu. Dann hebt sie die Hände und fängt an, zu der Melodie von *Ich bin Herr im Haus* aus *Les Misérables* zu singen: „Verlässt niemals das Haus, geht niemals durch die Tür, bestellt so viel von Amazon, dass sie einen Sonderpreis bekommt!" Sie ahmt eine jubelnde Zuschauermenge nach. „Und die Zuschauer toben, als sie Maggie Brennans finaler Vorstellung in ‚Die agoraphobe Therapeutin' sehen, dem diesjährigen Tony-Gewinner in der Kategorie ‚Das verrückteste neue Musical'." Lourdes schlingt die Arme um mich und drückt mich fest an sich.

„Viel Glück", flüstert sie. „Ich hab dich lieb."

Nachdem sie gegangen ist, fülle ich Wasser in Giselles Schüssel und setze mich neben ihr auf den Flur, während sie trinkt. Es ist das erste Mal, dass ich seit Tobys Tod einen Hund in meiner Wohnung habe. Sie schlabbert das Wasser anders, als er es getan hat; irgendwie weicher, anmutiger.

„Konfrontationstherapie", sage ich laut. „Systematische Desensibilisierung."

Als es im Haus ruhig ist und ich weiß, dass Lourdes und ihre Familie abgefahren sind, lege ich Giselle die Leine an.

Auf dem Weg zum Gartentor mache ich alles, von dem ich weiß, dass ich es tun sollte – die ganzen Dinge, die ich meinen Patienten rate, wenn sie Angst haben, von einer Panikattacke überfallen zu werden. Ich konzentriere mich auf meinen Atem, ziehe die Luft durch die Nase ein und stoße sie durch den Mund wieder aus. Ich stelle mir den Spaziergang im Kopf vor – ein schneller ereignisloser Trip um die Ecke. Ich strecke meine Hand aus und streichle über Giselles Rücken. Wie auf Kommando setzt sie sich hin. Ihr Blick ist fest auf das Gartentor gerichtet, ihr Körper zittert vor Vorfreude. Ich schlinge die Leine mehrmals um meine Hand, um sie zu kürzen, sodass ich, wenn ich meine Finger ausstrecke, Giselles seidige Locken berühren kann.

Ich öffne die Pforte.

Etwas Kaltes und Dunkles rauscht durch mich hindurch.

Ich atme und zähle, atme und zähle.

Eins.

Zwei.

Ich zwinge mich, mir Anyas gepeinigte Miene vorzustellen, und frage mich, wie es wäre, ihr nicht zu helfen, und im gleichen Moment zieht mich Giselle nach vorn auf den Bürgersteig. Wie im Nebel strecke ich die Hand aus und ziehe das Gartentor hinter mir zu. Ich lege meine Hand auf Giselles Kopf, um mein Gleichgewicht zu finden, und wehre die Panik mit meinem Atem ab. Ich stütze mich nicht wirklich auf Giselle ab, aber ich habe das Gefühl, ich könnte es, wenn es sein müsste, und sie würde mich nicht fallen lassen.

Dann umklammere ich die Leine in meiner Hand und gehe los. Ich versuche, mir vorzustellen, dass ich alle negativen Gedanken mit meinem Atem ausstoße, dass meine Brust sich weitet, statt sich zusammenzuziehen, aber hauptsächlich konzentriere ich mich auf Giselle, ihre warme solide Präsenz an meiner Seite, die Weichheit ihres erdbeerblonden Fells an meinen angespannten Fingerknöcheln. Sie ist fröhlich und selbstbewusst, vollkommen ungerührt von der Kürze der Leine. Ich stelle mir vor, ich hätte Scheuklappen auf, dass ich mich nicht umschauen könnte, selbst wenn ich es wollte, dass ich nur Giselle sehen könnte. Aber mit jedem Schritt spannt sich meine Haut, verkrampfen sich meine Muskeln. Galle steigt in mir auf. Panik summt in meinen Ohren, schwirrt durch mich hindurch, füllt meine Brust aus, und ich kann kaum atmen. Das Geräusch von Giselles Krallen auf dem Asphalt durchdringt den Nebel. Die Anhänger an ihrem Halsband stoßen klingelnd gegeneinander. Ihr Halsband und die Leine sind aus blassbraunem Leder, gute stabile Haltegurte, die mich nicht im Stich lassen werden. Ich lasse meine feuchten, zitternden Finger durch das weiche Fell an ihrem Hals gleiten und fange von vorn an.

Eins.

Zwei.

Als ich den Bürgersteig vor mir sehe, wird mir bewusst, dass ich es bis zur Ecke geschafft habe, die ungefähr einen halben Block von Lourdes' Haus entfernt liegt. Sofort drehe ich mich um und eile zurück zum Gartentor. Giselle galoppiert neben mir her.

Als die Pforte hinter mir ins Schloss fällt, krümme ich mich zusammen, drücke meine Hände gegen die Knie und atme tief durch. Nach ein paar Minuten wird mein Kopf klar, und ich richte mich wieder auf. *Es hat tatsächlich geklappt!* Ich war nicht weit gegangen, aber zum ersten Mal seit hundert Tagen hatte ich es durch die Gartenpforte geschafft. Das war doch schon mal ein Anfang.

„Tja", sage ich zu Giselle, als wir wieder in der Wohnung sind. Ich schrubbe meine Hände unter heißem Wasser, und sie steht in der Tür zum Badezimmer und beobachtet mich. „Das war vielleicht ein Abenteuer, meine Kleine."

Giselle ist so höflich, nicht zu widersprechen.

„Babyschritte", sage ich und versuche dann, es für sie zu übersetzen. „Welpenschritte." Aber die Übersetzung funktioniert nicht – ein Welpe wäre voller Freude die Straße hinuntergetobt, statt sie hinunterzuschleichen wie jemand, der gerade erst aus einem Ganzkörpergips befreit worden ist. Ein Welpe wäre weiter als bis zur Ecke gegangen.

In einem der Küchenschränke steht noch eine Schachtel mit Hundekeksen. Ich halte Giselle einen hin und streiche mit der anderen Hand ihre bauschigen Stirnlocken zurück. Sie nimmt den Keks vorsichtig mit den Zähnen, dabei berühren ihre Lippen meine Finger wie ein sanfter Kuss. Dann trottet sie zum Teppich und zerbeißt den Keks, wobei kleine Stücke aus ihrem Maul auf den Boden fallen, die sie dann eines nach dem anderen wieder aufleckt. Danach schnüffelt sie auf der Suche nach weiteren Krumen über den Teppich und schaut mich dann erwartungsvoll an. Als ich keine Anstalten mache, mich in Richtung des Schranks mit den Hundekeksen zu bewegen, streckt sie ihre langen Vorderbeine vor sich aus, dehnt die Pfoten und gähnt.

„Tut mir leid“, sage ich. „Langweile ich dich schon?“ Ich fühle mich wie betrunken, so voller Adrenalin, dass mir beinahe ein wenig schwindelig ist. Ich war nur wenige Minuten auf der anderen Seite des Gartentors gewesen, aber um die Länge der Zeit geht es nicht. Ich hatte es getan. Ich hatte mich angespannt und atemlos gefühlt, und mein Herz war gerast, aber die pilzförmige Wolke der Panik hatte nie den Himmel verdunkelt – oder zumindest hatte ich nicht aufgeschaut, um es zu sehen. Das war wichtig. Ich darf mir nicht zu schnell zu viel abverlangen. Eine ausgewachsene Panikattacke könnte die Sache noch schlimmer machen. Was ich brauche, ist eine Reihe von kurzen Spaziergängen, die gut genug laufen, um mich positiv zu bestärken. Eine Basis, auf der ich aufbauen kann, sobald ich dazu bereit bin.

Giselle rollt sich auf die Seite und schaut mich an, wobei sie mit ihrem Staubwedelschwanz auf den Teppich klopft.

Zwei weitere Spaziergänge, beschließe ich. Ich werde mich dazu zwingen, heute noch zwei Spaziergänge zu machen; jeder ein wenig länger als der davor.

Es wäre einfacher, wenn ich nicht in einer Stadt der Hügel leben würde.

Selbst als Kind war ich kein großer Freund von Höhen. Diese Angst sehe ich jetzt als Vorbote meiner derzeitigen Phobien. Ich war acht Jahre alt, als mir zum ersten Mal bewusst wurde, dass ich mich nicht daran erinnern konnte, wann meine Mutter das letzte Mal das Haus verlassen hatte. Jetzt erkenne ich, dass es sicher kein Zufall war, dass ich im selben Jahr das erste Mal Höhenangst hatte. In dem Jahr hat meine Mutter mich für einen Ballettunterricht angemeldet, der in einem Studio im fünften Stock stattfand – gerade hoch genug, um über drei Straßen voller Reihenhäuser bis zu dem flachen Band des Delaware River in der Ferne zu schauen. Während der ersten Stunde rannte ich mit allen anderen Mädchen zum Fenster, um hinauszugucken, aber als ich da stand und das kalte Glas mit meinen Fingerspitzen berührte, spürte ich, wie mein Mund ganz trocken wurde. Ich drehte mich um, voller Angst, dass mir gleich schlecht würde, und verbrachte den Rest der Stunde damit, mich zu fragen, warum der Boden unter mir schwankte. Nachdem meine Lehrerin mich ein paar Stunden lang herumstolpern sah, befand sie, dass ich unkonzentriert und ungeschickt sei, und steckte mich, zu meiner großen Erleichterung, in die letzte Reihe, wo ich lernte, meinen Blick auf die bunten Haarschleifen meiner Mitschülerinnen zu richten anstatt auf die Aussicht, die von den vielen Spiegeln im Studio reflektiert wurde. Ich habe meinen Eltern nie gesagt, was ich empfunden habe, dass ich es nicht mochte, meine Welt so groß zu sehen, dass ich mich verloren und allein fühlte. Ich schien gespürt zu haben, dass diese Mitteilung ihnen Sorgen bereitet hätte.

Lourdes' Haus liegt an einem der steilen Hügel, die sich aus dem Cole Valley erheben, einem Wohngebiet im geografischen Zentrum von San Francisco. Aus jeder Richtung bedroht mich ein weiter Blick über die City. Das hat mir bei meinem Einzug nicht so viel ausgemacht, und es war mir einigermaßen leichtgefallen, meine Höhenangst zu ignorieren, aber jetzt habe ich das Gefühl, ausgerechnet hier zu wohnen ist, als würde jemand mit einer tödlichen Allergie gegen Bienenstiche sich zum Picknick neben einen Bienenstock setzen. Wenn meine Phobien ein schlafender Bär waren, war der Umzug nach San Francisco, als hätte ich mir einen kurzen Stock gegriffen und den Bären damit angestupst. Der Bär ist jetzt wach und brüllt mit jedem Schritt in meinen Ohren.

Trotzdem zwinge ich mich, durch die Pforte und die Straße hinunterzugehen, an dem Bürgersteig entlang, an dem mein erster Spaziergang des Tages geendet hatte. Die steilen Hügel machen meine Beine weich. Als ich in der Nähe ein Café entdecke, dessen Tische auf dem Bürgersteig voll besetzt sind, rast mein Herz wie verrückt; jeder Schlag ist ein schmerzhaftes Ziehen. Wenn ich mich schon mit den demütigenden Symptomen einer Panik herumschlagen muss, würde ich das lieber alleine auf einer ruhigen Straße tun als in einer geschäftigen Gegend. Ich versuche, meine Aufmerksamkeit auf Giselle zu richten, aber die Geräusche aus dem Café lenken mich ab, und meine imaginären Scheuklappen funktionieren nicht mehr. Ich verlangsame meine Schritte und kämpfe mit mir darum, ob ich in diese Richtung weitergehen kann. Giselle bleibt stehen, und ich stolpere beinahe über sie. Ihre Nase steckt tief in einer Papiertüte mit Essensresten, die auf dem Bürgersteig liegt.

„Nein“, flüstere ich kaum hörbar. „Lass das.“ Ich zupfe kurz an der Leine, und wir gehen weiter … stockend, denn ein paar Schritte weiter findet sie ein Kaugummipapier und dann eine benutzte Serviette, und ich muss mich stark auf sie konzentrieren und mich ständig wiederholen. Als sie den Plastikdeckel eines Kaffeebechers auf dem Boden findet, schwöre ich, dass sie zu mir aufschaut und mir zuzwinkert, bevor sie ihn in die Schnauze nimmt. Ich nehme ihr den Deckel ab, und sie lässt ihn ohne Widerstand los, wobei sie mit dem Schwanz wedelt und einen lässigen Schritt vor macht, als zucke sie mit den Schultern.

Man kann es ja mal versuchen, scheint ihre Miene zu sagen.

Endlich lässt Giselle lange genug davon ab, den Bürgersteig nach Fressbarem zu untersuchen, damit ich aufschauen und mich orientieren kann. Ich erkenne, dass wir an dem Café vorbei sind, ohne dass ich es bemerkt habe. An der nächsten Ecke drehen wir um und gehen wieder nach Hause zurück.

Als Lourdes’ Zaun in Sicht kommt, bricht die Erleichterung sich in mir Bahn, und ich eile im lockeren Laufschritt auf die Gartenpforte zu. Nach so vielen Monaten der Inaktivität sind meine Beine sandig, knirschend, aber es tut gut, sich zu bewegen, zu fühlen, wie mein Körper *mit* mir anstatt gegen mich arbeitet. Ich laufe schneller. Giselle springt neben mir her, und die flauschigen Locken auf ihrem Kopf wippen lustig auf und ab.

In meiner Wohnung schrubbe ich meine Hände und stürze ein Glas Wasser herunter. Ich gebe Giselle einen Keks und mache mir selbst ein Sandwich zum Mittagessen.

Giselle bleibt bei mir, bis ich meinen Teller neben den Laptop auf dem Küchentisch stelle und mich auf einen Hocker setze. Schließlich akzeptiert sie, dass sie nichts von dem Sandwich abbekommt, und rollt sich auf dem Teppich zusammen. Innerhalb weniger Augenblicke schnarcht sie friedlich.

Ganz oben in meinem E-Mail-Eingang ist eine weitere Nachricht von Sybil Gainsbury von SuperMutt Rescue. Dieses Mal schreibt sie mir, dass wir eine neue Pflegefamilie für einen Hund namens Seymour finden müssen. Ich seufze. Es ist nicht das erste Mal, dass Seymour umgesiedelt werden muss.

Ich dachte, er hätte nur ein paar Probleme an der Leine, schreibt Sybil, *aber wie es aussieht, hat er auch Probleme mit Zügen! Seine derzeitige Pflegefamilie wohnt in der Nähe der N-Judah-Linie, und offensichtlich quetscht er sich jedes Mal hinter die Couch und pinkelt ein wenig, wenn ein Zug vorbeifährt – was alle fünfzehn Minuten der Fall ist. Der Arme!*

Sie hat ein Foto von ihm angehängt. Von allen Hunden, die bei SuperMutt ein- und ausgegangen sind, seitdem ich angefangen habe, ehrenamtlich für sie tätig zu sein, ist Seymour derjenige, der mir am meisten nahegelegt. Er ist einer dieser Hunde, die so offensichtlich aus verschiedenen Rassen hervorgegangen sind, dass das Ergebnis ziemlich komisch ist: Er hat das dichte cremefarbene Fell eines Golden Retrievers, aber sein dicker Körper ist unglaublich lang und balanciert auf den stummeligen Beinen eines Basset Hounds. Sein Gesicht ist auch eine spezielle Mischung; er hat die breite Schnauze und die quadratische Stirn eines Golden Retrievers und die langen Schlappohren eines Bassets.

Ein Hund, der so entzückend lustig aussieht wie Seymour sollte innerhalb von einer Woche vermittelt sein. Er sollte bereits für alle Zeiten glücklich bei einer großherzigen Familie leben. Er ist noch nicht einmal einer dieser Hunde, die so hässlich sind, dass sie schon wieder süß sind – eine spezielle Ästhetik, die, wie ich gelernt habe, sehr anziehend auf die Hunderettungsgemeinde wirkt. Seymour ist nicht hässlich-süß, er ist *süß*-süß. Und das ist kein Wunder! Er ist eine Mischung aus den beiden beliebtesten Rassen des Landes. Ihn zu vermitteln sollte ein Leichtes sein. Ein einfacher Fall. Eine Erfolgsgeschichte. Stattdessen kreist er schon seit Monaten im SuperMutt-System und wird von Pflegefamilie zu Pflegefamilie weitergereicht.

Das Problem ist, dass er auf Spaziergängen immer aus seinem Halsband schlüpft und in den Verkehr hineinrennt. Was in der Stadt nicht sonderlich klug ist. Und jetzt dieses Zugproblem. Ich betrachte sein Foto und sehe, dass das alles in seiner Miene zu erkennen ist. Seymours Augen sind zwar von einem weichen Braun und geformt wie die eines Golden Retrievers, doch in ihnen spiegelt sich weder die freundliche Selbstsicherheit des Golden noch der drollige Charme des Bassets. Der Ausdruck in seinen Augen ist unglücklicherweise einfach nur neurotisch. Und wer auch immer das Foto gemacht hat, er hat ihn in einem Moment erwischt, in dem Seymours Augen so weit offen stehen, dass man das Weiße um die goldbraune Iris sieht, was ihm ein besonders verrücktes Aussehen verleiht. In seiner Miene kann jeder auf einen Blick seine vibrierenden Nerven sehen, noch bevor er Geschichten von den verschiedenen Pflegefamilien hört, zwischen denen er hin und her geschoben worden ist.

Aber er ist auf liebevolle Weise neurotisch! Sehen die Leute das denn nicht? Neurotisch, aber süß. Das Süße in seinen Augen ist unübersehbar. Ein Eifer und ein Schmerz.

Owen Wilson, denke ich.

Ich würde ihn ja selbst nehmen, wenn ich könnte. Natürlich würde ich das. Ich bin ein Hundemensch und weiß, dass ich irgendwann wieder einen haben werde, aber ich will das nicht überstürzen. Und selbst wenn ich glauben würde, in meinem Herzen wäre im Moment Platz für einen neuen Hund – was ich nicht tue –, würde ich trotzdem wissen, dass ich für einen Hund wie Seymour die falsche Gefährtin wäre. Wie könnte eine Person in meinem Zustand ihm beibringen, seine Ängste loszulassen? Wie könnte ich ihm verständlich machen, dass er geborgen, dass seine Zukunft sicher ist? Es würde vermutlich damit enden, dass wir beide uns zusammen hinter der Couch verstecken.

Kurz überlege ich, Lourdes zu fragen, ob sie ihn aufnehmen würde. Sie haben ausreichend Platz für einen weiteren Hund, und Giselle mit ihrer lebhaften Fröhlichkeit wäre bestimmt ein guter Einfluss für einen schüchternen Hund wie Seymour. Aber wenn ich mit Lourdes spreche, weiß ich, dass sie nur versuchen würde, mich zu überreden, ihn selbst zu nehmen.

Ich antworte Sybil und schreibe, dass ich Seymours Status auf „dringend" setze, ihn an erster Stelle in der „Zur Vermittlung"-Liste stelle und „Keine Züge" in seiner Beschreibung ergänze.

Als ich mich durch die Website von SuperMutt klicke, erinnere ich mich an einen Artikel, den ich kürzlich über eine Tierschutzorganisation gelesen habe, die das Interesse an ihren Tieren dadurch gesteigert hat, dass sie ihnen Namen von Prominenten gegeben hat. Ich denke, dass das nicht schaden kann, und beschließe, alle Hundeseiten von SuperMutt durchzugehen und prominente Doppelgänger zu ihren Beschreibungen hinzuzufügen.

Ich betrachte das Foto von einem beigefarbenen Mops-Beagle-Mischling mit zahnstocherdünnen Beinen und einer langen rosafarbenen Zunge, die ihm seitlich aus dem Maul hängt. Aka: *Miley Cyrus*, schreibe ich ganz oben über ihre Beschreibung.

Ein blassbrauner American-Pitbull-Terrier-Labrador-Mix mit braunen Augen, starkem Kiefer und wie gemeißeltem Körper: *Channing Tatum.*

Ein Shar-Pei-Schäferhund-Mischling mit glänzendem Fell, der wenig humorvoll auf etwas hinter der Kamera schaut: *Silbermedaillengewinnerin im Bodenturnen McKayla Maroney.*

Und der süße verdrießliche Seymour: *Owen Wilson.*

Was kann ich noch tun?

Einige Nickerchen später schnarcht Giselle so laut, dass sie selbst davon aufwacht. Sie steht auf und streckt ihre Vorderbeine aus, reckt das Hinterteil in die Höhe und wedelt mit dem Schwanz. Ich liege auf der Couch und lese ein Buch. Sie schlendert zu mir herüber und schiebt ihre lange Schnauze ohne Umschweife unter meine Hand.

„Zeit rauszugehen?“, frage ich und hasse den Gedanken. Die Sonne steht jetzt tief, der Himmel verdunkelt sich. Ich überlege, Giselle einfach kurz in den Garten zu lassen, aber beim Klang meiner Stimme fängt sie an herumzuhüpfen, als hätte der Fußboden sich in eine Schüssel mit heißen Kohlen verwandelt. Als sie dann noch beginnt, am ganzen Körper zu zittern, kann ich nicht anders, als zu lächeln. Ich lege ihre Leine an, schlinge sie um meine Hand, und dann gehen wir den Weg hinunter. Ich zähle meine langen ruhigen Atemzüge und zwinge das Panik verkündende Vögelchen, das unangenehm in meiner Brust flattert, dazu, klein zu bleiben. Mit dem kleinen Vogel kann ich umgehen – mit dem Monster hingegen nicht.

Dieses Mal bemühe ich mich, alle paar Meter den Blick von Giselles Rücken zu heben. Obwohl ich mich schon ein wenig sicherer fühle, halte ich die Leine kurz. Mein Herzschlag ist ein lautes Stakkato in meinen Ohren, aber er rast nicht. Ich fühle mich klar und entschlossen. Giselle trottet an meiner Seite daher und zieht nicht allzu viel Aufmerksamkeit auf sich. Sie schaut auch kaum zu den Menschen, an denen wir vorbeikommen, als wir uns den Geschäften auf der Cole Street nähern. Sie hat diese selbstzufriedene konzentrierte Ausstrahlung, die zum Glück keine schmeichelnden Annäherungen von Fremden animiert.

Toby wäre nicht so würdevoll gewesen. Auf unseren Spaziergängen war er mehr ein sozialer Schmetterling als ein Hund. Er ist immer auf Menschen zustolziert, hat sie angegrinst und um ein wenig Aufmerksamkeit gebettelt. Seine Augen waren fröhlich, sie funkelten unter seinen langen Stirnfransen hervor, und seine schwarzen pelzigen Schlaghosen waren einfach zum Schießen. Ich prahle nicht, wenn ich sage, dass er wirklich ein Hund war, nach dem die Leute sich umgeschaut haben. Selbst der ernsteste, zu spät zur Arbeit kommende Bewohner von Philadelphia schien sich nicht gegen Tobys trotteligen Charme wehren zu können und blieb stehen, um sein seidiges Fell zu streicheln oder ihm zu erzählen, was für ein Sonnenschein er in diesem Viertel war, oder mich zu fragen, was für ein Hund er denn sei.

Trotz all der außerschulischen Aktivitäten, zu denen meine Mutter mich angemeldet hatte, war ich immer ein eher reserviertes Kind gewesen, eine Leseratte und Beobachterin, mehr geneigt, am Rand zu sitzen und zuzusehen, als mitzumachen. Toby hat das verändert – er hat *mich* verändert. Er hat mir beigebracht, dass ich wirklich mit jedem sprechen kann; ehrlich gesagt habe ich mit Toby an meiner Seite entdeckt, wie leicht sich Menschen mir gegenüber öffnen, mir Geschichten von ihren eigenen Hunden erzählen und damit auch von ihrem Leben. Auf diese Weise bin ich von einem unsicheren Teenager zu einer selbstbewussteren Erwachsenen erblüht. Einiges davon war vielleicht dem normalen Erwachsenwerden zuzuschreiben, aber im Grunde genommen glaube ich, dass es einzig und allein mit Toby zusammenhing.

Ich will damit nicht sagen, dass Toby perfekt war. Aus Gründen, die ich nicht einmal ansatzweise verstehe, wurde sein normalerweise melodiöses Bellen schrill und nervtötend, sobald er in der Nähe von Wasser war. Er schien körperlich nicht in der Lage dazu zu sein, einen einfach aufzunehmenden Haufen hinzusetzen; stattdessen lief er dabei im Kreis, was zu einer Kette von kleinen Häufchen führte, die einem Miniatur-Stonehenge nicht unähnlich war. Er war ein Clown, der gerne im Mittelpunkt stand und ständig ankam, wenn ich Besuch hatte, und zwar so oft, dass selbst *ich* mir manchmal wünschte, er würde sich einfach mal hinlegen. Und wenn er neben mir saß, legte er immer gerne eine Pfote auf meinen Arm. Ich hatte irgendwo gelesen, dass das ein Zeichen für Dominanz war und unterbunden werden sollte, aber mir machte es nichts aus. Ich ließ ihn glauben, dass er die Führung innehatte, und vermute, dass er das Gleiche über mich dachte.

Giselle und ich überqueren die Cole Street und gehen die Stanyan Street in Richtung Golden Gate Park hinunter. Ein paar zerzaust aussehende Menschen mit großen Rucksäcken lungern am Eingang zum Park zwischen Stanyan und Haight Street herum. Einige liegen auf dem Rasen davor. Viele von ihnen haben Hunde – verspielte herumspringende Welpen und ältere, leicht übergewichtige Mischlinge mit Halstüchern statt Halsbändern. Ich gönne diesen Bummlern den warmen Trost und die Zuneigung ihrer Hunde, aber ich mache mir auch Sorgen um das Maß an Pflege, das ihre Tiere erhalten. Sybil Gainsbury hat mir erzählt, dass in dieser Gegend ab und zu verletzte, kranke oder einfach nur von Flöhen befallene Hunde ausgesetzt werden. Alle paar Wochen geht sie durch den Park und verteilt kleine Dosen mit Hundefutter, Flohpulver und Flyer für die günstigen Impfkliniken. Sie hat mich eingeladen, sie auf diesen Spaziergängen zu begleiten, aber ich habe ihr immer gesagt, dass ich zu beschäftigt bin.

Ich würde gerne durch den Parkeingang gehen, um zu gucken, ob die Hunde gesund aussehen, aber irgendetwas hält mich zurück. Die Menschenansammlung, erkenne ich. Was, wenn die Panik mich überfällt, während ich mitten unter ihnen bin? Allein der Gedanke daran, vor so vielen Menschen zusammenzubrechen, lässt meine Haut unangenehm kribbeln. Es ist besser, wenn ich mich an die ruhigen Ecken halte, wo ich die Chance habe, meine Angst zu unterdrücken.

Babyschritte, sage ich mir und biege in einen Weg ein, der an der südlichen Grenze des Parks verläuft. Der Weg steigt und fällt und bietet auf der einen Seite einen Ausblick auf die Stadt und auf der anderen in den Park. Wo ich auch hinschaue, ist Schönheit, und ich versuche immer wieder, den Kopf zu heben, bevor ich meine Augen wieder auf den Weg vor mir richte.

Als ich mir endlich erlaube nach Hause zurückzukehren, suche ich den Himmel nach dem Sutro Tower ab, dem riesigen rot-weißen Funkmast, der auf dem Mount Sutro aufragt. Da ist er, hoch über dem Cole Valley. Er sieht aus wie eine umgekehrte Kralle aus einem dieser Videospiele, bereit, sich die Wolken zu greifen. Lourdes hat mir mal erzählt, dass San Francisco diesen dreizackigen Turm braucht, weil die vielen Hügel der Stadt den Empfang stören, und ich erinnere mich aus meinen ersten Wochen hier, dass man den Turm beinahe aus jeder Ecke des Straßengewirrs der Stadt sehen kann. Es ist tröstend zu wissen, dass, egal wie weit ich auch gehe, ich einfach nach ihm Ausschau halten kann und er mir den Weg nach Hause zeigt.

In meiner Wohnung schlabbert Giselle eine ganze Schüssel Wasser und wandert dann hechelnd in mein Schlafzimmer. Ich stehe am Küchentresen, kaue meine Vitamintablette und lausche ihren Geräuschen aus dem anderen Zimmer. Als sie nicht zurückkommt, gehe ich ihr nach.

Sie steht vor meinem Nachttisch und schnüffelt an der Kiste, die Tobys Asche enthält.

Ja, ich bewahre Tobys Asche in der Nähe meines Bettes auf. Wo sollte ich sie sonst hintun? In eine Schublade? Auf den Kaminsims? Es gibt keinen richtigen Ort, um die Asche seines Hundes aufzubewahren, oder? Wie auch immer, ich lebe allein; ich bin die Einzige, die seit meinem Einzug dieses Schlafzimmer betreten hat.

Während unserer dritten Woche in San Francisco habe ich mir Lourdes' Wagen ausgeliehen und bin mit Toby die Küstenstraße hochgefahren. Diese ersten Wochen in San

Francisco waren himmlisch. Es hat etwas für sich, nach einer Trennung in einer neuen Stadt ganz von vorn anzufangen. Ich war glücklich. Die Wochen waren wie im Flug vergangen, weil ich so viel zu tun hatte – ich musste mich darum kümmern, meine Praxis zu eröffnen, meine Wohnung einzurichten, mit Lourdes und Leo alle Neuigkeiten auszutauschen und endlich ihre Kinder besser kennenzulernen. Ich hatte mich auf einen ruhigen Moment an diesem Nachmittag gefreut, nur Toby und ich.

Nach ein paar Stunden Fahrt in den Norden der Stadt war ich auf den Parkplatz einer kleinen Bucht eingebogen. Ich habe meine Höhenangst beiseitegeschoben und mich mit Toby zusammen langsam auf den engen Weg gemacht, der im Zickzack eine steile Klippe hinunterführte und uns schließlich an einem kleinen Strand wieder ausspuckte. Das Meer donnerte mit Wellen, die weit größer waren als die kleinen Ostküstenwellen, die wir gewohnt waren, und der Himmel war von einem leuchtenden Türkis. Wir waren die Einzigen an diesem Strand. Toby war in offenem Gelände wie an einem Strand normalerweise ganz wild, rannte herum, bellte das Wasser an und wirbelte mit seinen Pfoten Sand auf. Aber als ich mich an dem Tag in den Sand setzte und Toby die Leine abnahm, trottete er nur ein paar Schritte von mir fort, legte sich hin und schaute auf die Wellen. Ich war überrascht und amüsiert und ließ ihn einfach sein. Sein Körper war ruhig, aber sein Hals gereckt, die Ohren aufgerichtet und wachsam, während er auf die See hinausschaute. Es war, als wäre er von ihr gefesselt. So saßen wir beide lange da, getrennt, aber nicht allein, und nahmen die unglaubliche Schönheit dieses Ortes in uns auf, an dem wir uns befanden.

Heute weiß ich, dass Tobys ungewöhnliche Ruhe an jenem Tag ein Anzeichen für die Krankheit gewesen sein könnte, die sich rasend schnell in seinem Körper ausbreitete. Aber in dem Moment wirkte er auf mich einfach nur von Ehrfurcht ergriffen und dankbar, als erlebe er einen dieser flüchtigen Augenblicke wahren Friedens, die für jeden von uns erreichbar sind, wenn wir weise genug sind, ihre Anwesenheit zu spüren, in sie einzutreten und einfach nur zu atmen.

Ich habe vor, Tobys Asche zu jenem Strand zu bringen. Irgendwann. Aber im Moment, auch nach drei Spaziergängen auf dem Konto und selbst, wenn ich Giselle mitnähme, kommt es mir wie eine unmöglich zu meisternde Aufgabe vor.

In dieser Nacht bin ich so schlaflos wie immer, also nehme ich mir meinen Laptop mit ins Bett und öffne das Menü für eine neue E-Mail. Giselle, die zusammengerollt mit dem Kopf auf dem Kissen neben mir liegt, öffnet die Augen und schaut mich an, rührt sich aber nicht. Ich bin vielleicht ein wenig verrückt mit meinem ständigen Händewaschen und meinen Vitaminen, aber ich habe kein Problem damit, wenn ein Hund in meinem Bett schläft. Geisteskrank. Wer hätte das gedacht?

Ich fange an zu tippen und spüre die ganze Zeit Giselles Blick auf mir.

Liebe Anya,
ich hoffe, dass Billy zurückgekehrt ist. Wenn nicht, würde ich Dir gerne helfen, ihn zu suchen.
Maggie Brennan

Ich tippe die E-Mail-Adresse von dem Flyer ein, den Anya mir dagelassen hat, atme tief durch und schicke die E-Mail ab.

Sekunden später taucht Anyas Name in meinem Posteingang auf. *Wir treffen uns morgen früh um neun*, schreibt sie, gefolgt von einer Adresse.

Morgen ist Sonntag, und ich habe keine Patiententermine. Ich google die Adresse, die Anya mir geschickt hat, und sehe, dass sie in Laufnähe zum Cole Valley in einem Viertel namens Ashbury Heights wohnt.

Ich schaue Giselle an und frage sie stumm, ob sie dafür bereit ist. Sie rollt sich auf die Seite und schnauft. Und dann steigt der Geruch mir in die Nase. Es scheint, dass das zarte Verdauungssystem eines Pudels nicht für Tobys alte Kekse gemacht ist.

„Giselle!“, stöhne ich. Ich ziehe mir die Decke über den Kopf und schirme mich ab. Mein Computer leuchtet in der dunklen Höhle, die ich mir gemacht habe.

Ich werde da sein, schreibe ich zurück und schicke die E-Mail ab, bevor ich es mir anders überlegen kann.

6. KAPITEL

Die gewundenen Straßen von Ashbury Heights verströmen ein exzentrisches, märchenhaftes Flair. Anders als in Philadelphia, wo die Häuser eine elegante, koloniale Monotonie ausstrahlen, sind die Häuser in San Francisco alle unterschiedlich – ein viktorianisches Gebäude wird von einem Haus im Craftsmanstil flankiert, das neben einem modernen Haus aus der Mitte des letzten Jahrhunderts steht. Es ist das reinste architektonische Chaos. Angesichts der nebenstehenden Häuser erraten zu wollen, wie ihr Haus aussieht, ist wie zu versuchen, das morgige Wetter anhand des heutigen vorherzusagen – in dieser Stadt kann man das einfach nie wissen. Das habe ich in den Monaten, die ich in meiner Wohnung verbracht habe, ganz vergessen.

Ich halte Giselle nah bei mir und suche nach jedem Abbiegen nach dem Sutro Tower. Dabei atme ich durch Wellen des Schwindels und des Grauens hindurch. Anyas Flyer – die mit dem Foto von Billy – kleben an jedem Telefonmast und Straßenschild, an dem ich auf dem Weg vorbeikomme. Diese wild springenden und grinsenden Billys treiben mich an. Die Frau, die das Foto gemacht hat, liebt ihren Hund und ist ohne ihn verloren, und vielleicht kann ich ihr helfen.

Als ich die Adresse erreiche, die Anya mir gegeben hat, schaue ich noch einmal in ihrer E-Mail nach. Das kann nicht sein, denke ich und schaue von der anderen Straßenseite an ihrem Haus hinauf. Doch das ist es.

Das Haus steht auf einem breiten Grundstück und ist doppelt so groß wie die nebenstehenden Häuser, von denen jedes schon Lourdes' perfektes und zauberhaftes viktorianisches Haus wie eine Hundehütte für einen Zwergspitz aussehen lässt. Ich stehe einen Moment wie angewurzelt auf dem Bürgersteig, überrascht nicht nur von der schieren Größe des Hauses, sondern auch von der Tatsache, dass es im wortwörtlichen Sinn dabei ist zu verfallen. Jeder Zentimeter der weiß gestrichenen Verkleidung scheint abzublättern. Verrottete Schindeln klammern sich so mühsam an das Dach, dass sie jederzeit Gefahr laufen, auf den Boden zu fallen wie verblühte Blüten von einem sterbenden Baum. Eine Auffahrt aus zerborstenem Beton verläuft am Haus entlang und wird vom Bürgersteig durch ein Gartentor abgetrennt, das mit glänzendem, giftig aussehendem Wein bewachsen und einem rostigen Schloss zugesperrt ist.

Ich frage mich, in welchem Stock sich Anyas Wohnung befindet, und hoffe für uns beide, dass es nicht ganz oben ist – zwei der drei Fenster da oben in dem Erker sind mit Brettern zugenagelt.

Giselle stört das natürlich alles überhaupt nicht. Sie schaut mich an und wedelt langsam mit dem Schwanz. Was lässt dich zögern? scheint sie zu fragen. Ich atme tief durch und überquere die Straße.

Ein raschelndes Geräusch lässt mich stehen bleiben. Als ein Mann aus den Schatten auf der Einfahrt auftaucht, zucke ich zusammen, packe Giselles Leine fester und stolpere mit klopfendem Herzen ein paar Schritte zurück.

„Sorry! Tut mir leid, ich wollte Sie nicht erschrecken." Der Mann hebt entschuldigend die Hände. „Ich bin Henry, Anyas Bruder."

Ich starre ihn an und kämpfe darum, wieder Luft zu kriegen. „Warum verstecken Sie sich in den Büschen?"

„Nein, ich verstecke mich nicht. Ich habe auf Sie gewartet." Er schaut neugierig zu Giselle und dann zu mir. Er scheint Mitte dreißig zu sein, und auch wenn seine Haut etwas dunkler ist als Anyas, haben seine Augen die gleiche braungrüne Farbe wie ihre. Er hat auch die hohen Wangenknochen seiner Schwester, obwohl seine nicht so stark hervortreten.

„*Sie* sind Maggie Brennan?", fragt er. Er runzelt die Stirn, während er mich mustert, und seine Wangen röten sich. Er wirkt nervös, verstört, obwohl ich nicht weiß, warum – immerhin war er es, der gerade aus den Büschen gesprungen ist.

Ich nicke. „Schön, Sie kennenzulernen." Ich strecke ihm meine Hand hin. Anders als Anya ist Henry angenehm sauber; die Manschetten seines Hemdes sind ordentlich hochgekrempelt, sein dichtes braunes Haar ist gut geschnitten und sein Kinn glatt rasiert. Er sieht aus wie ein Mann, der seine Hände regelmäßig wäscht und der sich bemüht, keine Krankheiten anzuziehen oder zu verbreiten. Ehrlich gesagt ist er derjenige, der seine Hand nach kurzem Schütteln zurückzieht und dann kurz seinen Blick zum Haus und wieder zu mir gleiten lässt.

„Was machen Sie hier?", fragt er leise.

„Nun, äh, ich bin hier, um mich mit Anya zu treffen." Ich schlucke, verwirrt von seinem anklagenden Tonfall. „Ist sie hier?"

„Treffen Sie Ihre Patienten nicht normalerweise in Ihrer Praxis?"

„Ja, aber Ihre Schwester …"

Er unterbricht mich. „Meine Schwester braucht professionelle Hilfe, keinen Spaziergangkumpel."

Ich atme tief durch. „Oh. Okay. Ich verstehe Ihre Sorge …"

„Nein, ich glaube, das tun Sie nicht", unterbricht er mich

erneut etwas schärfer. Ich sehe, dass er sich bemüht, seinen Ärger zu unterdrücken und leise zu sprechen. „Ich glaube nicht, dass Sie verstehen, wie schädlich Ihre Handlungen für die mentale Gesundheit meiner Schwester sein können. Warum um alles in der Welt sollten Sie ihr versprechen, ihr bei der Suche nach ihrem Hund zu helfen?"

Ich zeige auf die Haustür und versuche, meine Stimme weich und professionell klingen zu lassen, obwohl ich immer unsicherer werde, was meine Entscheidung angeht hierherzukommen. „Die Situation ist kompliziert. Warum gehen wir nicht rein und bitten Anya zu unserer Unterhaltung dazu?"

„Nein." Henry schaut mich gequält an. „Ich … sie will nicht, dass ich dabei bin."

„Ah." Ich senke meine Stimme, um sie seiner anzupassen. „Und jetzt versuchen Sie einen Weg zu finden, ihr zu helfen, ohne dass sie davon erfährt?"

Er nickt kurz.

„Das klingt so, als säßen wir im selben Boot. Anya will nicht, dass ich ihre Therapeutin bin. Das hat sie während unserer Sitzung sehr deutlich gemacht. Die sie übrigens früher verlassen hat und zu der sie auch nicht in meine Praxis zurückkommen wird. Aber ich glaube, Sie hatten recht, sich bei mir zu melden. Sie muss mit jemandem über den Verlust ihres Hundes reden. Und wenn die einzige Möglichkeit, sie weiter zu sehen, darin besteht, ihr auf der Suche nach ihm zu helfen, dann werde ich genau das tun. Aber ich werde sie nicht im konventionellen Sinne behandeln." Ich erinnerte mich, dass der zusammengeknüllte Scheck, den Anya mir gegeben hatte, von ihrem Bruder unterschrieben worden war. „Und ich werde keine Rechnung schicken."

Ich spüre, dass Henry mir jetzt zuhört, wirklich zuhört, aber er ist noch nicht ganz bereit nachzugeben. „Wissen Sie“, sagt er, „ich habe Ihren Chef Dr. Elliott in der Trauerklinik in Philadelphia angerufen. Und ich habe auch mit Cheryl … ich habe den Nachnamen vergessen … im Philadelphia SPCA gesprochen. Ich wollte meine Schwester nicht zu irgendeinem Quacksalber schicken. Sie haben mir beide versichert, dass Sie eine der besten Trauertherapeuten sind, mit denen sie je zusammengearbeitet haben. Sie sagten mir auch, sie hätten keinerlei Zweifel daran, dass Sie Anya helfen können.“

Ich spüre, dass ich rot werde. Ich freue mich, dieses Vertrauen in meine Fähigkeiten von Greg und Cheryl zu hören, aber ich bin auch peinlich berührt. Als wenn alleine an sie zu denken dazu führen würde, dass sie sehen, wie ich mich seit meinem Wegzug aus Philadelphia verändert habe. Wenn sie wüssten, wie sehr ich in den letzten drei Monaten Panik und Trauer gestattet habe, mein Leben zu bestimmen, würden sie meine Beratungen sicher nicht so anpreisen. Ich richte mich auf und ziehe Giselle näher an mich heran. *Ein Grund mehr zu beweisen, dass ich Anya helfen kann. Ich bringe unser beider Leben gleichzeitig wieder auf die richtige Spur.*

„Ich glaubte, ich hätte an alles gedacht“, fährt Henry fort. „Ich hatte wirklich geglaubt, das Richtige zu tun, indem ich einen Termin mit Ihnen vereinbare. Aber wenn Sie Anya helfen, nach ihrem Hund zu suchen, werden Sie sie damit nur ermutigen, weiter zu glauben, dass sie ihn wirklich finden kann. Es ist einen Monat her. *Einen Monat.* Billy kommt nicht zurück, und das muss meine Schwester akzeptieren. Ich weiß, wie sehr sie ihn geliebt hat, aber alle Liebe der Welt kann ihn nicht zurückbringen. Sie muss … *trauern.*“

„Ich will Ihnen gar nicht widersprechen", sage ich. „Das Problem ist, dass Anya weiter nach Billy suchen wird, ob ich ihr nun helfe oder nicht. Und ich glaube nicht, dass sie das alleine tun sollte. Es macht mir Sorgen, wenn jemand, der mit einem Verlust zu kämpfen hat, sich isoliert."

Henry fährt sich mit der Hand durch die Haare, eine zutiefst frustrierte Geste. „Aber wie lange soll das noch so weitergehen?", fragt er. „Wie lange kann sie noch nach ihm suchen? Wird Wahnsinn nicht so definiert, dass man wieder und wieder das Gleiche tut und doch ein anderes Ergebnis erwartet?"

„Ich könnte jetzt anführen, dass Sie gerade die Definition von Hoffnung gegeben haben."

Er seufzt. „Sie kennen Anya nicht. Sie könnte jahrelang nach diesem Hund suchen, und in der Zwischenzeit fällt ihr ganzes Leben auseinander. Sie ist erst neunzehn. Sie hatte eine schwere Kindheit. Sie ist nicht so zäh, wie sie aussieht."

In unserer Sitzung hatte Anya ihren Bruder beschuldigt, einfach nur „lose Enden" verbinden zu wollen, bevor er nach Los Angeles zieht, aber das Gefühl habe ich nicht. Er will sie eindeutig beschützen und ist krank vor Sorge – und vielleicht auch Schuldgefühlen. Die Hitze in seiner Stimme ist jetzt gedimmt, er klingt nun einfach nur noch traurig.

„Aber Sie können sie nicht zwingen, etwas zu tun oder mit etwas aufzuhören, oder?", frage ich. „Sie wirkt auf mich wie ein Mensch, der seine eigenen Schlüsse ziehen, seinem eigenen Weg folgen muss. Ich hoffe, dass Sie mir vertrauen, Henry. Ich versuche, ihr zu helfen." Ich schaue auf die Uhr auf meinem Handy. „Ich möchte nicht zu spät kommen. Anya soll wissen, dass sie sich auf mich verlassen kann."

Henry nickt langsam. Er wirkt resigniert und vielleicht ein klein wenig weniger misstrauisch mir gegenüber als noch vor wenigen Minuten. „Gehen Sie nur. Ich komme gleich nach."

Ich nicke. „Hat ihre Wohnung eine Nummer?"

„Ihre Wohnung? Nein, das hier ist das Haus unserer Großmutter. Anya wohnt hier, seitdem unsere Eltern gestorben sind, als sie sieben war. Hat sie Ihnen das nicht erzählt?"

Henry mustert mich jetzt skeptisch, und ich spüre, dass die Zuversicht, die er in den letzten Minuten in Bezug auf meine Person gewonnen hat, ihm wieder entgleitet. „Nein", erwidere ich und strecke die Finger aus, um Giselle zu streicheln. „Das hat sie mir noch nicht erzählt."

Als Anya die Tür öffnet, sieht sie nicht so aus, als hätte sie seit unserem letzten Treffen geschlafen oder gebadet, aber nun hält ein wilder Mix aus Haarspangen ihren fettigen Pony aus dem Gesicht zurück. Sofort sehe ich Unmengen an Desinfektionsmitteln, Händeschrubben und Vitamin C in meiner nahen Zukunft. Sie hat sich zumindest umgezogen und trägt ein übergroßes schwarzes Sweatshirt mit Löchern am Kragen und eine ausgeblichene schwarze Jeans. Dazu hat sie immer noch die schweren Stiefel an, die sie auch bei ihrem Besuch bei mir getragen hat. Sie erscheinen mir nicht als die beste Wahl für einen langen Spaziergang.

„Oh, wer ist denn diese Süße?", fragt sie und schaut Giselle an. Mir fällt auf, dass ihr grüner Nasenring durch einen kleinen silbernen Stachel ersetzt worden ist, der so spitz aussieht, als könnte er ernsthafte Verletzungen verursachen.

„Giselle. Sie gehört einer Freundin von mir. Ich hoffe, es macht dir nichts aus, dass ich sie mitgebracht habe."

Anya streckt ihre Hände mit den Handflächen nach oben aus. Giselle legt instinktiv ihre Pfote darauf, als wenn sie ständig bei Fremden zu Besuch ist und ihnen die Hände schüttelt.

„Hallo, Giselle. Du bist ein guter Hund, oder?" Anyas entspannter, beinahe zärtlicher Ton ist neu für mich. „Das Austauschen von Modelgeschichten werden wir uns für später aufheben müssen." Sie tritt zurück und öffnet die Tür weiter, damit wir eintreten können.

Das Innere des Hauses ist in genauso schlechtem Zustand wie das Äußere. An der Decke hängt ein riesiger Messingkronleuchter, der zittert, als Anya die Tür schließt. Kleine orientalische Teppiche mit ausgefransten Kanten liegen planlos auf dem abgetretenen Holzfußboden verteilt. Ich frage mich, ob sie wohl Löcher zudecken. Eine lange Wand, die in Richtung des hinteren Bereichs des Hauses führt, ist irgendwann einmal repariert, aber nie neu gestrichen worden. Die trockenen Stellen haben eine schmuddelig weiße Farbe, die aussieht, als würde die Wand Sauerrahm ausschwitzen.

Auf der linken Seite fasst ein dunkler schimmeliger Rahmen die Tür zu einem großen Raum ein, der einst vermutlich als Wohnzimmer genutzt wurde. Jetzt steht darin ein ordentlich gemachtes Krankenhausbett – das der Großmutter, nehme ich an –, das den Blick auf eine verblasste Brokatcouch verdeckt. Der Kaminsims wird von einer Reihe bernsteinfarbener Medizinfläschchen belegt.

Hinter mir sperrt Anya die Tür ab. Es gibt drei Schlösser, silbern schimmernde Riegel, die an der massiven alten Tür mit ihren gefärbten Bleiglasfenstern fehl am Platz wirken.

Diese ganzen Schlösser, denke ich, und doch glaubt sie, dass jemand ihren Hund gestohlen hat.

Ich ziehe Henrys Scheck aus der hinteren Tasche meiner Hose. „Den würde ich dir gerne zurückgeben. Du bist nicht einmal die ganze Sitzung über geblieben, also fühlt es sich nicht richtig an, ihn zu behalten."

Anya schaut einen Moment auf den Scheck, bevor sie ihn achselzuckend in die Hosentasche steckt. „Er kommt übrigens her. Mein Bruder Henry."

„Oh?"

Sie nickt. „Clive ist schon da. Terrence kommt vielleicht auch. Sie alle schauen alle paar Wochen zum Frühstück vorbei. Wir wollten gerade essen."

Ich bin überrascht, aber bevor ich vorschlagen kann, später zurückzukommen, zeigt Anya auf Giselle.

„Sie können ihre Leine abmachen."

„Es ist besser, wenn ich das nicht tue", sage ich nur. Giselle wirkt ganz zufrieden, wie sie sich so gegen mein Bein drückt, und als sie mich erwartungsvoll anschaut, stelle ich mir vor, dass es auch für sie ein kleines Abenteuer ist – immerhin ist sie an lange Tage gewöhnt, an denen sie in Lourdes' Küche in ihrem Hundekörbchen herumlungert. Aber dann rieche ich es – ein leicht unangenehmer Geruch, der über den Flur zu uns hinüberweht – und erkenne, dass sie es einfach nur auf etwas zu fressen abgesehen hat.

Anya scheint den Geruch im gleichen Augenblick zu bemerken. „Mist. Die Eier." Sie klingt nicht sonderlich beunruhigt. „Kommen Sie mit."

Als wir durch die Schwingtür am Ende des Flurs treten, bin ich von dem Ausblick für einen Moment so überrascht, dass ich vergesse, den Blick abzuwenden. Hinter drei Fenstern streckt sich die gesamte westliche Hälfte von

San Francisco aus wie ein paillettenverzierter Zigeunerrock in verschiedenen Schattierungen von Perlmutt, Mauve und Moosgrün. Die Morgensonne badet die Stadt in goldenem Schein, das wilde Band des schäumenden Meeres funkelt in der Ferne. Im Norden überspannt die hellrote Krone der Golden Gate Bridge im honigfarbenen Licht majestätisch die Bucht.

Der Blick aus Lourdes' Küche wird von den Dächern der unter ihrem liegenden Häuser verdeckt – dieser Ausblick hingegen gibt mir das Gefühl, unberührt von Nachbarn im Himmel zu hängen. Es ist unglaublich schön, und ich genieße es für einen kurzen Moment, bevor meine Höhenangst einsetzt. Mein Magen zieht sich zusammen, und der Boden unter meinen Füßen wankt. Ich lasse mich auf die Knie sinken, schließe die Augen und fange an, meine Atemzüge zu zählen. Ich bin bei drei, als ich Giselles feuchte Nase an meiner Wange spüre, und öffne die Augen.

Anya steht am Herd und stochert in einer Pfanne mit Rühreiern. Sie hat mir den Rücken zugekehrt und zeigt keinerlei Anzeichen, dass sie meinen Zusammenbruch mitbekommen hat. Ich klammere mich noch für ein paar Sekunden an Giselle und versuche, meinen Atem zu beruhigen. So schwer hat mich die Höhenangst noch nie erwischt, und ich bin genervt. Als mein Herz nicht länger rast, richte ich mich auf und drehe mich von den Fenstern weg.

„Dieses Haus ist unglaublich", sage ich. Meine Stimme klingt dünn in meinen Ohren. Ich räuspere mich und presse eine Hand auf meine Brust. Giselle schüttelt sich, sodass die Marken an ihrem Halsband klimpern.

Anya wirft mir über die Schulter einen Blick zu. In dem Licht ist ihre Haut so blass, dass sie beinahe durchsichtig erscheint. Die dunklen Ringe unter ihren Augen lassen sie aussehen, als wäre sie geschlagen worden. Ihr Blick schweift durch die Küche, und ich habe das Gefühl, dass ihr der Zustand des Hauses seit Langem nicht mehr aufgefallen ist. Sie verzieht das Gesicht, zuckt mit den Schultern und fährt fort, mit dem Pfannenwender in der Pfanne herumzuschaben.

Die Küche selbst ist zugegebenermaßen nicht unglaublich. Die Türen der Schränke hängen schief in den Angeln, und kleine spinnennetzartige Risse ziehen sich durch die geflieste Arbeitsfläche. Die Fugen zwischen den Fliesen sind mit etwas durchsetzt, das schwarzer Schimmel sein könnte und auf jeden Fall einen prima Nährboden für Bakterien bietet. Ich fange an, mich zu fragen, ob man irgendetwas essen sollte, das aus diesem Raum kommt. Trotzdem, im Verfall begriffen oder nicht, ein Grundstück wie dieses – so groß und mit diesem Ausblick – musste Millionen von Dollar wert sein.

Ich bemerke die Bilder an der Wand, wunderschöne ungerahmte Stadtansichten in lebhaften Farben. Eines von ihnen bildet den Blick aus den Küchenfenstern ab – darin hängt eine dichte blaue Nebelbank über dem Ozean und sieht genauso solide und unverrückbar aus wie eine ferne Bergkette.

„Hast du die gemalt?“, frage ich.

Anya schaut über ihre Schulter. „Nein, Rosie, meine Großmutter. Sie hat erst kürzlich damit aufgehört. Arthritis. Aber sie sagt, dass sie in Gedanken immer noch malt und sie dort sowieso ihre besten Arbeiten erschaffen hat. Sie bezeichnet diese hier alle als schlechte Übersetzungen.“ Anya zeigt mit dem Pfannenwender auf das Bild mit der Nebelbank. „Das ist *Schlechte Übersetzung Nummer zweihundertundvier.*“ Sie wendet sich wieder dem Herd zu und sticht ein letztes Mal halbherzig in die Eier. „Die sind … ach, was soll's.“ Sie schaltet den Herd aus. „Kommen Sie, ich stelle Sie allen vor.“

Ich folge ihr durch eine weitere Schwingtür in ein Esszimmer und bin erleichtert, ein wenig Distanz zwischen mich und den Ausblick zu bringen. Am Ende eines langen Tisches sitzt eine ältere Dame in einem Rollstuhl. Ihre langen weißen Haare fallen ihr offen über die Schultern. Sie sieht zerbrechlich, aber wunderschön aus und wirkt in ihrer knöchellangen Batiktunika auf bodenständige Weise mütterlich. Auf ihrer einen Seite sitzt eine kräftige mittelalte Frau mit gelangweilter Miene, auf der anderen ein aschblonder Mann mit breiten Schultern, der vom Aussehen her gut ein Filmstar sein könnte.

„Darf ich vorstellen“, sagt Anya. „Das ist Maggie Brennan.“

„Hallo“, sage ich.

Der blonde Mann hebt eine Augenbraue. „Was ist *das?*“, fragt er mit einem Blick auf Giselle.

„Clive“, sagt Anya. „Das ist nur ein Pudel.“

„Sie heißt Giselle. Ich gehe für eine Freundin mit ihr Gassi.“ Giselle schaut zu mir auf, als wollte sie sagen: *Das nennst du Gassi gehen?* Ich lege meine Hand auf ihren Kopf.

„Das ist mein Bruder Clive“, erklärt Anya mir. Clive nickt mir zu, ohne sich von seinem Stuhl zu erheben, und der Blick in seinen Augen zeugt von kühler Amüsiertheit. „Und das sind meine Großmutter Rosie und ihre Krankenschwester June.“

„Schön, Sie kennenzulernen“, sage ich und strecke Rosie meine Hand hin. „Danke, dass ich hier sein darf.“ Ich erwarte, dass ihre Hand sich zerbrechlich anfühlt, aber stattdessen ist sie auf eine Weise kräftig und warm, die mich an Lourdes' Tochter Gabby denken lässt.

„Angenehm." Ihre Stimme ist klar und stark, aber ihre Hand fällt in ihren Schoß, als ich sie loslasse, als ob sie zu heben ihr die letzten Energien geraubt hätte.

Als ich June die Hand schüttle, fängt Rosie an zu husten. Ein feuchtes grollendes Geräusch, das durch den Raum rollt. Nachdem der Hustenanfall vorbei ist, schenkt sie mir ein drolliges Lächeln. „*Hier* geht es mir gut." Sie hebt eine zitternde Hand und tippt sich an die Stirn. Dann fällt die Hand wieder wie ein Stein in ihren Schoß. June murmelt ihr etwas ins Ohr. Rosie nickt und lehnt den Kopf gegen das Kissen hinter sich. Dann schließt sie die Augen, und ich frage mich, ob sie eingeschlafen ist.

An der Tür am anderen Ende des Raumes taucht Henry auf. „Guten Morgen", sagt er und kommt auf uns zu. Als er sich herunterbeugt, um seine Großmutter auf die Wange zu küssen, lächelt sie, behält die Augen aber geschlossen.

„Henry, das ist Maggie Brennan", sagt Anya. „Aber ich schätze, ihr zwei habt euch schon kennengelernt."

Henry dreht sich zu uns um. „Haben wir?", fragt er schnell. „Nein. Ich glaube nicht …"

„Maggie Brennan", wiederholt Anya. „Sie ist die Therapeutin, zu der du mich geschickt hast. Du hast ihr eine E-Mail geschrieben."

„Ach ja. Natürlich. Wir haben uns per E-Mail kennengelernt." Er schüttelt meine Hand und hält sie etwas länger fest als draußen.

Clive stellt seinen Kaffeebecher mit einem dumpfen Knall auf dem Tisch ab. „Wo zum Teufel ist der Prinz?"

„Er meint unseren anderen Bruder Terrence“, erklärt Henry mir. „Er ist immer zu spät. Ich bin dafür, dass wir ohne ihn anfangen.“

Anya stapft zur Küchentür.

„Kann ich dir helfen?“, rufe ich ihr hinterher.

„Ja“, sagt sie, ohne sich umzudrehen. „Sie können mir helfen, Billy zu finden.“

Ich weiß nicht, ob sie es mir schwer machen will oder ob das einfach ihre unverblümte Art ist, meine Frage zu beantworten. Ich spüre, dass meine Wangen rot werden. „Ich meinte in der Küche“, sage ich, aber sie ist schon weg.

Ich ertappe Rosies Pflegerin June dabei, wie sie mich leicht mitleidig anschaut. Sie steht auf und streicht sich ihre dunkelblaue Schwesternbluse glatt. „Ich gehe spazieren“, sagt sie mit einem Blick auf Rosie, die zu schlafen scheint. „Ich habe mein Handy dabei, falls mich jemand braucht.“

„Ich bin sicher, dass wir klarkommen“, erwidert Henry. „Danke, June.“

Henry zieht mir einen Stuhl hervor und setzt sich dann zwischen Rosie und mich. Nach ein paar Minuten des Schweigens, die keiner sich beeilt zu füllen, schiebt Anya sich wieder durch die Schwingtür. Sie trägt ein Tablett mit Toast, verschiedenen Marmeladengläsern und einer Butterdose. Sie stellt es neben mir ab und stapft ohne ein Wort in die Küche zurück.

Rosie öffnet die Augen, als die Tür zuschwingt. „Nehmen Sie sich von dem Toast, meine Liebe“, sagt sie und ihre dunklen Augen funkeln schelmisch.

Clive wirft seiner Großmutter einen Blick zu und lacht.

Nachdem ich eine Scheibe Toastbrot und etwas Marmelade auf meinen Teller gefüllt habe, reiche ich das Tablett an Henry weiter und strecke dann meine Hand aus, um Giselles Kopf zu berühren. Sie liegt zu meinen Füßen, hat aber ihren Kopf aufmerksam erhoben, als versuche sie, die Spannung im Raum zu analysieren. Ich klemme ihre Leine unter meinen Oberschenkel.

„Sie kommen mir ziemlich jung vor für eine Ärztin", sagt Clive. Er verteilt sorgfältig die Marmelade auf seinem Toast und schaut nicht auf, während er spricht.

„Ich bin keine Ärztin. Ich bin ausgebildete Therapeutin und führe jetzt eine Praxis für Trauerberatung für Menschen, die ein Haustier verloren haben."

Clives Grinsen verrät mir, dass ich genauso gut hätte sagen können, dass ich meinen Lebensunterhalt damit verdiene, Ballontiere zu formen.

„Aber ich bin nicht als Therapeutin hier", füge ich hinzu. „Ich bin nur eine Freundin."

Die Küchentür schwingt wieder auf, und Anya kommt mit einer weiteren Servierplatte herein, auf der das Rührei liegt, das jetzt mit Kräutern bestreut ist. Sie hält mir die Platte hin, damit ich mich bedienen kann.

Clive mustert mich unter erhobenen Augenbrauen. Henry beobachtet mich ebenfalls. Selbst Rosie lehnt sich in ihrem Rollstuhl ein wenig vor.

Als ich mir einen bescheidenen Löffel Rührei auf den Teller fülle, sehe ich, dass die kleinen dunklen Sprenkel keine Kräuter sind. Ich frage mich, ob es sich um angebranntes Ei handelt oder ob die uralte Pfanne ihre giftige Beschichtung an das Rührei abgegeben hat.

„Kochst du bei euren Frühstücken immer?", frage ich Anya.

Clive schüttelt sich auf der anderen Seite des Tisches. „Guter Gott, nein!"

Anya stellt die Platte neben ihn. „Sie hassen meine Kochkünste."

„Deine Kochkünste sind in Ordnung", sagt Henry. „Clive ist einfach nur … Clive."

Ich führe eine Gabel voll zum Mund. „Ich finde, es sieht köstlich aus."

Als Anya mit den Schultern zuckt und den Blick abwendet, lege ich die Gabel wieder ab, das Ei unberührt. Giselle hebt ihre Nase und schnüffelt in der Luft, und dann dreht sie den Kopf zur Seite, weicht meinem Blick aus. Anya zieht sich den Stuhl auf meiner anderen Seite heran und setzt sich. Nur das kratzende Geräusch von Marmelade, die auf Toast verteilt wird, durchbricht die Stille.

„Maggie wird mir helfen, Billy zu finden", verkündet Anya.

Ich beeile mich, einen Happen Toastbrot herunterzuschlucken. „Nun", sage ich, „wir werden sehen."

„Wer zum Teufel ist Billy?", fragt Clive. Sein Messer schwebt über seinem Teller in der Luft, die Marmelade tropft davon herunter.

Anya antwortet nicht. Mir fällt auf, dass ihr Teller leer ist.

„Clive", sagt Henry. „Das ist nicht lustig."

„Billy?", fragt Rosie. „Wo ist er?"

Henry wendet sich an seine Großmutter. „Du erinnerst dich doch, oder? Er ist letzten Monat weggelaufen. Er ist fort."

„Er ist nicht weggelaufen", murmelt Anya.

Henry sieht seine Schwester an. „Er ist seit einem Monat weg", sagt er noch einmal, wobei seine Stimme sanft und mitfühlend klingt.

„Oh“, sagt Rosie. Sie drückt ihren Kopf wieder gegen das Kissen und mustert ihre Enkeltochter. „Tja, das beweist, was ich immer vermutet habe: Billy ist das klügste Mitglied dieser Familie. Wenn die Wanderlust einen packt, scheucht man sie nicht davon.“

Anya sieht aus, als wollte sie etwas erwidern, aber dann erklingen Stimmen in der Küche, und zwei Männer kommen durch die Schwingtür. Giselle springt auf die Beine, und ich schnappe ihre Leine, bevor sie auf die Neuankömmlinge zulaufen kann.

„Ich bin zu spät, ich bin zu spät zu einem wichtigen Date“, singt der ältere der beiden Männer. Er ist groß und blond wie Clive, aber wo Clive aus Stein gemeißelt zu sein scheint, ist dieser Mann aus weichem Ton. Sein Gesicht ist pummelig und wird von einem großen, struppigen blonden Schnurrbart dominiert. „Ich bin in Huan reingelaufen …“, sagt er fröhlich und klopft dem anderen, kleineren Mann auf die Schulter. Sein Gesicht erstarrt, und seine Stimme erstirbt, als er mich sieht.

„Terrence und Huan“, sagt Anya, ohne sie wirklich anzusehen. „Das ist Maggie Brennan.“

„Brennan“, wiederholt Terrence. Er schaut Henry fragend an. „Die Hundeflüsterin?“

Ich lache. „Trauertherapeutin. Alle meine Patienten sind Zweibeiner.“ Als wenn sie mir das Gegenteil beweisen will, schickt Giselles wedelnder Schwanz meine Gabel vom Tisch. Sie landet scharf klappernd auf dem Boden.

Terrence starrt Giselle mit einem überraschten Lächeln an. Huan hebt die Gabel auf und reicht sie mir grinsend. Er hat zottelige schwarze Haare und ein süßes jungenhaftes Gesicht. Er ist vermutlich zehn Jahre jünger als ich und eher in Anyas Alter als in meinem.

„Ich bin der Nachbar", sagt er. „Schön, Sie kennenzulernen." Das ist die erste echte herzliche Begrüßung, die ich an diesem Morgen erhalte, und ich mag ihn auf der Stelle.

Terrence scheint sich von der Überraschung, mich hier zu sehen, erholt zu haben, denn er schüttelt energisch meine Hand. „Entschuldigen Sie bitte, dass ich zu spät bin", sagt er.

Clive erzählt mir, dass Terrence eine Kette von Läden gehört, die Mattress Kingdom heißt, und fügt dann trocken hinzu: „Es ist ein sehr beschäftigter Mann – viel zu beschäftigt, um auf die Uhr zu schauen."

Terrence scheint Clives Sarkasmus nicht zu bemerken. „Haben Sie schon mal von uns gehört?", fragt er eifrig. „Bestimmt haben Sie schon mal unsere Fernsehspots gesehen."

„Natürlich hat sie das", sagt Clive.

„Der Name kommt mir bekannt vor", sage ich, obwohl das nicht stimmt.

Terrence' Lächeln schwindet. „Schlafen wie die Könige?"

„Terrence", sagt Clive. „Gönn unserem Gast doch einen Moment, bevor du ihn anmachst, okay?"

Terrence wird rot und schaut kaum in Richtung seines Bruders. „Das ist unser Slogan", erklärt er. „Schlafen wie die Könige!"

„Oh, äh … ich bin erst seit ein paar Monaten in der Gegend", sage ich. „Ich komme von der Ostküste."

Terrence strahlt. „Sie sind neu in San Francisco? Wenn Sie eine Matratze brauchen …" Er zieht eine Visitenkarte aus seiner Hemdtasche und reicht sie mir. „Wir haben einen Laden in der Stadt und letztes Jahr haben wir zwei weitere in …"

„Terrence“, unterbricht Clive ihn. „Lass gut sein. Du bist ja genauso gnadenlos wie der Lauf der Zeit.“ Er schaut mich an und lächelt, doch das Lächeln bleibt auf seinen Lippen. „Das war für Sie, Maggie. Ein wenig Trauerberatungshumor.“

„Zum Schreien“, sagt Anya.

„Nun ja“, murmelt Terrence mir zu. „Rufen Sie die Nummer an und fragen Sie nach mir. Ich mache Ihnen einen guten Deal. Es ist so wichtig, gut zu schlafen.“

„Danke“, sage ich. Dieser Tage, denke ich, würde ich alles geben, um einmal eine Nacht gut zu schlafen, also stecke ich seine Visitenkarte ein.

Clives Humor scheint sich erschöpft zu haben. Seine Stimme klingt angespannter. „Wenn ihr beiden Zuspätkommer euch jetzt dazu herablassen könntet, euch zu setzen, hätte ich vielleicht in diesem Jahrhundert noch Zeit für etwas anderes als nur zum Frühstücken.“

„Reicht es denn?“, fragt Huan. „Ich will mich nicht aufdrängen.“

„Anya hat gekocht!“, sagt Rosie und hebt eine Augenbraue.

„In anderen Worten“, erklärt Clive, „es ist mehr als genug da.“

Anya verschränkt die Arme vor der Brust. „Mann, jetzt setz dich endlich.“

Huan errötet und nimmt Anya gegenüber Platz. Terrence lässt sich schwer zwischen Clive und Huan auf den Stuhl fallen.

„Terrence“, ruft Rosie vom anderen Ende des Tisches. „Das ist mein Platz!“

Terrence kämpft sich mit roten Wangen auf die Füße, und Rosie lacht.

„Ich mache nur Witze. Wann hast du mich das letzte Mal irgendwo anders als in diesem verdammten Rollstuhl sitzen sehen?“ Sie reckt den Hals und lässt ihren Blick um den Tisch gleiten, bis sie meinen auffängt. Sie zwinkert mir zu. „Terrence nimmt alles immer sehr ernst“, erklärt sie, als wären wir die einzigen beiden Leute im Raum. Ich lächle.

„Und das ist auch gut so“, murmelt Clive. „Um unsertwillen.“ Rosie schaut mich immer noch an, und ich bin nicht sicher, ob sie ihn hört.

Inmitten dieser angespannten Frühstücksgesellschaft sitzend, kann ich nicht anders, als mich zu fragen, warum Anya mich gebeten hat, heute und zu dieser speziellen Uhrzeit zu kommen. Sie muss einen Grund dafür haben. Ich beschließe, das zu tun, was ich am besten kann: zuhören.

„Wo sind Laura und die Mädchen heute Morgen?“, fragt Henry Terrence.

„In der Mall.“ Terrence beißt laut in ein Stück Toast und sofort glänzt sein Schurrbart vor Butter. Er erinnert mich an ein Zeichentrickwalross. Was die Ravenhurst-Brüder angeht, gefällt er mir am besten; ich würde seine Ernsthaftigkeit Henrys Misstrauen und Clives Spott jederzeit vorziehen.

Clive hebt eine Gabel mit Ei hoch und betrachtet sie, wobei er die Gabel hin und her dreht, sodass sie das Licht einfängt. Ein gesprenkeltes Stück Ei fällt auf seinen Teller. „Sag mal, Anya, was für ausgefallene Tricks bringen sie euch eigentlich in diesem kulinarischen Kunstkurs auf dem City College bei?“

„Das ist ein Fotokurs“, sagt Anya. „Und ich gehe nicht hin.“

„Nicht?“, fragt Henry. „Seit wann?“

Anya starrt auf die Kamera, die auf ihren Handrücken tätowiert ist, und antwortet nicht. Ich erinnere mich: Sie hat mir erzählt, dass sie nicht mehr fotografiert. Wie muss es sein, etwas aufzugeben, was man liebt, nur um dann für den Rest seines Lebens jeden Tag die visuelle Erinnerung daran sehen zu müssen?

Rosie tippt sich mit einem blassen Finger gegen die Schläfe. „Solange du hier drin noch schießt“, sagt sie zu Anya.

Anya schenkt ihrer Großmutter den Anflug eines Lächelns; ihre angespannten Schultern scheinen ein wenig nach unten zu sacken.

Terrence wendet sich an mich. „Helfen Sie Anya, Billy zu suchen?“

Bevor ich antworten kann, schaltet Clive sich ein. „Anya, ich dachte, du hättest gesagt, Billy wäre von jemandem geklaut worden“, sagt er. „Einer dieser feigen Diebe, die durch die Stadt schleichen auf der Suche nach stinkenden alten Kötern, die sie stehlen können. Ich habe gehört, das ist eine wahre Epidemie. Woche für Woche bestimmt das die Schlagzeilen des *Chronicle. Flohverseuchter Köter im Auge eines Verbrecherrings! Tierschützer sind vor Angst wie erstarrt!*“

Ich spüre die Wut, die von Anya ausstrahlt. „Jemand hat ihn geklaut, Clive!“ Ihre knochigen Finger mit den blutverkrusteten Nägeln strecken sich auf dem Tischtuch aus, und ich habe das Gefühl, dass sie sich gleich quer über den Tisch auf ihren Bruder stürzen wird. „Irgendein verfickter Idiot hat meinen Hund gestohlen. Und wenn ich herausfinde, wer das war, werde ich ihm sein verrottetes Herz herausreißen und mit meinen Händen *zerquetschen.*“ Sie schwingt eines ihrer Beine hoch, sodass ihr riesiger schwarzer Stiefel auf dem Tisch landet. Eine Schlammkruste fällt von der Sohle und verfehlt um einen Zentimeter meinen Teller.

Alle sind still.

Ich habe keine Geschwister, also habe ich keine Erfahrung mit diesem hitzigen aggressiven Geplänkel, das für Anya und Clive der Status quo zu sein scheint, aber ich weiß, dass jede Familie ihre eigenen Eigenarten hat. Ich schaue mich am Tisch um, versuche zu lesen, wo Anyas Ausbruch auf der Normalitätsskala dieser Familie steht. Clive beißt unbeschwert in eine Scheibe Toast. Henry funkelt ihn an. Terrence behält seine Großmutter im Auge, die wiederum mit gerunzelter Stirn Anya beobachtet. Huan sitzt wie erstarrt vor seinem Teller.

„Anya", bittet Terrence. „Dein Verhalten ... Du musst dich besser im Griff haben."

„Das wäre einfacher für sie", merkt Henry an, „wenn Clive aufhören würde, sie zu ärgern."

Clive schnaubt. „Sie weiß, dass ich nur Witze mache!" Er sieht Anya an. „Seit wann bist du so empfindlich?"

Anya nimmt ihren Fuß vom Tisch. „Wow, Clive", sagt sie. „Was für eine berührende Entschuldigung." Die Röte ist aus ihrem Gesicht verschwunden, und in ihrer Stimme liegt sogar ein Hauch von Wärme. Ich bin fasziniert, wie schnell sie von Wut auf Sarkasmus umschwenken kann.

Wenn ich nicht aufpasse, denke ich, werde ich dieses Frühstück mit einer Lebensmittelvergiftung und einem Schleudertrauma verlassen.

„Hey, Huan", sagt Clive. Er schiebt die Platte mit dem Rührei über den Tisch. „Nimm dir etwas Ei."

Huan starrt den kalten schwarz gesprenkelten Berg Rührei an. Ganz langsam und vorsichtig füllt er sich einen

Löffel voll davon auf seinen Teller. Er nimmt einen Bissen, schaut ein wenig angeschlagen und wendet sich an Anya.

„Das ist echt gut“, sagt er mit ernster Stimme.

Clive und Rosie lachen beide. Selbst Henry kämpft darum, ernst zu bleiben. Jetzt, wo der bierernste Gesichtsausdruck endlich verschwunden ist, sehe ich, dass er eigentlich ganz attraktiv ist – nicht auf die prahlerische manikürte Weise wie mein Exfreund John, sondern eher subtiler, nachdenklicher. Er ertappt mich dabei, dass ich ihn anschaue, und meine Wangen werden heiß.

„Danke, *Huan*“, sagt Anya und schiebt ihren leeren Teller von sich. „Der Rest von euch kann zur Hölle fahren.“ Sie steht auf und bedeutet mir, ihr zu folgen. „Gehen wir Billy suchen.“

7. KAPITEL

Ich folge Anya aus dem Esszimmer und fühle mich seltsam belebt. Dieses verbale Sparring, die Unterströmungen aus Ärger und Liebe, die in den kleinen Ausbrüchen hervorgesprudelt sind – das ist der Traum einer jeden Therapeutin, wirklich, und mehr echtes Leben, als ich seit Monaten gesehen habe. Mein Enthusiasmus schwindet aber schnell, als wir nach draußen gehen und den Weg einschlagen, den Anya vorgibt – in Richtung Buena Vista Park. Bevor wir noch einen Block weit gekommen sind, halte ich schon nach dem Sutro Tower Ausschau und fühle mich sofort besser, als ich ihn sehe.

Anya geht schnell, ihre Blicke schießen vor und zurück, als sie jede Einfahrt überprüft, an der wir vorbeikommen. Für so eine drahtige kleine Person macht sie unglaublich viel Lärm. Ihre Stiefel knirschen bei jedem Schritt laut auf dem Bürgersteig. Als die Blätter einer Hecke rascheln, wirbelt sie ihren Kopf zu dem Geräusch herum, aber es ist nur ein Vogel, der vor uns auf den Gehsteig hüpft. Giselle springt fröhlich vor, und der Vogel fliegt davon.

„Wie geht es dir in den letzten Tagen?", frage ich.

Sie zuckt die Schultern. „Mein Chef hat mir gesagt, dass ich nicht mehr zur Arbeit kommen soll." Sie schaut mich kaum an, während sie spricht, ihr Blick gleitet immer noch in jede Einfahrt, an der wir vorbeikommen.

„Du hast deinen Job verloren?"

„Ich habe einem Kunden gesagt, dass er einen miesen Geschmack hat. Das hatte er wirklich – Sie hätten den Rahmen sehen sollen, den er sich ausgesucht hat –, aber darum geht es nicht. Ich arbeite in einem Laden, der hässliche Rahmen verkauft, warum sollte ich mich also erdreisten, einen Mann anzuschreien, weil er sich etwas ausgesucht hat, was ich verkaufe? Das war nicht mein bester Moment. Es war der letzte Tropfen, der das Fass zum Überlaufen gebracht hat. Das hat zumindest Ray, mein Chef, gesagt. Ray ist gar nicht mal so übel. Er hält die Stelle für mich frei, aber ich bin sozusagen auf Bewährung.“

So viel habe ich heute Morgen gelernt: Anya ist neunzehn Jahre alt, sie arbeitet *nicht* in einem Rahmenladen und sie besucht *nicht* den Fotokurs am City College. Ich frage mich, ob sie andere Kurse belegt. Etwas sagt mir, dass dem nicht so ist. Hat sie irgendwelche Freunde? Es ist schwer, sie mir entspannt lachend vorzustellen. Ich frage mich, wie sie war, bevor sie Billy verlor. Wie sehr unterscheidet sich diese Person, mit der ich mich jetzt treffe, von der Person, die sie vor einem Monat war?

Wir bleiben an einer Kreuzung stehen und lassen ein Auto passieren. Giselle setzt sich und neigt den Kopf. Die Trainingsstunden, zu denen Lourdes sie geschleppt hat, als sie noch ein Welpe war, haben sich definitiv ausgezahlt.

„Ich wette, sie ist fotogen“, sagt Anya und schaut Giselle an. „Dunkle Hunde sind schwer. Sie sind auf den Bildern oft nicht mehr als ein schwarzer Fleck. Aber sie hat eine gute Farbe für Fotos. Ihr Fell hat außerdem eine schöne Textur.“

Mir kommt es vor, als wenn Giselle jetzt noch mehr Schwung in ihrem Gang hat, als wir die Kreuzung überqueren. Ihre flauschigen Ohren schwingen elegant mit jedem Schritt, und sie sieht aus, als wolle sie sich für eine Shampooreklame bewerben. „Vielleicht könntest du sie irgendwann mal fotografieren“, schlage ich vor.

Anya zuckt mit den Schultern. Ich beschließe, sie erst einmal nicht weiter mit der Idee zu bedrängen.

„Ich finde, sie sieht aus wie Julia Child", sage ich.

Sie schaut Giselle an, und Giselle schaut zu ihr auf. „Das stimmt", sagt sie, und ihre Lippen verziehen sich zu diesem schiefen Lächeln, das ich inzwischen schon so gut kenne. Ich fühle mich, als hätte ich gerade im Lotto gewonnen.

Wir biegen in den Buena Vista Park ein, und um mich davon abzulenken, dass wir über einen Weg in einem Park gehen, der das Wort „Vista" in seinem Namen trägt und uns deshalb mit Sicherheit irgendwo zu einem Punkt führt, an dem es eine grandiose Aussicht gibt, die mich in Wackelpudding verwandelt, frage ich Anya, ob sie auch Menschen fotografiert oder nur Hunde.

„Ich fotografiere alles", sagt sie. „Aber am liebsten Hunde."

Wir kürzen den Weg den Hügel hinauf durch einen Zypressenhain ab. Die Luft hat einen feuchten, angenehm erdigen Geruch. Ab und zu schaue ich von Giselles Rücken auf und erhasche einen Blick auf die Türme einer pfirsichfarbenen Kirche in der Ferne nördlich von uns, die Bucht und die grünen Berge von Marin dahinter. Jedes Mal beschleunigt sich mein Puls auf unangenehme Weise, und ich richte meinen Blick wieder auf Giselle.

Ich habe so viele Fragen, die ich Anya stellen will – über den Tod ihrer Eltern, die Beziehung zu ihrer Großmutter und jedem einzelnen ihrer Brüder, Billys Verschwinden. Aber ich ermahne mich, es langsam anzugehen und Anya zu erlauben, den Kurs unserer Unterhaltung zu bestimmen. Ich will sie nicht zu stark bedrängen und damit riskieren, dass sie dichtmacht, bevor ich überhaupt eine Chance hatte, ihr zu helfen.

Als wir den Hügel zur Hälfte hinauf sind, geht Anya plötzlich an den Rand des Weges und guckt den bewaldeten Teil des Hügels hinunter.

„*Billlllyyyy!*“, ruft sie. Ihre Stimme ist schneidend, ein Eispickel aus Verzweiflung und Trauer und Angst.

Ich eile an ihre Seite. Mein Herz schlägt wie wild. Ich erwarte, in dem bewaldeten Hügel unter mir einen Hund zu sehen – oder, angesichts von Anyas Tonfall, vielleicht den leblosen Körper eines Hundes. Aber das tue ich nicht. Der Park ist ruhig und still und von leblosen Pfaden durchzogen. Mir gelingt es nicht, den Klang von Anyas schrecklichem Schrei abzuschütteln.

Als sie mich schließlich anschaut, ist ihre Miene unglaublich gefasst. „Das mache ich immer“, sagt sie. „Es ist ursprünglich. Kathartisch. Es hält mich von den Drogen fern.“ Bevor ich etwas erwidern kann, dreht sie sich um und stapft weiter den Hügel hinauf. Immer noch verstört von ihrem Schrei, eile ich ihr hinterher.

Auf dem Weg funkelt Sonnenlicht zwischen Schattenflecken, kleine negative Rorschachtests überall. Als wir uns der höchsten Stelle des Parks nähern, frage ich Anya, wie es ihr damit geht, dass ihr Chef sie gebeten hat, nicht mehr zur Arbeit zu kommen.

Wieder zuckt sie mit den Schultern. „Das ist in Ordnung. Ich kann mich sowieso auf nichts anderes außer auf Billy konzentrieren, und es hat mich in den Wahnsinn getrieben, dort zu sein. Ich habe das Gefühl gehabt, jeden Moment zu explodieren. Ich schätze, das habe ich dann getan. Wie auch immer, ich wohne im Moment umsonst bei meiner Großmutter, also komme ich für eine Weile ohne Gehalt klar. Das ist vermutlich die positive Seite, wenn man sein Leben noch nicht geplant hat. Es ist billig. Vor allem“, fügt sie an, „wenn dein Seelenklempner umsonst ist.“

„Vergiss nicht“, sage ich, „dass ich nicht deine Seelenklempnerin bin.“

„Wozu dann diese Befragung?“

„Wir unterhalten uns nur. Wie Freunde.“ Ich lächle sie an, aber sie schaut auf Giselle.

„Werden Sie sie mal von der Leine lassen?“

„Sie ist ein Therapiehund“, sage ich schnell. „Also, das wird sie mal. Ich bilde sie gerade aus.“ Lügen hinterlassen immer einen metallischen Geschmack in meinem Mund.

Anya sieht mich an. „Ich dachte, Sie gehen nur mit ihr Gassi.“

„Das tue ich auch.“ Der metallische Geschmack breitet sich von meiner Zunge zu meinem Gaumen aus. „Spazierengehen ist Teil ihrer Ausbildung. Es hilft ihr, sich zu konzentrieren.“

Anya kneift die Augen zusammen und legt den Kopf schief. „Sie sind seltsam“, sagt sie entschieden. Vielleicht sollte mich diese Behauptung stören, aber in Anyas Stimme klingt ein Hauch von Überraschung mit, und in ihren Augen sehe ich eine neue Wärme, also lächle ich stattdessen.

„Sind wir das nicht alle?“

„Ich weiß nicht“, sagt sie achselzuckend. „Aber ich habe mit seltsam keine Probleme.“

Ein paar Minuten später haben wir die höchste Stelle des Parks erreicht – eine kleine runde Rasenfläche. Selbst ohne hinzusehen weiß ich, dass wir uns jetzt hoch über der Stadt befinden. Nicht runterschauen, nicht runterschauen, singe ich mir vor. Ich schaffe es ganz gut, meine Augen auf den Boden gerichtet zu lassen, bis Anya an den Rand der Rasenfläche tritt und einen weiteren ihrer markerschütternden „Billy“-Schreie loslässt. Sofort schaue ich in ihre Richtung. Hinter dem Dach der Zypressen sehe ich einen Großteil von Downtown San Francisco, die stählerne Linie der Bay Bridge über dem glitzernden Wasser, die verschwommenen

Kurven der Oakland Hills in der Ferne. Das Glänzen und Funkeln von allem blendet mich förmlich, dieses Gewimmel aus Natur und Stadt, das Wilde und der Beton, die sich gegeneinanderdrücken.

Die Panik zwingt mich in die Knie. Mein Herz ist eine verdrehte schmerzhafte Masse in meiner Brust. Meine Kehle schnürt sich zusammen, mein Atem muss seinen Weg durch ein Nadelöhr finden. Blind greife ich nach Giselle, vergrabe meine Finger in ihrem Fell und nehme lange dünne Atemzüge.

Eins.

Zwei.

Drei.

„Geht es Ihnen gut?" Anya steht über mir. Ich nicke, kann aber nicht sprechen. Trotz der Panik brenne ich vor Scham. Was ist mit mir passiert? Warum kann ich das nicht kontrollieren? Ich habe Angst vor allem und nichts; rationale Gedanken schießen von mir davon, bevor ich sie festhalten kann.

Ich sollte hier die Gefestigte sein, und ich kann nicht mal auf meinen beiden Beinen stehen.

Anya setzt sich neben mich. Sie nimmt eine Flasche aus ihrer Tasche und reicht sie mir. „Das ist nur Wasser."

Meine Hände zittern, und ich kriege den Verschluss nicht auf. Anya nimmt mir die Flasche wieder weg, dreht den Deckel ab und reicht sie mir dann wieder. Ich schließe die Augen und denke an den Weg, den wir gerade gegangen sind. Ich versuche, in meinem Kopf eine Landkarte zu erstellen – eine imaginäre Linie, die mich auf diesem hellen exponierten Fleck über der Stadt mit meinem kleinen geborgenen Apartment verbindet. Die Panik verebbt wie ein voller Ballon, der kurz vor dem Platzen stand und nun langsam die Luft verliert.

„Jedes Mal, wenn ich auf diesen Hügel gehe, habe ich dieses Gefühl in meinem Bauch, dass Billy hier ist“, sagt Anya düster. „Jedes einzelne Mal bin ich mir dessen total sicher.“ Ich schaue sie an, warte darauf, dass sie etwas dazu sagt, dass ich zittere und stumm bin und schnell atme, aber sie sagt nur: „Er liebt diesen Park.“

Nach ein paar Minuten fühle ich mich wieder wohl genug, um zu reden. „Mein Hund Toby …“ Ich räuspere mich. „Er hätte diesen Park auch geliebt.“

Sie schaut mich an. „Was ist passiert?“

„Krebs.“

„Das tut mir leid.“

Ich nicke.

Anya steht auf. Sie tritt mit einem ihrer schweren Stiefel gegen den Boden. „Sollen wir zurückgehen?“

Ich erhebe mich ebenfalls, zitternd, aber vor allem peinlich berührt. Ich bringe es kaum über mich, Anya anzusehen. Wir gehen den Hügel wieder hinunter, lauschen auf unsere Schritte und das weiche glückliche Hopsen von Giselles Pfoten auf dem Weg. Ich warte darauf, dass Anya mich darauf anspricht, was auf dem Hügel passiert ist, aber sie geht schweigend neben mir.

Als wir den Buena Vista Park verlassen, erhasche ich einen tröstenden Blick auf den Sutro Tower. „Warum wolltest du, dass ich heute deine Familie kennenlerne?“, frage ich Anya.

Sie zuckt mit den Schultern. „Ich wollte nur, dass Sie sehen, womit ich es zu tun habe. Sie behandeln mich, als wäre ich wahnsinnig. Okay, Rosie nicht. Aber meine Brüder sagen alle, ich bin verrückt, weil ich glaube, dass jemand Billy gestohlen hat.“

„Ich glaube nicht, dass du verrückt bist“, sage ich vorsichtig und denke an die gewalttätige Wut, die sie beim Frühstück gezeigt hat. „Aber ich bin neugierig, warum du glaubst, dass er geklaut worden ist.“

„Das habe ich Ihnen doch schon gesagt. Selbst wenn jemand die Tür offen gelassen hätte, wäre er nicht weggelaufen. Und bislang hat mir noch keiner eine andere Erklärung geliefert.“

Ich habe Angst, sie zu bedrängen, also nicke ich nur.

Nach ein paar Minuten des Schweigens sagt sie: „Ich hatte auf der Schule nicht viele Freunde. Ich habe viel Zeit im Kunstraum verbracht. Dort gab es eine Dunkelkammer, und ich habe in der Mittelstufe einen Fotografiekurs belegt und war sofort gebannt. Mr. Lane, der Kunstlehrer, hat mich die Dunkelkammer nutzen lassen, wann immer ich wollte. Wenn das Wetter gut war, bin ich nach der Schule nach Hause gegangen und habe Billy geholt. Dann bin ich mit ihm zur Schule zurückgegangen und habe ihn mit der Leine an einen Baum vor dem Fenster des Kunstraums angebunden, damit ich ein Auge auf ihn haben konnte. Er hat es geliebt, dort im Schatten zu sitzen und zu versuchen, Fliegen zu fangen oder im Gras ein Nickerchen zu machen oder auf einem Knochen herumzukauen, den ich ihm gekauft habe.“

Nach einer kurzen Pause fährt sie fort: „In der zehnten Klasse war ich einmal ein wenig länger in der Dunkelkammer, vielleicht zwanzig Minuten, und als ich rauskam und aus dem Fenster schaute, war Billy weg. Ich bin nach draußen gelaufen und habe diese drei Typen gesehen, die an der Wand der Schule lehnten. Sie haben gefeixt und sich gegenseitig geschubst und mich beobachtet. Einer von ihnen war dieser fiese Typ aus der Oberstufe, der immer Kommentare zu seinen Freunden gemacht hat, wenn ich im Flur an ihm vorbeikam – er war einer dieser Jungs, die man nur ansehen muss, um zu wissen, dass sie total verkorkste Gedanken haben. Also habe ich ihn gefragt, ob er meinen Hund gesehen hat. Er hat gefragt, wie er denn meinen Hund gesehen haben sollte, wenn Hunde auf dem Schulgelände doch verboten sind. Ich habe ihn angeschaut, und sein Grinsen hat mir verraten, dass er Billy irgendetwas angetan hatte. Also bin ich losgerannt, einmal um die ganze Schule herum, und habe Billy schließlich an einem Zaun am Schulparkplatz angebunden gefunden, direkt in der Sonne, wo der Asphalt kochend heiß war."

Sie atmet wütend und zitternd ein. „Ihm ging es gut. Aber die Moral von der Geschichte ist, dass Menschen Arschlöcher sind."

„Nicht alle", erwidere ich. „Aber ja, es gibt sie da draußen." Kein Wunder, dass sie glaubt, jemand hätte Billy gestohlen. Es ist schon einmal passiert.

„Wie auch immer, ich bin zu dem Jungen zurückgegangen und habe ihm ins Gesicht geschlagen. Dabei habe ich ihm die Nase gebrochen. Und mir zwei Finger. Ich wurde für eine Woche suspendiert und musste den Rest des Jahres zum Schulpsychologen, aber ihm die Nase zu brechen war das alles wert." Ihre Augen funkeln ein wenig. „Er hat jedem erzählt, dass er sich nicht gewehrt hat, weil man keine Mädchen schlägt, aber in Wahrheit hat er nicht zurückgeschlagen, weil er winselnd und wimmernd wie ein Baby auf dem Boden lag."

Trauer ist ein Gestaltenwandler, das weiß ich. Manchmal nimmt er die Form von einem Nebel an, der so dicht und grau ist, dass man die Orte vergisst, an denen man einst Farbe gesehen hat. Ein andermal kann er sein wie eine Flut, dunkel und giftig und schnell steigend, während man darin treibt. Ich denke daran, dass Anya ihre Eltern in jungen Jahren verloren hat. Ich denke an die Traurigkeit und Einsamkeit und Wut, die in ihr wohnt und darauf wartet herauszukommen.

Dabei fällt mir ein Kind ein, das mich im Matheunterricht der siebten Klasse immer damit aufgezogen hat, dass ich eine verrückte Mutter hätte. Zu der Zeit verbreiteten sich die Gerüchte über die Agoraphobie meiner Mutter wie ein Lauffeuer, die Katze war aus dem Sack, und ich hatte oft das Gefühl, von meinen Klassenkameraden beobachtet zu werden, als fragten sie sich, ob hinter meinem Vergraben in Büchern mehr steckte und ich auch verrückt war.

„Hat es sich gut angefühlt?", frage ich Anya. „Den Jungen zu schlagen, meine ich."

Sie sieht mich überrascht an. „Es war großartig", sagt sie. „*Großartig.*"

Dann grinst sie breit – ein echtes Grinsen –, und ich kann nicht anders, als es zu erwidern.

Zehn Minuten später stehen wir vor Anyas Haus. „Normalerweise gehe ich so gegen neun Uhr morgens los, um nach Billy zu suchen", sagt sie mir. „Nur falls Sie noch mal mitkommen wollen."

Ich schaue auf den Kalender in meinem Handy. „Morgen habe ich um neun einen Termin, aber ich könnte um halb elf hier sein, wenn es dir nichts ausmacht, auf mich zu warten."

Ich sehe, dass das Anya freut, auch wenn sie sich weigert, es zu zeigen. „Klar. Ich kann warten." Sie beugt sich herunter, bis ihre Nase nur wenige Zentimeter von Giselles entfernt ist. „Wenn du morgen mitkommst, mache ich dir

Bacon." Sie richtet sich abrupt wieder auf. „Ich meine", ihre Stimme ist ausdruckslos, „falls Billy bis dahin nicht wieder zu Hause ist."

Lourdes kann es kaum erwarten, alles zu hören, als sie an diesem Abend aus Napa zurückkehrt. Ich versichere ihr, dass es mir tatsächlich gelungen ist, das Grundstück zu verlassen. Sie stößt einen erleichterten Seufzer aus.

„Oh, Gott sei Dank! Heißt das, dass du wieder normal bist? Ich meine, nicht *normal* normal. Wir könnten keine Freundinnen sein, wenn du *normal* normal wärst. Aber du weißt schon, deine Version von normal. Verrückt normal."

„Ich würde nicht sagen, dass ich schon wieder ganz verrückt normal bin, aber ich glaube, ‚Die agoraphobe Therapeutin' hat das Ende ihrer Spielzeit erreicht. Vielleicht ist es jetzt nur noch ‚Die ängstliche Therapeutin'. Oder ‚Die vorsichtig optimistische Therapeutin'."

„Das klingt nicht halb so fetzig wie das Original, aber ich schätze, das ist gut." Lourdes senkt den Blick und streichelt Giselles Kopf. „Und die Kleine hier? Wie hat sie sich benommen?"

„Wie ein sehr verspielter Engel", antworte ich. „Wie war euer Trip?"

„Gabby hat sich einen Skittle ins Ohr gesteckt."

„Einen was?"

„Du hast mich schon verstanden. Einen Skittle. Warum tut sie das?"

„Um zu sehen, ob er reinpasst?"

„Tja", sagt sie. „Er hat gepasst. So perfekt sogar, dass der Arzt in der Notaufnahme zwanzig Minuten gebraucht hat, um ihn wieder herauszuholen."

„Nein!"

„Oh, es geht ihr gut. Jetzt ist sie zugedröhnt mit Eiscreme." Lourdes mustert mich. „Du hast ein wenig Sonne abbekommen. Du siehst gut aus, Mags." Sie verengt ihre Augen. „Warte mal, kann Vitamin C die Haut orange färben? Sag die Wahrheit: Wie viele Vitamine hast du heute genommen?"

„Keine!", sage ich überrascht. Ich hatte total vergessen, meine übliche Dosis an Pillen einzunehmen. „Ich schätze, das habe ich alleine der Sonne und der frischen Luft zu verdanken." Ich erzähle Lourdes ein wenig von Anya, und dass ich versprochen habe, ihr bei der Suche nach ihrem vermissten Hund zu helfen. Ich frage, ob ich Giselle noch für ein paar Tage auf meine morgendlichen Spaziergänge mitnehmen kann.

„Sie hilft mir", gebe ich zu. „Ich bin nicht sicher, ob ich schon bereit bin, ohne sie rauszugehen."

„Klar. Ich schätze, für mich wird es eine Erleichterung sein, einen Spaziergang weniger mit ihr auf dem Plan zu haben." Lourdes schaut den Hund an. „Und es ist auch langsam an der Zeit, dass du mal etwas für andere tust, Fräulein."

In dieser Nacht verschlafe ich den halben Film, den ich im Bett gucken wollte. Ich wache auf, als der Abspann läuft, starre aus trüben Augen auf die Uhr und bin überrascht zu sehen, dass es erst Mitternacht ist. Ich kann mich nicht erinnern, wann ich das letzte Mal so früh eingeschlafen bin. Das ganze Spazierengehen, denke ich und klappe meinen Laptop zu. Die steilen Hügel des Buena Vista Parks müssen mich erschöpft haben. Ich kann den Gedanken kaum zu Ende denken, da drifte ich schon wieder ab und tauche in einen tiefen Schlaf, der dieses Mal die ganze Nacht andauert.

8. KAPITEL

Im Laufe der nächsten fünf Tage lerne ich viel über Anya. Wenn man beinahe eine Woche jeden Tag eine Stunde lang mit jemandem spazieren geht, ist das nur natürlich. Vielleicht ist es die körperliche Aktivität des Nebeneinandergehens, anstatt sich statisch in Stühlen gegenüberzusitzen. Manchmal ist es einfacher, jemandem etwas zu sagen, wenn man ihm dabei nicht direkt in die Augen schauen muss.

Als Anyas Eltern bei einem Autounfall starben, war sie erst sieben, aber ihre Brüder schon alle über zwanzig und längst aus dem Haus. Anya zog zu ihrer Großmutter Rosie. Sie sagt mir, dass es nicht so traumatisch war, wie es klingt – da sie so viel jünger ist als ihre Brüder, war sie das ruhigere Leben als Einzelkind gewohnt, und sie hatte schon immer eine starke Bindung zu ihrer Großmutter gehabt. Aber dennoch muss es unglaublich schwer gewesen sein, immerhin hat sie ihre Eltern verloren. Trauer ist, glaube ich, kumulativ – jeder Verlust formt die Größe und Form des nächsten, jeder Verlust enthält einen Nachhall der Verluste, die ein Mensch im Laufe seines Lebens erlitten hat. Der Schmerz der Trauer ist real, aber er ist auch ein Echo und ein Nachbeben, die Geister der vergangenen Gefühle, die sich erheben, um erneut unsere Hand zu packen. Wenn man einen Verlust untersucht, wird man sehr wahrscheinlich einen weiteren darin verborgen finden und noch einen darin und so weiter. Die Trauer ist aufgebaut wie eine russische Matroschka-Puppe.

Also ist es wirklich kein Wunder, dass sie sich weigert, ihre Suche nach Billy aufzugeben.

Jeden Morgen, wenn ich meine Wohnung verlasse, um

mich mit Anya zu treffen, frage ich mich, ob ich bereit bin, ohne Giselle an meiner Seite durch das Tor zu treten. Aber wenn ich meine Hand auf die Pforte lege, um sie zu öffnen, verliere ich meinen Atem, und dieses erdrückende Gefühl schießt durch meine Adern. Und so drehe ich mich jedes Mal herum, klopfe an Lourdes' Haustür und sammle Giselle ein.

Wir wandern durch die Straßen um Anyas Haus, nehmen jeden Tag einen etwas anderen Weg. Anya klebt ihre *Billy Ravenhurst wird vermisst*-Flyer an jeden Strommast und jede Straßenlaterne, an der wir vorbeikommen. Auf den Straßen schlage ich mich besser als im Buena Vista Park, vor allem auf denen, deren Blick von Häusern oder Hügeln versperrt wird. Es ist wirklich eine hinterhältige Stadt, wie ich lerne, mit ihren Hügeln und Tälern, die lange Schatten werfen, dem flüsternden Nebel, den überraschenden, meinen Herzschlag beschleunigenden Ausblicken auf die Küste, der unsicheren Erde unter uns. Den Straßen kann man nicht vertrauen. Wenn ich es am wenigsten erwarte, öffnet sich auf einmal ein Blick über die Stadt, und ich muss sehr darauf achten, wo ich hinschaue.

Ab und zu, wenn wir einen dieser Ausblicke passieren, bemerke ich, dass Anya in ihre Tasche greift und ihre Miene sich verwirrt verdunkelt. Nach einer Weile erkenne ich, dass sie nach ihrer Kamera sucht. Vermutlich hat sie sie früher immer überall mit hingenommen und nun nicht mehr. Manchmal schneidet die Trauer uns von den Menschen und Aktivitäten ab, die wir lieben, einfach nur, weil wir uns nicht glücklich fühlen wollen, denn das würde sich zu sehr nach Weiterleben anfühlen.

Sie erzählt mir, dass sie, obwohl Henry sie für den Fotokurs am City College eingeschrieben hat, seit Wochen nicht mehr in einer Vorlesung war. Schulterzuckend sagt sie: „Ich bin für Billy verantwortlich. Er ist von mir abhängig. Ich muss ihn finden. Alles andere kann warten."

Ich nicke, höre zu, als sie mir erneut berichtet, wie sie eines Tages von der Arbeit nach Hause gekommen ist und Billy einfach weg war. Als sie mir erzählt, dass an dem Tag jeder ihrer Brüder vorbeigeschaut hat, um nach Rosie zu sehen, bin ich mir sicher, dass einer von ihnen den Hund aus Versehen rausgelassen hat und es ihr gegenüber nicht zugeben will. Was für eine andere Erklärung könnte es sonst geben? Anya ist sicher, dass Billy nicht weglaufen würde, aber selbst der am wenigsten abenteuerlustige Hund würde der Verlockung einer offenen Tür nicht widerstehen können, oder? Und falls Billy in die Straßen der Stadt hinausgewandert war, ist er vielleicht von einem Auto überfahren worden. Es tut mir leid, überhaupt einen solchen Gedanken zu haben, aber *irgendetwas* ist Billy zugestoßen. Hunde verschwinden nicht einfach. Er ist nicht im Tierheim von San Francisco aufgetaucht und auch bei keiner der anderen Tierrettungsgesellschaften, die ich kontaktiert habe. Also ist er entweder von einer Familie aufgenommen worden, die so freundlich war, ihn zu behalten, aber nicht freundlich genug, um sich bei seiner rechtmäßigen Besitzerin zu melden (vorausgesetzt, er hat das Halsband mit Anyas Kontaktdaten darauf nicht verloren). Oder er ist tot.

Ich werfe Anya einen Blick zu und weiß, dass sie trotz ihrer Entschlossenheit, Billy zu finden, über diese Szenarien auch schon nachgedacht hat. Sie will es nur nicht zugeben. In diesem Moment bleibt sie stehen, wie sie es ab und zu auf unseren Spaziergängen tut, legt ihre Hände wie einen Trichter an ihren Mund und schreit laut Billys Namen. Dann lässt sie ihre Arme sinken und geht weiter.

Ich lächle dem auf uns zukommenden Teenagermädchen entschuldigend zu, das Anya entsetzt anstarrt.

Es ist schwer, sich nicht zu fragen – so wie Henry es getan hat –, wie lange das noch so weitergehen soll.

Nach meiner letzten Sitzung des Tages rufe ich zu Hause an.

„Wie geht es Toby?“, fragt mein Dad.

Ich sinke in den Sessel und fahre mir erschöpft mit der Hand übers Gesicht. „Toby ist Toby.“

„Und die Arbeit?“

„Schleppend“, gebe ich zu. Ich würde gerne den optimistischen Ton beibehalten, den ich normalerweise bei den Anrufen zu Hause treffe, aber heute Abend fühle ich mich leer. Ich bin weniger durch Anyas mangelnden Erfolg entmutigt als durch meinen eigenen. Es ist schwer zu glauben, dass ich erst vor vier Monaten einmal durchs gesamte Land gefahren bin. Jetzt brauche ich schon eine ordentliche Portion Mut, um überhaupt das Gartentor zu öffnen.

„Du hast doch gerade erst angefangen“, sagt mein Dad. „Eine Praxis wie deine braucht etwas Zeit, um sich zu etablieren. Du bist einfallsreich. Du schaffst das schon.“

„Wo ist Mom?“

„Tja, lass mich nachdenken. Heute ist Freitag, also vermutlich bei ihrem Kletterkurs.“ Im Hintergrund höre ich das perlende Lachen meiner Mutter. Mich überkommt ein wenig Heimweh.

„Hey, Süße“, sagt meine Mom, als sie ans Telefon kommt. „Hast du den Hund von diesem Mädchen schon gefunden?“

„Nein. Ich bin mir auch nicht sicher, ob wir das jemals tun werden. Er ist schon eine ganze Weile weg.“

Mom schnalzt mit der Zunge. „Was für eine Schande. Es hätte dir das Herz gebrochen, wenn einer deiner Hunde weggelaufen wäre. Erinnerst du dich noch an Star? Was für ein guter Hund."

Ich murmele zustimmend, bin aber in Gedanken ganz woanders.

„Wovor hast du Angst", frage ich plötzlich, „wenn du versuchst rauszugehen?" Ich habe ihr diese Frage noch nie zuvor gestellt, aber ich bin down und frage mich, ob den mentalen Zustand meiner Mom zu verstehen der Schlüssel dazu ist, meinen eigenen zu begreifen.

Meine Mom schweigt einen Moment. „Warum fragst du?"

„Vielleicht kann ich dir helfen. Was für einen Sinn hat es, einen Abschluss in Psychologie zu haben, wenn man seiner Mom nicht ab und zu eine kostenlose Therapiestunde geben kann?"

„Maggie. Du bist doch nicht Psychologin geworden, um mir zu helfen, oder?" Ich weiß, dass sie sich diese Frage schon lange stellt. Natürlich tut sie das; das tun wir alle.

„Nein", sage ich. „Ja? Absolut definitiv vielleicht."

Sie lacht traurig. „Liebes, ich habe eine Therapeutin. Das Einzige, was ich von dir will, ist, dass du meine Tochter bist. Meine glückliche Tochter."

Ich seufze.

„Wie auch immer", fährt sie fort. „Ich will nicht mit dir darüber sprechen. Was ich fühle, wenn ich versuche, das Haus zu verlassen … Ich will nicht, dass du auch nur einen winzigen Blick darauf werfen musst."

Es ist ein dunkler Vogel, denke ich und spüre ihn in mir pochen, wie er droht zu wachsen. *Ein Monster.*

Später am Abend bekomme ich eine E-Mail von Sybil.

Die Situation mit Seymour ist jetzt dringend!, schreibt sie. *Seine Pflegefamilie wird ungeduldig. Ich bin mir nicht sicher, wie viel Pinkeln hinter die Couch sie noch ertragen können, bevor sie ihn komplett aufgeben! Hat irgendein anderer Freiwilliger Interesse bekundet? Ich würde ihn ja selbst nehmen, aber ich habe im Moment Zack, den aggressiven Akita, bei mir und fürchte, selbst wenn ich sie in separaten Räumen halte, würde sein Bellen und Herumlaufen den armen Seymour in den Herzinfarkt treiben!*

Wieder einmal hat Sybil ein Foto von Seymour angehängt, als fürchte sie, dass ich vergessen hätte, von welchem Hund sie spricht. Ich frage mich, ob das Kalkül ist – ich bin sicher, sie fragt sich, warum ich noch nicht angeboten habe, ihn bei mir aufzunehmen. In Wahrheit hasse ich mich dafür. Meine Wohnung ist ruhig und mehrere Blocks von der nächsten Bahnlinie entfernt – perfekt für einen ängstlichen Hund wie Seymour. Aber ich bin noch nicht bereit, einen anderen Hund in mein Leben zu lassen. Der Geruch eines neuen Hundes würde den besonderen Toby-Duft vertreiben, der immer noch in einigen Ecken meiner Wohnung hängt. Ein neuer Hund würde garantiert mein Herz erobern, und das wäre wundervoll und bestimmt heilsam. Aber ich bin noch nicht bereit.

Außerdem sage ich mir, dass Seymour in seinem Leben bereits so viel mitgemacht hat und mehr verdient, als ich ihm anbieten kann.

Trotzdem bin ich nicht gewillt, ihn in einem Tierheim zu sehen, und deshalb muss ich mir schnell etwas einfallen lassen, um das zu verhindern.

Ich klicke auf sein Foto und betrachte es eine Weile. Wieder kommen mir seine Augen so vor, als vibrierten sie nur so vor zittrigen Nerven – dieses helle unverkennbare Aufblitzen der Angst. Ich wette, dass er nur eine Sekunde nach dem Foto auf die Person hinter der Kamera zugesprungen ist. Vermutlich hat er sie von oben bis unten abgeleckt, hat unter dem Kinn angefangen, so wie unterwürfige Wölfe ihren Rudelführer begrüßen. Er hat vielleicht sogar ein kleines bisschen an dem Fotografen geknabbert, während er ihn abschlabberte, wobei sein gesamter Körper vor lauter Zuneigung und Bedürftigkeit gezittert hat. Es könnte allerdings auch genauso gut sein, dass er einfach weggerannt ist und sich hinter der Couch verkrochen hat.

Während ich sein Foto betrachte, kommt mir eine Idee.

Vielleicht liegt es an dem Foto, schreibe ich Sybil. *Er sieht ein wenig ... verrückt aus. Ich habe gerade eine Fotografin kennengelernt, die vielleicht gewillt wäre, kostenlos ein neues Foto von ihm zu machen. Wenn es ihr gelingt, Seymour in einem etwas ruhigeren Licht darzustellen, wecken wir vielleicht das Interesse von neuen Leuten, die auf der SuperMutt-Website surfen, oder von den Pflegefamilien in unserem Datenpool. Meinst du, das ist einen Versuch wert?*

Es überrascht mich nicht, dass Sybil an dem Punkt ist, wo sie alles versuchen will. *Mach das*, schreibt sie zurück. *Steck ihn meinetwegen in einen Smoking, wenn du musst! Lass ihn adrett und charmant aussehen!*

Bond, schreibe ich. *Seymour Bond. Wir werden ihn mit einem Martinishaker fotografieren. Wer hätte nicht gerne einen Hund, der Cocktails mixen kann?*

Ich habe ein paar sehr eigennützige Motive dafür, Anya Ravenhurst als Fotografin vorzuschlagen, der es vielleicht gelingt, Seymours etwas adoptionsfreundlichere Seite einzufangen. Seit unserem ersten Treffen habe ich das Gefühl, dass das Fotografieren für Anya ein Weg sein könnte, sich durch ihre Trauer zu arbeiten, und es macht mich traurig, dass sie nach Billys Verschwinden aufgehört hat, Fotos zu machen. Und dann ist da noch Anyas Haus – riesig und still und, wie ich vermute, mit einem Garten dahinter, der perfekt für einen Hund ist. Ich denke an den sanften Ton, mit dem Anya auf unseren Spaziergängen mit Giselle redet. Sie liebt nicht einfach nur Billy, sie liebt alle Hunde.

Die Hingabe von jemandem wie Anya könnte genau das sein, was Seymour braucht, um zu einer selbstsichereren Version seiner Selbst zu werden – und umgekehrt.

9. KAPITEL

Am nächsten Morgen, einem Samstag, öffnet Leo die Tür in einer Schlafanzughose aus Flanell und einem T-Shirt mit dem Wort „Nerd-Alarm“ in altmodischer Computerschrift darauf. Leo arbeitet in einer IT-Beratungsfirma, und ich bin sicher, das T-Shirt war ein Geschenk von Lourdes. Er sieht noch müde aus und schiebt seine Brille hoch, um sich mit der Hand übers Gesicht zu fahren. Im Haus riecht es nach Kaffee, und ich höre Gabby in der Küche jammern.

Giselle fliegt förmlich auf mich zu und quetscht sich zwischen meine Beine. Die Leine hängt an ihrem Halsband und schleift auf dem Boden hinter ihr her, wodurch sie gegen Leos nackte Füße schlägt. Er schaut nach unten und blinzelt langsam.

„Bitte melde mich nicht beim Tierschutz“, sagt er. „Ich schwöre, ich habe ihr keinen einzigen Tropfen Kaffee gegeben.“

Ich greife nach Giselles Halsband, und sofort macht sie zitternd vor Aufregung vor mir Sitz. „Wenn wir ihre Energie nur in Flaschen abfüllen könnten.“

„Oder wenn wir einfach sie sein könnten. Nur für einen Tag.“

Ich lächle. „Ist heute Lourdes dran auszuschlafen?“

Leo nickt. Er wirft einen Blick über die Schulter in die Küche, wo Gabby immer noch heult. „Wir haben keine Aufbackwaffeln mehr“, murmelt er verstört.

„Ah.“ Ich denke kurz nach. „Habt ihr Zimt?“

Er runzelt nachdenklich die Stirn. Ich bin sicher, dass ich Zimt habe, aber ich schätze auch, dass Leo durchaus in der Lage ist, volle fünf Minuten auf ein gut ausgestattetes Gewürzregal zu starren, ohne es zu finden. Meiner Erfahrung nach haben alle Männer dieses Problem, das ich männliche Musterblindheit nenne. Ich schicke Lourdes telepathisch eine Entschuldigung dafür, dass ihr Mann sie vermutlich gleich wecken wird, um sie zu fragen, ob sie Zimt im Haus haben.

„Ich glaube schon“, sagt er schließlich.

„Butter? Zucker? Brot?“

Dieses Mal nickt er überzeugender.

Ich schlinge mir Giselles Leine um die Hand. „Dann mach ihr Zimttoast. Das hat mir meine Mom immer gemacht, wenn ich traurig war. Das ist der Knaller bei Kindern und schlägt die Waffeln um Längen.“

„Zimttoast“, wiederholt Leo. Ich glaube, er würde mich am liebsten küssen. „Zimt. Toast.“ Er strafft entschlossen die Schultern und wirkt ein oder zwei Grad wacher als noch vor ein paar Sekunden. Ich habe das Gefühl, dass er noch etwas sagen will. Er kratzt sich die dunklen Bartstoppeln, richtet seine Brille und streckt dann die Hand aus, um Giselle ein paarmal zu tätscheln. Schließlich sagt er: „Ich bin wirklich froh, dass du wieder rausgehst, Maggie. Du weißt ja, dass Lourdes für dich da ist, aber ich hoffe, du weißt auch, dass ich für dich da bin, solltest du mal etwas benötigen. Ich feuere dich an.“

Ich bin berührt. Leo und Lourdes haben auf dem College angefangen, miteinander auszugehen, also kenne ich ihn beinahe so lange wie sie. Wenn Lourdes für mich wie die Schwester ist, die ich nie hatte, dann schätze ich, dass Leo der Bruder ist, den ich nie hatte. „Danke, Leo. Das bedeutet mir viel.“

Er kratzt sich erneut am Kinn. „Ich habe nachgedacht. Gibt es für Agoraphobie auch ein Spektrum, so wie für

Autismus? Falls ja, denke ich, dass viel mehr von uns darunter fallen, als wir zugeben wollen. Ich will die, äh, Krankheit nicht verharmlosen, ich weiß, es gibt Leute, die wirklich darunter leiden", sagt er schnell. „Aber heutzutage können wir so viele soziale Interaktionen von zu Hause aus durchführen. Ich denke, wir alle kommen ein wenig aus der Übung, was den Umgang mit der echten Welt da draußen und mit persönlichen Beziehungen angeht. Und je weniger man übt, desto schwieriger wird es."

„Wow, Leo", sage ich lächelnd. „Wenn ich nicht wüsste, dass du so ein Technikfreak bist, würde ich sagen, du klingst wie ein Technikfeind."

Er zuckt mit den Schultern. „Du müsstest mal ein paar der Typen sehen, die für mich arbeiten. Ihre Haut wird krebsrot und fleckig, wenn sie sich der beängstigenden Aufgabe gegenübersehen, mir auf dem Flur ‚Guten Morgen' sagen zu müssen. Ehrlich, es ist ein Wunder, dass sie es jeden Morgen aus dem Bett schaffen, geschweige denn aus ihrer Wohnung."

„Hm", sage ich. „Vielleicht muss ich mir einen netten hilflosen Technikjünger suchen. Wir könnten uns die Kosten für das Netflix-Abo teilen. Solide Beziehungen sind schon auf weniger aufgebaut worden."

Leo lacht. „Bitte tu das nicht. Zumindest um Giselles willen. Sie hat eure Stadterkundungen inzwischen recht lieb gewonnen – ich weiß nicht, wie sie es aufnehmen würde, wenn du dich wieder verkriechst." Gabby scheint in der Küche zu versuchen, die Schallmauer zu durchbrechen. Leo zuckt zusammen. Die Tatsache, dass Lourdes bei dem Lärm weiterschläft, ist ein wirklich beeindruckendes Zeugnis ihrer Willensstärke.

„Ooookay, gibt es noch etwas, worüber wir reden können?“, fragt Leo todernst. „Mal sehen, wir haben Zimttoast abgehandelt, das Spektrum der Unbehaglichkeiten … Oh, okay, ich schätze, meine Zeit ist abgelaufen. Danke, Maggie.“ Er schaut sehnsüchtig an mir vorbei in den Garten. Es ist ein sonniger Morgen mit klarem Himmel und einer leichten Meeresbrise in der Luft. „Genieß deinen Spaziergang …“

Beim Klang ihres Lieblingsworts springt Giselle auf die Beine, rennt an mir vorbei und macht einen Satz von der obersten Treppenstufe hinunter. Mich gerade so an ihrer Leine festhaltend, wirbele ich herum und stolpere ihr hinterher. Dabei rufe ich Leo über die Schulter einen Abschiedsgruß zu.

Als Giselle und ich in Anyas Straße einbiegen, sehe ich, dass Henry vor dem Haus auf mich wartet.

„Guten Morgen, Henry“, sage ich im Näherkommen. „Wir sollten wirklich aufhören, uns so zu treffen.“

Er ist eindeutig nicht in der Stimmung für Witze. „Ich wollte Sie erwischen, bevor Sie reingehen“, sagt er geradeheraus. „Anya hat mir gesagt, dass Sie kommen. Sie meinte, Sie seien jeden Tag in der Woche hier gewesen.“

Ich beschatte meine Augen mit einer Hand und blinzle zu ihm auf. Jetzt, wo ich entdeckt habe, wie attraktiv er ist, fällt es mir schwer, irgendetwas anderes an ihm zu bemerken. Du musst offensichtlich öfter rausgehen, sage ich mir.

„Stimmt etwas nicht?“, frage ich.

„Terrence hat gestern Abend mit Anya und meiner Großmutter zu Abend gegessen, und offensichtlich ist Anya wieder in die Luft gegangen und hat eine Tirade wegen Billy losgelassen. Terrence sagt, dass Rosie von dem Vorfall total erschüttert war und June sie früher ins Bett bringen musste.“ Henry verschränkt die Arme vor der Brust. „Ich sehe keinerlei Fortschritte bei Anya. Ich glaube nicht, dass Ihr Plan, sie auf ihren Spaziergängen zu begleiten, funktioniert.“

„Nun, es ist kaum eine Woche.“ Ich denke einen Moment lang nach. „Und Sie mögen es noch nicht erkennen, aber ich glaube tatsächlich, dass wir langsam Fortschritte machen. Mir scheint, es erleichtert sie, jemandem zum Reden zu haben.“

Henry zuckt zusammen. „Sie weiß, dass sie mit mir reden kann. Wir haben uns schon immer nahegestanden. Ich bin derjenige, der ihr Billy geschenkt hat. Ich dachte, einen Hund zu haben, würde ihr helfen. Nur mit unserer Großmutter in diesem alten großen Haus aufzuwachsen ... Ich wollte nicht, dass sie einsam ist.“

Ich lächle ihn an. „Das hat sie mir gar nicht erzählt. Das war sehr nett von Ihnen.“

„Tja, jetzt bin ich mir da nicht mehr so sicher. Wenn ich gewusst hätte, was passiert ...“

„Vertrauen Sie mir“, unterbreche ich ihn vermutlich ein wenig zu scharf. „Billy war gut für Anya. Ich bin sicher, dass sie keinen Moment ihrer gemeinsamen Zeit mit ihm eintauschen würde, selbst wenn das bedeutete, jetzt weniger Herzschmerz zu empfinden.“

Er sieht mich an und nickt.

„Hören Sie“, sage ich. „Ich weiß, Sie wollen, dass Anya Billy loslässt, akzeptiert, dass er weg ist, aber sie ist noch nicht bereit. So etwas kann man nicht erzwingen. Diese Dinge brauchen Zeit. *Sie* braucht Zeit.“

„Das verstehe ich. Wirklich. Aber ich bin mir nicht sicher, ob Sie verstehen, wie wichtig es ist, dass sie wieder zu Verstand kommt.“ Er zeigt auf das Haus. „Lassen Sie sich von diesem Haus nicht täuschen. Hier gibt es kein Geld. Clive und Terrence und ich – wir drei unterstützen unsere Großmutter und Anya. Und jetzt hat Anya ihren Job verloren. Hat sie Ihnen das erzählt?"

„Ja, das hat sie."

„Tja, sie muss aber arbeiten. Sie braucht ein Gehalt und die Stabilität eines geregelten Tagesablaufs. Ich habe sie für den Fotokurs am City College eingeschrieben in der Hoffnung, dass es sie inspiriert, weitere Kurse zu belegen, sich vielleicht sogar ein Hauptfach auszusuchen, aber offensichtlich hat sie damit aufgehört, sobald Billy weggelaufen war. Sie muss den Weg zu ihrem inneren Gleichgewicht wiederfinden. Billy ist nicht der einzige Verlust, mit dem sie sich in der nahen Zukunft auseinandersetzen muss. Rosie ist sehr krank. Sie wird vermutlich nicht mehr sehr lange bei uns sein." Er schluckt. „Das ist noch etwas, von dem Anya sich weigert, es wahrzunehmen."

Mein Herz wird schwer. „Das tut mir leid, Henry. Ich wusste, dass Ihre Großmutter schwach ist, aber ich habe nicht erkannt, wie ernst es wirklich ist."

„Anya spricht mit niemandem darüber. Nach meinem Umzug wird sie ganz allein auf sich gestellt sein und sich um all das hier kümmern müssen. Clive ist, wie Sie sicher schon bemerkt haben, nicht wirklich der väterliche Typ. Und Terrence hat im Moment genug auf dem Teller mit zwei jungen Kindern zu Hause und der eigenen Firma."

Ich nicke. „Und Sie sind sicher, dass umzuziehen im Moment das Richtige ist? Haben Sie darüber nachgedacht, in der Nähe zu bleiben, bis Anya aus ihrer momentanen Situation herausgefunden hat? Ich glaube, sie ist abhängiger von Ihnen – emotional gesehen, meine ich –, als sie sich anmerken lässt."

Henrys Miene verändert sich, wird düsterer, und sofort bemerke ich meinen Fehler. „Ich hasse es, dass ich jetzt umziehen muss. Aber wir reden hier über meinen Beruf … den Beruf, der hilft, meine Großmutter und Anya zu unterstützen. Wer wird Rosies Arztrechnungen bezahlen, wenn ich nicht gehe?“

Henry sieht so gequält aus, dass ich den Impuls unterdrücken muss, eine Hand auszustrecken und seine zu berühren. „Es tut mir leid. Ich kenne nicht alle Einzelheiten Ihrer oder Anyas Situation und hätte nichts sagen sollen.“

„Ich *muss* umziehen“, betont er erneut. „Und ich dachte, wenn ich wüsste, dass Anya wenigstens zu einer Therapeutin geht …“ Seine Stimme verebbt. „Aber so sollte das nicht laufen. Das war ein Fehler. Sie verwirren sie, schenken ihr Hoffnung. Sie werden die Sache noch schlimmer machen, was bedeutet, *ich* habe die Sache noch schlimmer gemacht.“

Bevor ich mich zurückhalten kann, lade ich ihn ein, uns auf unserem Spaziergang zu begleiten. „Dann werden Sie sehen, dass Sie keinen Fehler gemacht haben. Ich höre Anya einfach zu, spreche mit ihr. Ich mag sie.“ Noch während ich rede, erkenne ich, wie ernst ich das meine. Ich denke an meinen alten Chef und seine Ermahnung, professionelle Distanz zu halten. Aber Anya ist keine Patientin – wenn sie es wäre, hätte ich sie nie wiedergesehen. „Wenn sie bereit ist, um Billy zu trauern, werde ich da sein. Das ist es doch, was Sie eigentlich wollen, oder? Wissen, dass jemand für sie da ist, nachdem Sie weggezogen sind? Kommen Sie mit uns“, wiederhole ich. „Sehen Sie es mit eigenen Augen.“

Henry hört aufmerksam zu; seine Miene ist nachdenklich. „Gut“, sagt er, als ich geendet habe. Er klingt allerdings weniger überzeugt als geschlagen.

„Okay“, rufe ich fröhlich, aber ehrlich gesagt bereue ich meinen Vorschlag bereits. Ich bin dabei, Henry davon zu überzeugen, dass er keinen negativen Einfluss in das instabile Leben seiner Schwester hineingebracht hat, aber was, wenn ich eine meiner Panikattacken habe, während er dabei ist? Anya mochte ungerührt gewesen sein, als ich auf unserem ersten Spaziergang zu Boden gesackt bin und mich an den Hund geklammert habe, als hinge mein Leben davon ab. Aber ich glaube nicht, dass Henry eine solche Episode auf die leichte Schulter nehmen würde. Ich hatte die ganze Woche über keinen weiteren Vorfall dieser Art, aber bei der Vorstellung, dass Henry jede meiner Bewegungen beobachtet, flackert die Angst wieder auf. *Was habe ich mir nur gedacht?*

Henry bedeutet mir voranzugehen. Ich gehe zur Haustür, und Giselle läuft schwanzwedelnd neben mir her. Sie ist die Einzige von uns, die vollkommen ungerührt scheint von dem, was auf uns zukommt.

„Was machst du denn hier?“, fragt Anya, als sie Henry hinter mir an der Tür stehen sieht.

„Ich will dich und Maggie heute mal begleiten“, antwortet er. „Auf eurem Spaziergang.“

Anya lacht hart auf. „Das machen wir nicht zum Spaß. Wir sind keine Damen, die ein wenig powerwalken wollen. Wir suchen nach Billy.“

„Ja, ich weiß.“

„Aber du glaubst doch, Billy ist tot.“

„Nein, ich … Anya, du weißt, dass ich dir gegenüber nicht um den heißen Brei herumrede. Du bist kein Kind mehr. Ich habe keine Ahnung, ob Billy tot ist oder nicht. Aber egal wie, ich glaube nicht, dass er zurückkommen wird."

Anya verschränkt die Arme vor der Brust und macht eine finstere Miene. Sie sieht aus, als stünde sie kurz davor, ihren Bruder in Stücke zu reißen, also wende ich mich, bevor sie etwas sagen kann, an Henry.

„Wenn Sie nicht glauben, dass er zurückkommt", frage ich, „was denken Sie denn dann, was mit ihm passiert ist?"

„Ich glaube, irgendjemand hat ihn versehentlich rausgelassen. Vermutlich Clive oder Terrence. Und sie wollen es nicht zugeben, weil es ihnen leidtut oder sie es überhaupt nicht bemerkt haben."

Ich nicke. Das ist auch das, was ich glaube. Aber Anya stößt ein frustriertes Schnauben aus und schüttelt den Kopf.

„Das ergibt keinen Sinn. Billy würde nicht weglaufen. Das hat er noch nie gemacht. Nicht ein einziges Mal. Warum sollte er jetzt damit anfangen, wo er alt ist und es ganz eindeutig vorzieht, zu Hause zu bleiben, statt irgendwo anders zu sein?"

Henry seufzt. „Du musst zugeben, dass es wesentlich mehr Sinn ergibt als die Schlussfolgerung, dass jemand ihn gestohlen hat."

Anya schürzt die Lippen, und ihre eckigen Wangenknochen heben sich scharf unter ihrer blassen Haut ab. „Warum bist du wirklich hier, Henry?"

„Bitte, sei nicht so. Lass mich mitkommen. Ich will einfach Zeit mit dir verbringen." Er klingt traurig, und ich bin erleichtert, dass ich ihm glaube – ich weiß, dass er uns nicht nur begleiten will, um meine Beziehung zu seiner Schwester zu analysieren.

Anya sieht mich an. „Was meinen Sie?“

Wie sie die Frage stellt – als wenn sie sichergehen will, dass ich einverstanden bin – berührt mich, und gleichzeitig fühle ich mich unbehaglich. Ich habe das dumpfe Gefühl, dass sie sich über meinen Geisteszustand genauso viele Gedanken macht wie ich mir über ihren.

Ich zuckte lässig mit den Schultern. „Warum nicht?“

„Ich wollte heute nach Kite Hill gehen“, sagt sie und hält meinen Blick fest. „Da geht es ziemlich steil bergauf.“

Ich wende den Blick ab und tue so, als beschäftige ich mich mit Giselles Leine. „Klingt gut!“ *Einfach super.*

„Okay. Wie ihr meint. Gut.“

Anya stapft zwischen uns hindurch und geht in ihrem üblichen schnellen Schritt in Richtung Bürgersteig und lässt uns keine Wahl, als ihr zu folgen. Ich spüre förmlich, wie Henrys Skepsis wächst, als wir schweigend Straßenzug um Straßenzug entlanggehen. Ich werde Anya nicht zu einer Unterhaltung zwingen, nur um Henry zu beweisen, dass wir Freundinnen werden. Manchmal ist das Beste, was man für einen anderen Menschen tun kann, einfach schweigend mit ihm zu gehen, ihn mit seinen Gedanken alleine zu lassen, während man körperlich an seiner Seite ist. Hunde sind darin Experten. Sie lassen uns allein sein, ohne dass wir uns jemals einsam fühlen. Sie lassen uns einen Weg finden, mit uns selbst zufrieden zu sein.

Die Straßen führen bergauf und bergab, winden sich und laufen aufeinander zu. Abgesehen von ein oder zwei etwas befahreneren Ecken ist die Gegend, durch die wir laufen, erstaunlich ruhig. Nach einer halben Meile habe ich keine Ahnung mehr, wo wir uns befinden. Ich schaue zum Sutro Tower, um mich zu orientieren, und bin erleichtert, dass er sowohl als mein Markierungspunkt dient als auch nötigenfalls das Netz bereitstellt, das ich bräuchte, um auf meinem Handy eine Landkarte aufzurufen und meinen Weg aus diesem Straßengewirr herauszufinden.

Die ganze Zeit über, während wir laufen, spüre ich, wie Henrys Frust wächst. „Wie geht es Rosie?", ruft er Anya schließlich zu. Ich bin sicher, dass der tadelnde Unterton mir gilt.

„Ihr geht es gut. Ich weiß es nicht. Kann sein, dass sie eine Erkältung hat. Heute Morgen klang sie ein wenig erschöpft."

„Wirklich?", fragt Henry.

„June behält sie im Auge. Ich glaube, wir werden uns nachher auf die Veranda setzen, damit sie ein bisschen Sonne bekommt." Sie sagt das, als würde sie wirklich glauben, dass ein wenig frische Luft Rosies gesundheitliche Probleme lösen könnte.

„Sitzt sie schon lange im Rollstuhl?", frage ich.

„Oh, das", sagt Anya und verlangsamt endlich ihren Schritt. „Sie ist vor ungefähr anderthalb Jahren hingefallen und hat sich ein Bein gebrochen. Danach hat sie den Rollstuhl nicht mehr aufgegeben, auch nachdem ihr Bein verheilt war. Ich glaube, es gefällt ihr. Sie hat gesagt, dass sie schon immer einen eigenen Streitwagen haben wollte. Sie bittet June ständig, sie auf einen der Hügel zu schieben, um auszuprobieren, wie schnell sie fahren kann. Ihr geht es gut."

„Ihr geht es nicht gut", sagt Henry. Er geht jetzt neben seiner Schwester, und Giselle und ich sind einen Schritt hinter ihnen.

„Na ja, sie ist offensichtlich alt! Aber ihr Gehirn ist noch vollkommen in Ordnung."

„Ja, Rosies Gehirn ist in Ordnung", stimmt er zu. „Aber ihre Gesundheit nicht. Sie hat eine ernsthafte chronische

Atemwegserkrankung. Das verstehst du doch, Anya, oder?"

„Natürlich verstehe ich das. Was ich nicht verstehe, ist, was darüber zu reden helfen soll. Warum kannst du nie mal optimistisch sein? Rosie würde wollen … Rosie würde wollen, dass wir optimistisch sind. Das hat sie immer gesagt. Du und Clive, ihr seid immer so darauf erpicht, euch auf das zu konzentrieren, was schlecht läuft."

„Das ist nicht …"

„Terrence ist gestern zum Abendessen vorbeigekommen", unterbricht Anya ihn, richtet die Worte aber an mich.

„Oh?"

„Er hat gesagt, er versteht, warum ich weiter nach Billy suchen muss. Er sagt, dass er mich unterstützt und ich mir von keinem einreden lassen soll, was ich zu glauben habe. Also gibt es wenigstens einen in der Familie, der mich versteht."

„Das war nett von ihm", sage ich und frage mich, was sie zu dem Ausbruch getrieben hat, von dem Terrence seinem Bruder berichtet hat.

„Er meint, wenn ich tief im Inneren glaube, dass Billy noch am Leben ist, sollte ich alles unternehmen, um ihn zu finden."

Ich schicke Henry einen, wie ich hoffe, bedeutungsvollen Blick. Ich finde, er sollte sich freuen, dass sein Bruder die Hand ausstreckt, um seine Schwester zu unterstützen. Wenn Terrence mehr Interesse an Anya zeigt, müsste das nicht Henrys Sorgen darüber lindern, sie allein zu lassen?

„Er hat gesagt", fährt Anya fort, „dass ich ihn an Mom erinnere." Sie wirft ihrem Bruder einen Blick zu und schaut dann schnell weg.

Henry kneift die Augen zusammen und sieht sie an. „Du siehst aus wie sie“, stimmt er zu. „Allerdings heute nicht. Nur wenn du gebadet hast – was wie oft vorkommt? Jeden dritten Dienstag? Ja, jeden dritten Dienstag siehst du aus wie Mom.“

Anya schubst ihn und beißt sich auf die Lippe, um ein Lächeln zu unterdrücken. „Ich glaube, Terrence hat das auf meinen Optimismus bezogen.“

Henry grinst. „Mom war wirklich schon auf beinahe verrückte Weise optimistisch. Sie hat uns selbst an nebligen Tagen in kurzärmligen Hemden in die Schule gehen lassen. Solange wir im Rucksack einen Pullover mitgenommen haben, war es ihr nahezu egal, was wir anzogen. ‚Hofft auf die Sonne‘, hat sie immer gesagt.“

„Hofft auf die Sonne“, murmelt Anya. Ich habe das Gefühl, dass sie sich auf die Erinnerung daran konzentriert, wie ihre Mutter diese Worte ausgesprochen hat.

Henry legt einen Arm um die dünnen Schultern seiner Schwester. „Es ist nicht fair, dass ich so viel mehr Zeit mit Mom und Dad hatte als du“, sagt er. „Ich würde dir gerne welche von meinen Erinnerungen an sie abgeben, wenn ich das könnte. Das weißt du, oder?“

Anyas Blick ist fest auf den Bürgersteig geheftet. „Ja“, sagt sie. „Ich weiß.“

Die Situation ist so berührend, dass mir Tränen in die Augen schießen. Ich lasse mich ein Stück zurückfallen und gebe ihnen ein wenig Raum. Henrys Liebe zu seiner Schwester, seine Hingabe an sie, ist wirklich unglaublich bewegend.

Nachdem wir eine oder zwei Minuten schweigend gegangen sind, schüttelt Anya seinen Arm von ihrer Schulter und schubst ihren Bruder spielerisch von sich. „Mein Gott,

Henry, ich weiß, dass du alt bist, aber ich kann dich nicht den ganzen Weg tragen. Nimm dir nächstes Mal einen Rollator mit."

Kite Hill ist, wie sich herausstellt, eine große Rasenfläche, die mitten in einer sehr ruhigen Nachbarschaft liegt. Es gibt kein sichtbares Zeichen oder einen offiziellen Eingang zu diesem Park. Wir trotten hintereinander den Hügel hinauf und folgen dabei einem schmalen Trampelpfad, der durch Gras und Unkraut verläuft. Es scheint mir ein seltsamer Ort zu sein, um nach einem Hund zu suchen – wenn Billy hier wäre, hätten wir ihn sofort gesehen. Hier gibt es wirklich nichts, wo er sich verstecken könnte.

„Hey, Maggie", ruft Henry hinter mir. „Hier ist niemand. Wollen Sie Giselle nicht von der Leine lassen, damit sie ihre Beine ein wenig strecken kann?"

Anya bleibt abrupt stehen und wirbelt zu ihm herum. „Maggie bildet sie zu einem Therapiehund aus. Giselle muss lernen, in der Nähe zu bleiben."

Ich lächle Anya an, aber die Hast, mit der sie meine Handlung verteidigt, bringt mich durcheinander. Wie viel hat sie wohl von dem erraten, was mit mir los ist? Mir wird klar, dass sie, während ich glaube, dass ich ihr helfe, das Gleiche von sich denkt.

Wir sind jetzt oben auf dem Hügel angekommen. Die Stadt fällt und erhebt sich und fällt wieder bis zur Bucht im Osten. In der Ferne schimmern die Hügel von Oakland in einem dumpfen Grün. Der Blick – das Wasser, die Hügel, die hohen und niedrigen Gebäude und Brücken und kleinen Parks – ist anders als alles, was man selbst vom höchsten Gebäude in Philadelphia sieht. Ich wünschte, ich könnte es genießen, aber ich denke darüber nach, was Anya weiß, und ich fühle den Druck von Henrys Anwesenheit. Die Sonne strahlt mir zu hell in die Augen, und etwas drückt meine Brust zusammen, der Boden neigt sich und plötzlich beuge ich mich vornüber, atme schwer und versuche, mich zu stabilisieren, indem ich meine Hand in Giselles Fell vergrabe.

„*Billlyyy!*“ Anya stößt einen ihrer ursprünglichen Schreie aus. Ihre Stimme durchreißt die Luft im Park. Aus dem Augenwinkel sehe ich Henry auf sie zurennen. Sie schreit noch einmal Billys Namen. Inzwischen bin ich daran schon so gewöhnt, wie ich es nur sein kann – sie hat es bisher auf jedem unserer Spaziergänge gemacht –, aber für Henry scheint es das erste Mal zu sein. Er eilt an ihre Seite.

„Hast du ihn gesehen? Wieso schreist du so?“ Ich höre, wie sie ihm die gleiche Erklärung gibt wie mir: Das Schreien lässt sie sich besser fühlen. Ihre Unterhaltung verschafft mir die Zeit, mich noch ein paar Herzschläge lang an Giselle festzuklammern, meine Atemzüge zu zählen und mich dann aufzurichten. Als die beiden wieder auf mich zukommen, ist die Panik verebbt. Ich spüre, dass Anya mich beobachtet.

„Ich verstehe das mit dem Schreien immer noch nicht“, sagt Henry.

„Ich habe dir doch gesagt, es klärt meinen Kopf. Es beruhigt mich. Das ist doch besser, als Beruhigungsmittel zu nehmen, oder?“

Henry sagt nichts.

Anya wendet sich an mich. „Mein Bruder will, dass ich normal bin. Ich bin eine konstante Enttäuschung für ihn. Er hätte es lieber, wenn ich durch Medikamente sediert wäre, als dass ich in der Öffentlichkeit schreie.“

„Das stimmt nicht", widerspricht Henry. „Ich liebe dich so, wie du bist. Ich glaube nur nicht, dass du das Gleiche für dich empfindest."

Anya stößt mit ihrem Stiefel gegen den Boden und erwidert nichts. Henry tut mir leid. Es gibt nichts, das er sagen könnte, damit Anya ihm vergibt, dass er nicht an eine mögliche Rückkehr von Billy glaubt. Ich schätze, sie ist außerdem tief verletzt, weil ihr Bruder wegzieht; alle ihre Ausbrüche in seine Richtung sind nur ein Schutz vor dem Schmerz darüber, ihn zu verlieren.

„Ehrlich gesagt", sage ich, „haben Studien gezeigt, dass das Spielen mit einem Hund die Serotonin- und Dopaminlevel in einem Menschen ansteigen lassen können, wodurch wir ruhiger und glücklicher werden, ohne dass wir Medikamente nehmen. Also hat Henry in Wahrheit, als er dir Billy gebracht hat, verhindert, dass du Tabletten nehmen musst, Anya."

Henry lächelt mich an, und mein Magen schlägt einen kleinen Salto, der so gar nichts mit dem Ausblick vom Hügel zu tun hat.

„Na super", sagt Anya. „Also ist das Einzige, was mir helfen wird, mich wegen Billys Verlust besser zu fühlen, Billy wiederzufinden."

„Nein, das habe ich nicht gemeint", widerspreche ich. „Aber es stimmt: Das Schwierigste daran, jemanden zu verlieren, den man liebt, ist, dass man sich selbst erlauben muss, Trost in anderen Bereichen seines Lebens zu suchen und zu akzeptieren."

Anya zieht die Schultern hoch und marschiert davon, den Hügel hinunter. Giselle ist ganz fasziniert von einem Loch, das irgendein Tier in die Erde gebuddelt hat, und ich bleibe zurück, damit sie es einen Moment lang untersuchen kann. Henry wartet mit uns. Eine warme Brise trägt den Duft von Wildblumen zu uns, und Giselle hebt den Kopf, zuckt mit der Nase und niest.

Grinsend streichelt Henry ihr über den Rücken. „Danke, dass Sie das gesagt haben."

„Was habe ich denn gesagt?"

Er schaut mich an und lächelt. „Dass Hunde uns ruhiger und glücklicher machen."

Ich erwidere das Lächeln. „Wir sollten zusehen, dass wir Anya einholen. Ich glaube, ich habe heute noch ein weiteres Ass im Ärmel."

Henry deutet mir mit einer eleganten Geste an, dass ich vorgehen soll.

„Anya", rufe ich, als wir uns ihr nähern. „Ich habe mich gefragt, ob ich dich vielleicht um einen Gefallen bitten könnte. In der Tierschutzorganisation, mit der ich zusammenarbeite, gibt es einen Hund namens Seymour. Er hat ein paar Probleme – ich meine, wer hat die nicht, oder?" Ich lache. „Wie auch immer, er wird schon seit Monaten von einer Pflegefamilie zur anderen geschoben und scheint es irgendwie nicht hinzubekommen, vermittelt zu werden …"

„Ich will keinen neuen Hund", unterbricht Anya mich.

„Oh nein. Das weiß ich. Das wollte ich auch nicht fragen. Es ist nur so, dass wir auf unserer Website Fotos von allen vermittelbaren Hunden haben, und Seymours Foto ist nicht das beste. Er sieht aus wie das reinste Nervenbündel. Der arme Kerl hat seit Wochen keine Interessenten mehr gehabt."

Anya wird ein wenig langsamer, und ich beschleunige meine Schritte, damit wir nebeneinander gehen.

„Ich kann nicht aufhören, an das Foto zu denken, das

du von Billy gemacht hast. Du hast echt ein Talent dafür, Hunde im besten Licht einzufangen, und ich hatte gehofft, du könntest versuchen, auch bei Seymour ein Wunder zu wirken. Die Arbeit wird nicht bezahlt, aber wenn du gewillt wärst, deine Zeit zu spenden …"

Meine Stimme verebbt, als Anya endlich zu mir hinübersieht. Etwas, das Vorfreude ähnelt, brennt in ihren grünbraunen Augen.

„Hat er schwarzes Fell?", fragt sie.

„Nein. Es ist gelb. Eigentlich sogar golden." Ich erinnere mich, dass sie erwähnt hat, wie schwierig es ist, Hunde mit schwarzem Fell zu fotografieren.

„Oh." Sie denkt einen Moment nach. „Okay."

„Wirklich? Das ist super, Anya! Ich danke dir. Ich glaube, für Seymour wird das Riesenvorteile bringen."

„Was für Probleme hat er denn?"

„Er hat Angst vor Zügen", erzähle ich ihr. „Oder vielleicht auch vor lauten Geräuschen im Allgemeinen. Er schlüpft aus dem Halsband, wenn er Angst hat, und seine Pflegefamilie fürchtet, dass er irgendwann mal auf die Straße laufen könnte."

Anya schweigt einen Moment, bevor sie eine Reihe von Fragen auf mich abfeuert – ist die Wohnung der Pflegefamilie gut ausgeleuchtet? Gibt es einen Garten, in dem sie die Fotos machen kann? Wird Seymour vorher gebadet werden? Macht er auf Kommando Sitz?

„Ich weiß es nicht", sage ich mit breiter werdendem Lächeln. „Ich bin mir nicht sicher."

Sie beißt sich auf die Unterlippe und verkündet dann: „Ich schätze, wir können davon ausgehen, dass er Bacon mag."

„Ja, da hast du, glaube ich, recht."

Ihr Enthusiasmus ist belebend. Sie wirkt wie ein ganz anderer Mensch – neugierig, leidenschaftlich, lebendig. Ich spüre das glückliche Kribbeln, etwas richtig gemacht zu haben. Fotografie ist der Schlüssel zu Anya … um ihr zu helfen, etwas Hoffnung wiederzuentdecken, etwas Freude am Leben, auch ohne Billy an ihrer Seite. Den ganzen Rückweg über unterhalten wir uns aufgeregt, vereint in der guten Sache. Als wir ihre Straße erreichen, hat sie sogar einen Hauch Farbe auf ihren normalerweise eingesunkenen Wangen.

„Sie schicken Anya also eine E-Mail, um sie wissen zu lassen, wann sie das Foto machen kann?“, fragt Henry. Er war so ruhig, seitdem wir den Park verlassen haben, dass ich beinahe vergessen habe, dass er bei uns ist.

„Ich muss erst mit der Pflegefamilie sprechen, um zu sehen, wann wir vorbeischauen können. Aber ich weiß, sie wollen, dass wir schnell etwas unternehmen. Er war nicht gerade ein leichter …“

Anya gibt ein kleines Geräusch von sich. Ich folge ihrem Blick und sehe Huan, ihren Nachbarn, auf uns zurennen.

„Ich habe June gesagt, dass ich dich finde“, sagt er. „Ich bin so froh, dass du zurück bist.“ Er ergreift Anyas Hand. „Es geht um Rosie. Sie hat Atemprobleme bekommen, und June hat einen Krankenwagen gerufen.“

„Wo ist sie?“, fragt Henry. Seine Stimme ist klar, geschäftsmäßig.

„Sie sind zur Notaufnahme im UCSF gefahren. Ich kann euch hinbringen.“

Anya entreißt Huan ihre Hand und läuft auf ihr Haus zu.

Henry dreht sich mit einem Blick zu mir um, aus dem ich nichts herauslesen kann. Bevor er etwas sagen kann, bedeute ich ihm, seiner Schwester zu folgen. „Beeilen Sie sich!“, dränge ich. „Los.“

Als ich an Lourdes’ Tür klopfe, um Giselle zurückzubringen, lädt sie mich auf einen Kaffee ein. Leo ist nirgendwo zu sehen – vermutlich wechselt er irgendwo eine Glühbirne, aber er ist lange genug weg, dass ich mich frage, ob er in irgendeiner verborgenen Ecke des Hauses eingeschlafen ist. Ich schaue ständig auf mein Handy und hoffe, dass Anya mich wissen lässt, wie es Rosie geht. Ich habe Probleme, mich auf irgendetwas anderes zu konzentrieren.

„Au“, heult Portia auf. „Gabby hat mich gebissen!“

„Gabby“, sagt Lourdes mit ruhiger, aber ernster Stimme. „Hast du deine Schwester gebissen?“

Gabby schüttelt den Kopf, sodass ihr schwarzer Topfschnitt um ihre winzigen Ohren schwingt. Sie schenkt uns ein schelmisches Lächeln und zeigt auf Giselle, die auf ihrem Hundekissen in der Nähe liegt. Giselle hebt den Kopf und schaut ihre Anklägerin mit erhobener Augenbraue an.

„Nein“, sagt Portia und reibt sich den Arm. „Giselle war es nicht. Das warst du, Gabby. Du bist ein Tier.“

„Keine Zähne“, sagt Lourdes zu Gabby. „Sag deiner Schwester, dass es dir leidtut.“

„Sorry!“, flötet Gabby. Dann schlingt sie ihre Arme um den Hals ihrer Schwester.

„Keine Zähne“, schnieft Portia. Trotz der vier Jahre Altersunterschied zwischen ihnen, gelingt es Gabby, Portia zu Boden zu ringen und sich auf sie zu setzen. Sie hüpft auf Portias Bauch auf und ab, bis Portia vor Lachen kreischt. Giselle läuft zu ihnen hinüber und bellt. Dann stellt sie sich auf die Hinterbeine und landet schwer auf den beiden Mädchen, die daraufhin noch lauter kreischen.

„Äffchen“, sagt Lourdes. Sie schüttelt lächelnd den Kopf. Lourdes hat ein ganzes Arsenal an Spitznamen für ihre Töchter. Sie nennt Portia, ihre Erstgeborene, Laborratte oder Chef, Gabby ist Monster, Tier oder MVW, als Kürzel für Massenvernichtungswaffe. Zusammen sind sie Äffchen, Häftlinge oder bekommen unsinnige Namen wie Shnoopidoops oder Boondaloos.

Wenn ich diese Bezeichnungen höre, denke ich jedes Mal an all die Namen, die ich Toby im Laufe der Jahre gegeben habe. Ich habe ihn Truthahnschmuggler genannt, weil er einen so kugelrunden Bauch hatte, dass er aussah, als hätte er einen großen Vogel im Ganzen geschluckt, und Luigi, weil sein wilder schwarzer Bart mich an einen Italiener erinnerte, der Pizzateig durch die Luft wirbelt. Ich habe ihn auch Daisy Clipper genannt, weil er auf eine Weise über Wiesen stolziert ist, die die Blüten von den Gänseblümchen hätte abtrennen können, Jasper, weil das wie ein Name aus den 60er-Jahren klang und sein Fell wie Schlaghosen um seine Pfoten schwang, und Motorboot, weil er, wenn er sich gekratzt hat, immer ein glückliches überdrehtes Knurren ausgestoßen hat, das klang wie ein Boot, das über eine Welle schießt.

„Ich habe nachgedacht“, sagt Lourdes und mustert mich eindringlich. „Vielleicht ist dein Abstieg in den Wahnsinn …“

„Danke dafür.“

„… nicht nur wegen Tobys Tod. Ich weiß, wie sehr du ihn geliebt hast, das kannst du mir glauben. Aber vielleicht war deine Reaktion nur eine längst überfällige Antwort auf alle möglichen Dinge. Ich meine, da wäre zum einen deine Mom. Aber nicht nur. Du hast dein Leben jahrelang so klein und kontrolliert gehalten – dieselbe Wohnung, derselbe Job, dieselbe, zum Scheitern verurteilte Beziehung … vielleicht konntest du gar nicht anders, als zu explodieren. Und immer hilfst du anderen Menschen, lenkst den Fokus von dir weg.“ Sie schüttelt den Kopf. „Du musst dich um deinen Scheiß kümmern. Du kannst deine eigenen Themen nur eine gewisse Zeit lang ignorieren, bevor sie gezwungen sind, dir in den Hintern zu beißen, um deine Aufmerksamkeit zu erregen.“

Sie hat natürlich recht. Nach Tobys Tod war ich am Boden zerstört, aber ich weiß auch, dass ihn zu verlieren einen ganzen Berg von anderen Problemen, die ich jahrelang heruntergespielt habe, plötzlich hat anschwellen lassen wie einen trockenen Schwamm, den man ins Wasser taucht.

„Ich erkläre meinen Patienten immer, dass Trauer kumulativ ist“, sage ich zu Lourdes. „Aber vielleicht sollte ich ihnen lieber sagen, kümmere dich um deinen Scheiß, sonst beißt er dir in den Hintern.“

Lourdes zuckt mit den Schultern. „Deshalb arbeite ich lieber mit Pflanzen. Ihnen machen ein paar wohlplatzierte Schimpfwörter nichts aus.“

10. KAPITEL

Zwei Tage später, nach meiner letzten Sitzung des Tages, gehe ich mit Giselle zu einem dreistöckigen Gebäude an der Carl Street, die westlich aus dem Cole Valley hinausführt. Sobald mir klar geworden war, dass Seymours Pflegefamilie in Fußweite wohnt, habe ich Anya gesagt, dass ich sie zu dem Fototermin begleite.

„Ich bin so froh, dass es Rosie gut geht", sage ich ihr, als wir uns vor dem Gebäude treffen. „Sie ist heute Morgen aus dem Krankenhaus entlassen worden?"

Anya nickt schluckend. Der Riemen ihrer Tasche drückt eine scharfe Falte in die Schulterpartie ihres schmutzigen, zu großen Parkas.

Ich schaue zu dem bedeckten Himmel hinauf. „Kein gutes Wetter zum Fotografieren, oder?"

Anya zuckt mit den Schultern. Sie sieht immer noch so aus, als hätte sie seit Tagen nicht geduscht, aber sie scheint ein stetes Maß an Fettigkeit zu halten, was vermutlich bedeutet, dass sie ab und zu badet. „Nebel ist nicht so schlimm", sagt sie. „Er ist sogar besser als Sonnenschein." Sie streckt die Hand aus, um Giselle zu streicheln. „Hallo Giselle. Ich wusste nicht, ob wir uns heute sehen würden."

„Ich dachte, sie könnte Seymour vielleicht helfen, seine Ängstlichkeit ein wenig zu lösen."

„Und du hast sie mitgebracht, weil du sie immer noch ausbildest." Anya schaut mich an. „Als Therapiehund, richtig?" Nachdem wir so viel Zeit miteinander verbracht haben, habe ich Anya gebeten, das Sie wegzulassen. Immerhin bin ich nicht ihre Therapeutin, sondern ihre Freundin.

„Ja", sage ich. „Richtig."

Als der Türsummer ertönt und wir das Gebäude betreten, geht Giselle voraus, die Treppe hinauf, wobei sie ihren Kopf senkt, um den Geruch von jeder einzelnen Stufe zu inhalieren. Ich höre ein gedämpftes Bellen von irgendwo aus dem Gebäude, aber als wir die Wohnung erreicht haben, hat es aufgehört. Ein großer Mann mit freundlicher, aber müder Miene öffnet uns.

„Maggie?“, fragt er.

„Hi“, sage ich. „Grant, richtig? Das ist meine Freundin Anya. Sie ist die Fotografin, von der ich dir erzählt habe. Und das hier ist Giselle.“

„Ah.“ Grant lächelt Giselle an. „Schön zu sehen, dass ihr ein professionelles Hundemodel mitgebracht habt, um Seymour ein paar Posen zu zeigen.“ Er geht zur Seite und lässt uns eintreten. Das Wohnzimmer steht im direkten Kontrast zu dem kalten trüben Tag draußen – es ist warm und hell und einladend, mit zitronengelben Wänden und weich aussehenden orangefarbenen Kissen, die auf einer niedrigen weißen Couch liegen.

„Kann ich euch etwas bringen? Vielleicht einen Kaffee?“, fragt Grant.

Anya und ich schütteln den Kopf. „Danke, nein“, sage ich. „Alle bei SuperMutt sind so dankbar dafür, wie geduldig du und Chip mit dieser Seymour-Situation umgeht. Ich weiß, dass er es euch nicht leicht gemacht hat.“

Grant lächelt traurig. „Es bringt uns fast um, Seymour wegzuschicken, bevor er sein endgültiges Zuhause gefunden hat. Ich weiß, dass er zwischen vielen Pflegefamilien hin und her geschoben wurde, und wir dachten wirklich, dass wir ihn behalten könnten, bis er vermittelt ist. Das ist uns noch nie zuvor passiert.“ Er schüttelt den Kopf. „Wir sind beide im Consulting tätig und arbeiten, wenn wir ausgebucht sind, unglaublich viel – vor ein paar Jahren haben wir beschlossen, dass es nicht fair wäre, an diesem Punkt in unseren Karrieren einen eigenen Hund zu haben. Deshalb arbeiten wir zwischen unseren Projekten für SuperMutt als Pflegefamilie." Er senkt die Stimme, vermutlich, damit Seymour – *Wo ist Seymour überhaupt?* – ihn nicht hört. „Seymour ist schon wesentlich länger bei uns, als wir gedacht haben. Und viel länger als alle anderen Pflegehunde, die wir bisher hatten. Chip und ich haben wieder Projekte angenommen und sind nicht so oft für ihn da, wie wir es gerne wären."

„Das kann ich total verstehen …", sage ich, aber Grant sieht noch verzagter aus als zuvor.

„Ich hoffe, es klingt nicht so, als würde ich ihn aufgeben", sagt er. „Ich glaube wirklich, dass Seymour besser aufgehoben wäre bei jemandem, der mehr zu Hause ist und ein besseres Auge auf ihn haben kann. Der vielleicht ein wenig mehr Zeit hat, ihn zu erziehen, sein Selbstbewusstsein aufzubauen. Er ist ein süßer Hund …" Grants Stimme verebbt, und er zuckt resigniert mit den Schultern. „Es tut mir wirklich leid, dass es so weit gekommen ist."

„Es gibt absolut keinen Grund, sich zu entschuldigen." Sybil hat mir erzählt, dass Grant und sein Mann bislang fünf Hunde von SuperMutt zur Pflege aufgenommen haben, und dass sie die Tierarztbesuche und die verschiedenen Impfungen immer aus eigener Tasche bezahlen, so wie die meisten Pflegefamilien. Es sind gute verantwortungsbewusste Leute, die einfach mit ihrem Latein am Ende sind. „Sybil und ich sind so dankbar für alles, was du und Chip getan habt. Ihr seid für mich quasi Heilige. Es muss unglaublich schwer sein, einen Hund nach dem anderen in Pflege zu nehmen, sich jedes Mal an eine neue Persönlichkeit zu gewöhnen. Das ist verdammt viel Arbeit. Und manchmal passt es einfach nicht zusammen – oder das Leben wirft sich dazwischen. Das verstehen wir. Wirklich. Ihr beiden habt für Seymour alles gegeben – für alle Hunde, denen ihr geholfen habt."

Grant wirkt erleichtert. „Nun ja. Wir freuen uns, helfen zu können. Wir lieben Hunde, aber das habe ich ja schon gesagt, oder?" Er lacht nervös.

„So ist es für alle am besten", sagt Anya. „Wir holen Seymour hier so schnell wie möglich raus, und dann könnt ihr euch um den nächsten Pflegehund kümmern, sobald ihr dazu bereit seid."

Anyas Worte überraschen mich, und ich schenke ihr ein dankbares Lächeln. „Außerdem", ergänze ich, „was wollt ihr machen? Eure Wohnung verkaufen und umziehen, weil euer Pflegehund keine Züge mag? Es ergibt wesentlich mehr Sinn, den Hund umziehen zu lassen als die Menschen." Ich schaue mich im Zimmer um. „Wo ist Seymour überhaupt?"

Grant zeigt auf die Couch. „In seinem Versteck."

Und dann sehe ich sein süßes ängstliches Gesicht, das um die Ecke der Couch herumschaut. Ich habe das Gefühl, ihn bereits zu kennen – es ist, als träfe ich einen alten Freund. Eine vertraute Wärme breitet sich in meiner Brust aus. Ich schiebe das darauf, dass ich sein Foto auf der Website so oft angeschaut habe.

Giselle hat Seymour auch erblickt. Sie stößt ein aufgeregtes Wimmern aus und zieht an der Leine.

„Oh, hallo, Seymour", sage ich leise. Ich übergebe Giselles Leine an Anya und hole ein paar Hundekekse aus meiner Tasche. Einen gebe ich Giselle, dann gehe ich langsam auf Seymour zu. Als ich einen halben Meter von ihm entfernt bin, knie ich mich auf den Boden und halte ihm den Keks hin. Ich merke, dass ich den Atem anhalte, weil ich unsicher bin, wie er reagieren wird. Ich bin erleichtert, als er seine riesigen Schlappohren anlegt und mit wedelndem Schwanz und gesenktem Kopf auf mich zutapst. Er schaut mich aus seinen großen braunen, unsicher dreinblickenden Augen an. „Nimm", sage ich und strecke ihm den Keks entgegen. „Der ist für dich."

Ohne den Blickkontakt mit mir zu unterbrechen, nimmt Seymour den Keks und hält ihn seitlich mit den Zähnen fest, sodass der halbe Keks zwischen seinen Lefzen herausschaut. Er sieht aus, als gehöre er in dieses Bild von Hunden, die Poker spielen und eine Zigarre im Mundwinkel hängen haben.

„Willst du ihn gar nicht fressen?", frage ich lächelnd.

Aber er hält den Keks nur fest und wedelt noch ein bisschen heftiger mit dem Schwanz. Dann gibt er ein tiefes Geräusch von sich, wie ein freundliches Knurren. Oder eher ein Schnurren. Grant, Anya und ich lachen.

„Das macht er oft", sagt Grant. „Chip glaubt, dass er teils Golden Retriever, teils Beagle und teils Katze ist."

„Bist du zum Teil eine Katze?", frage ich Seymour. Seine Augenbrauen heben sich und ziehen sich zusammen, was ihm einen beunruhigten Ausdruck verleiht. Ich streichle seinen Kopf und halte dann mit beiden Händen seine großen Ohren nach hinten. Ohne seine Ohren sieht sein Kopf aus wie der eines Golden Retrievers; pure Hingabe, Loyalität und Vertrauen. Er strahlt förmlich Würde aus. *Wie machen Hunde das nur?* Ich schaue in seine großen braunen Augen und spüre, wie sich dieses weiche Gefühl von geschmolzener Butter erneut in meiner Brust ausbreitet.

Was ist passiert, dass du so verängstigt bist? Seymour hält den Keks immer noch fest, aber jetzt legt er seine samtige Schnauze auf mein Handgelenk. Hat ihn jemand verletzt? Wer könnte so etwas einem Hund antun? Der Gedanke dreht mir den Magen um. Seymours ruhiger Atem streicht warm über meinen Unterarm. Das ist alles an Antwort, was ich von ihm bekomme.

„Oh", sage ich. „Du bist wirklich süß." Widerstrebend löse ich meinen Blick von Seymour und drehe mich zu Anya und Grant um. Ich versuche, meine Gedanken zu sammeln. „Wir müssen die Leute einfach nur dazu bringen, ihn persönlich kennenzulernen. Wie könnte man diesem Gesicht widerstehen? Das Foto wird ihm überhaupt nicht gerecht."

„Tja, das werden wir heute ändern", sagt Anya entschieden.

Giselle zieht wieder an ihrer Leine, begierig darauf, einen näheren Blick auf Seymour werfen zu können. „Schauen wir mal, wie sie zurechtkommen", sage ich.

Anya geht mit Giselle zu Seymour. Der toleriert ihr aufdringliches Schnüffeln relativ gelassen. Er hält den Kopf hoch, wedelt langsam und etwas steif mit dem Schwanz; seine großen Ohren drücken sich unterwürfig an seinen Kopf. Er ist nur halb so groß wie Giselle, und sie muss die Beine einknicken, um unter ihm schnüffeln zu können. Nachdem sie sich wieder aufgerichtet hat, schnaubt sie ihm in eines seiner Ohren.

„Mach dich nicht über ihn lustig, Giselle", sage ich lachend. Seymour schüttelt sich, und seine Ohren schlagen laut gegen seinen Kopf. „Auch wenn es schwerfällt." Ich kraule Seymour unterm Kinn, und er schaut mich zufrieden an. Die Angst weicht langsam aus seinem Blick.

Ich drücke mich vom Boden ab und stehe auf. In der gleichen Minute rattert draußen ein Zug vorbei. Seymour wirbelt auf der Stelle herum und krabbelt zurück hinter die Couch. Seine Krallen kratzen über den Holzfußboden.

„Ist schon gut, Seymour", ruft Grant leise. „Das ist nur ein Zug."

Ich sage nichts.

Einen Moment später, als der Zug weg ist, linst Seymour wieder um die Ecke. Er zittert und schaut mich an, als warte er auf eine Erklärung für den monströsen Lärm, der ihn ständig foltert.

„Ist schon gut", sage ich. „Komm her. Er ist weg."

Seymour macht ein paar vorsichtige Schritte auf mich zu, und ich sehe, dass er eine Pfütze auf dem Boden hinterlassen hat. Grant ist bereits mit einer Rolle Haushaltspapier und einer Flasche Desinfektionsmittel auf dem Weg dahin. Offensichtlich hat er beides immer in Reichweite.

„Lass mich das machen", biete ich an.

Er winkt ab und hockt sich hin, um die Pfütze wegzuwischen. „Wir haben versucht, die Couch so weit nach hinten zu schieben, dass er sich dahinter nicht mehr verstecken kann, aber dann läuft er in unser Schlafzimmer und pinkelt jedes Mal auf den Teppich, wenn ein Zug vorbeikommt. Das hier ist das kleinere Übel. Außerdem hängt er ein wenig an seinem kleinen Versteck. Es kommt uns gemein vor, ihm das wegzunehmen."

„Was glaubst du, wo fühlt er sich am wohlsten? Wo sollen wir die Fotos machen? Hier oder draußen?", frage ich.

„Vermutlich hier. Ihr könnt es draußen versuchen, aber ich warne euch, es ist nicht leicht, mit ihm spazieren zu gehen. Er ist so schreckhaft wie ein junges Fohlen."

„Ich denke, wir sollten es trotzdem versuchen“, sagt Anya. „Natürliches Licht ist für Fotos immer am besten.“

Ich hätte eher dafür gestimmt, drinnen zu bleiben, aber da der einzige Grund für unseren Besuch der ist zu versuchen, ein paar gute Fotos von Seymour zu schießen, und da die ganze Situation mir einen kleinen Blick auf Anyas sympathischere, kontaktfreudige Seite erlaubt, nicke ich zustimmend.

Während Grant eine Leine aus einer Schublade kramt, sitzt Seymour dicht neben mir und lehnt sich gegen mein Bein. „Bei dem musst du aufpassen“, sagt Anya. „Er wirkt ganz hingerissen.“

Da hast du dir das falsche Mädchen ausgesucht, Kumpel, denke ich und stelle mich so hin, dass Seymour sein Gewicht von mir weg verlagern muss. Ich bin entschlossener als je zuvor, Seymour dazu zu bringen, eine Bindung zu Anya aufzubauen. Giselles Leine liegt locker auf dem Boden, also nehme ich sie auf und wickle sie mir fest um die Hand. Als Grant mit Seymours Leine erscheint, hält er sie mir hin, aber ich bedeute ihm mit einer Geste, sie Anya zu geben.

„Behaltet ihn gut im Auge“, sagt Grant. „Er ist schneller, als er aussieht. Wir haben schon alle möglichen Halsbänder und Geschirre an ihm ausprobiert, aber wegen seiner, äh, einzigartigen Gestalt und Wendigkeit ist es ihm gelungen, sich aus allen zu befreien.“ Er beugt sich vor und hebt Seymours Kinn, sodass sie einander direkt in die Augen schauen. „Halt den Kopf hoch, kleiner Mann.“ Ich sehe, dass Grant dem Hund sehr zugetan ist, und habe die winzige Hoffnung, dass sich das hier doch als Seymours festes Zuhause herausstellen könnte. Aber dann richtet Grant sich auf, und ich höre die Erleichterung in seiner Stimme, als er sagt: „Ehrlich gesagt bin ich froh, dass ihr ihn mit rausnehmt. Vielleicht tut ihm ein Spaziergang mit einem Experten ganz gut. Je schneller er seine Leinenprobleme überwindet, desto schneller finden wir eine Familie, die ihn nimmt, oder?"

„Oh, ich bin keine Expertin", sage ich schnell. Grant wirkt enttäuscht. „Aber keine Sorge, wir werden schon ganz bald das passende Zuhause für Seymour finden."

Wie angekündigt, scheint Seymours gesamter Körper zu welken und so schlapp zu werden wie seine großen Ohren, als wir den Fuß der Treppe erreichen. Ich öffne die Haustür, und Autos flitzen auf der Straße an uns vorbei. Seymour setzt sich auf den Hintern und weigert sich zitternd weiterzugehen. Anya versucht, ihn mit einem kleinen Zug an der Leine zu bewegen, aber er fängt an, seinen Kopf von einer Seite zur anderen zu schwingen, und schafft es fast, sich das Halsband abzustreifen.

Ich tausche mit Anya die Leine, sodass sie Giselles hält und ich die von Seymour. Dann knie ich mich vor ihn, um ihm gut zuzureden. Ich streiche ein paar Mal seine Ohren zurück. Er schaut mir tief in die Augen und dann weg. In meine Augen und wieder weg. Ich lege meine Hände auf seine Schultern.

„Willst du etwa für den Rest deines Lebens drinnen bleiben?", frage ich ihn. Es passt irgendwie, dass ich den einzigen Hund auf der Welt mit Agoraphobie finde. „Konfrontationstherapie", schlage ich ihm sanft vor und streichle seine Ohren. „Das ist das Ticket. *Desensibilisierung.*"

Seymour neigt den Kopf und wimmert.

„Was erzählst du ihm?", will Anya wissen.

„Therapeutengespräch", sage ich und richte mich auf. „Das ist vertraulich." Ich hole einen weiteren Keks aus meiner Tasche und gehe rückwärts aus der Tür, bis ich auf dem Bürgersteig stehe. Seymour schleicht sich so widerstrebend in meine Richtung, dass ich ihn förmlich grummeln hören kann, wie er seine hündischen Instinkte verflucht, seine Unfähigkeit, etwas Fressbarem zu widerstehen. Er nimmt den Keks von mir. Ich reiche Anya seine Leine und ein paar Kekse und sie gibt mir Giselles Leine zurück.

Nachdem wir Seymour wieder in Bewegung gesetzt haben, wird es nicht besser. Er schießt von einer Seite des Bürgersteigs zur anderen, den langen fedrigen Schwanz zwischen die Beine geklemmt. Jedes Mal, wenn ein Auto an uns vorbeifährt, schreckt er verängstigt zurück, reißt den Kopf herum, um das beleidigende Fahrzeug anzusehen, wobei sein ganzer Körper zittert und das Weiße in seinen Augen zu sehen ist. Ich bleibe dicht bei ihm, weil ich mir Sorgen mache, dass er mit seinem Kopf aus dem Halsband schlüpfen und davonrennen könnte.

„Armer Junge“, murmelt Anya. „Ich würde ihn am liebsten auf den Arm nehmen.“

Ich schaue von Seymours kräftigem solidem Körper zu Anyas dürrer Figur. „Ich bin mir nicht sicher, dass du das könntest. Außerdem muss er ja irgendwann mal lernen, sich draußen zu bewegen, oder?“ Die Ironie meiner Worte entgeht mir nicht. Ich wende den Blick von Anya ab, spüre, wie meine Wangen heiß werden, und suche den Himmel über den Dächern der Häuser ab, bis ich in der Ferne den Sutro Tower auf dem Hügel sehe.

Anya sagt nichts. Nach ein paar Blocks und verschiedenen Fluchtversuchen fällt Seymour neben Giselle in einen ruhigen Schritt. Als Giselle stehen bleibt, um zu pinkeln, beeilt Seymour sich, es ihr nachzumachen, und dann pieschert Giselle wieder über seine Pfütze. Seymour macht diese Beleidigung nichts aus, und er läuft schnell wieder hinter ihr her, als sie fertig ist. Seine Miene entspannt sich ein wenig, sobald er wieder an ihrer Seite klebt.

„Ich glaube, er ist in sie verknallt", sage ich.

„Besteht die Chance, dass Giselles Besitzer ihn aufnehmen?"

Ich denke noch einmal darüber nach, sehe aber keine Möglichkeit, Lourdes danach zu fragen, ohne dass sie mich drängt, ihn selbst zu mir zu nehmen. „Ich glaube nicht."

Anya sucht die Straßen nach einem einladenden Hintergrund für das neue Foto ab. Ich konzentriere mich auf die beiden Hunde und lächle darüber, dass Seymours kurze Beine doppelt so viele Schritte machen müssen wie Giselles lange. Ein Anflug von friedlicher Fröhlichkeit überkommt mich, wie immer, wenn ich zwei Hunde sehe, wie sie die Gesellschaft des jeweils anderen genießen. Ich schaue zu Anya und sehe, dass sie auch lächelt. Anya lächeln zu sehen ist ungefähr so selten, wie ein Einhorn zu erblicken. *Ich biete jedem die Stirn, der behauptet, Hunde wären nicht magisch.*

„Glaubst du, dass wir Giselle mit aufs Foto nehmen können?", fragt Anya. „Seymour wirkt in ihrer Gegenwart so viel entspannter."

Ich zucke mit den Schultern. „Ich wüsste nicht, was dagegen spricht. Ich muss in der Beschreibung bloß deutlich machen, dass nur er für die Vermittlung zur Verfügung steht und sie nicht. – Wer weiß, vielleicht können wir so sogar einen Pudelfreund dazu bringen, einem Mischling wie Seymour eine Chance zu geben."

Anya holt ihre Kamera aus der Tasche und tauscht zunächst ein Objektiv gegen ein anderes aus. Dann schießt sie ein paar schnelle Fotos von den beiden nebeneinanderher gehenden Hunden. Danach überzeugen wir die beiden, sich vor einen großen Blumenkasten voll pinkfarbener Geranien zu setzen, der vor dem Eingang eines hübschen Hauses im Craftsmanstil steht. Ihre Leinen binde ich am Treppengeländer des Hauses fest.

Anya holt einen Gefrierbeutel mit Baconstreifen heraus, gibt jedem der Hunde ein kleines Stück und reicht den Beutel dann mir. „Ich dachte, du könntest den über meinen Kopf halten, während ich fotografiere. Wenn ein Beutel mit Bacon nicht die Aufmerksamkeit eines Hundes erregt, dann weiß ich auch nicht."

„Gute Idee." Sie hockt sich hin, um die Fotos zu machen, und ich wedele über ihrem Kopf mit dem Baconbeutel herum. „Sehr romantisch", sage ich und bewundere die Szene. Seymour und Giselle schauen beide begierig zu dem Bacon, ihre Schwänze zittern vor Vorfreude. Nach ein paar Minuten hält Anya mir die Kamera so hin, dass ich auf das Display gucken kann. Sie klickt durch ein paar der Fotos, die sie gerade gemacht hat. Seymour und Giselle sind so unterschiedlich, dass der Anblick von ihnen beiden unwiderstehlich und auf schrullige Weise charmant ist. Ich bin erleichtert, dass Seymours Blick wesentlich weicher ist als auf seinem bisherigen Bild.

„Die sind toll, Anya. Ich kann dir gar nicht genug dafür danken."

Anya nimmt die Kamera wieder runter. „Mach dich bereit fürs Happy End, Seymour."

Giselle und Seymour springen von ihrem Platz vor dem Blumenkasten auf, um sich ihre Baconstreifen zu schnappen. Ich kann mich nicht zurückhalten und beuge mich herunter, um Seymour kurz zu umarmen.

„Was für ein tapferer Junge du bist!", sage ich.

Hinter mir höre ich das Klicken von Anyas Kamera. Ich richte mich auf, und als ich das tue, rattert ein Zug die Canal Street entlang, die anderthalb Blocks entfernt liegt. Seymours Augen werden plötzlich rund und weiß vor Panik. Er krabbelt seitlich von uns weg, und die Leine, die immer noch am Treppengeländer angebunden ist, spannt sich. Als er sich auf die Hinterbeine stellt und den Kopf wild hin und her schüttelt, sehe ich, wie sein Halsband auf seinem Nacken in Richtung seiner Ohren rutscht.

„Seymour", sage ich und strecke ihm meine Hände hin. Mein Puls rast, aber ich versuche, meine Stimme leise und sanft klingen zu lassen. „Es ist okay. Alles okay, Kumpel."

Ich fummle in der Tüte nach einem weiteren Baconstreifen, aber es ist zu spät. Seymour reißt seinen Kopf aus dem Halsband. Für den Bruchteil einer Sekunde treffen sich unsere Blicke.

Nicht weglaufen! Die Worte haben keine Zeit, von meinem Gehirn zu meinem Mund zu reisen, bevor er herumwirbelt und den Bürgersteig hinunterrennt.

Die Angst um Seymours Sicherheit sollte mich dazu bringen, ihm hinterherzulaufen. Sie sollte reichen, um alle meine eigenen Ängste beiseitezuschieben.

Doch das tut sie nicht.

Ich stehe einfach nur da, und mein Herz springt wie ein wildes Tier im Käfig in meiner Brust herum.

Giselle stemmt sich gegen ihre Leine und wimmert, als Anya hinter Seymour herrennt. Eine Gruppe Schulkinder biegt am Ende der Straße um die Ecke und erschreckt Seymour. Er dreht sich um und rast auf die viel befahrene Straße zu. Anya drückt sich vom Boden ab, fliegt durch die Luft und packt ihn, indem sie ihre Arme um seinen Bauch schlingt. Er windet sich in ihrem Griff, doch sie hält ihn fest. Ich atme tief durch. Anya murmelt Seymour etwas ins Ohr, und einen Moment später beruhigt er sich und dreht den Kopf herum, um über ihre Wange zu schlecken.

Ich hingegen habe mich immer noch nicht gerührt. Seymours Leine und Halsband liegen nur ein paar Schritte von mir entfernt auf dem Boden, aber ich kann diese Schritte nicht gehen. Giselle wimmert, ihr Blick schießt zwischen mir und Anya und Seymour hin und her.

Als Anya zu mir schaut, sehe ich selbst aus dieser Entfernung ihren fragenden Blick. Einen Herzschlag später steht sie auf und nimmt Seymour auf den Arm. Als sie näherkommt, kehrt endlich die Feuchtigkeit in meine Kehle zurück, und ich kann mich heiser bei ihr bedanken. Ich spüre ihren Blick auf mir, als ich mich mit zitternden Fingern bemühe, die Hundeleinen vom Treppengeländer zu lösen.

„Wir müssen dir nur beibringen, wie man geht, das ist alles“, höre ich Anya hinter mir murmeln. „Das ist der älteste Trick der Welt.“

Ich kann nur hoffen, dass sie zu dem Hund spricht.

11. KAPITEL

Es ist acht Uhr abends, und trotz zwei Gläsern Wein und dem hypnotisierenden Prasseln des Feuers bin ich immer noch erschüttert von Seymours beinahe geglückter Flucht heute Nachmittag – und von meiner eigenen Reaktion darauf. Ich denke an die pure, animalische Panik, die ich in seinen Augen gesehen habe, als er mich einen Herzschlag lang angeschaut hat, bevor er herumgewirbelt und weggelaufen ist. Und daran, wie ich nichts getan habe, um ihn zu beruhigen. Was hat er in meinen Augen gesehen, als er mich in dem Moment angeschaut hat? Hunde sind so intuitiv, dass er mich vermutlich nicht einmal ansehen musste, um zu spüren, was ich gefühlt habe – eine undurchsichtige Form der Angst, die seine eigenen Ängste verstärkt.

Ich habe die letzte Stunde damit verbracht, online nach Informationen zu suchen, wie man einem ängstlichen Hund helfen kann, und wenn ich meine Entscheidung nicht schon getroffen hätte, Seymour nicht zu mir zu nehmen, wäre alles, was ich lese, ein weiterer Beweis dafür, dass wir beide keine gute Konstellation sind. Ich bin nicht überrascht zu erfahren, dass Hunde und Menschen sich ziemlich ähneln, wenn es darum geht, unsere Phobien zu überwinden.

Für einen ängstlichen, angespannten Hund empfiehlt die Website des ASPCA, einer Organisation zur Bekämpfung von Gewalt gegen Tiere, eine „systematische Desensibilisierung und Gegenkonditionierung“ als Therapie, die mir natürlich nur zu vertraut ist. Desensibilisierung für einen Hund wie Seymour, der vor Stadtgeräuschen und Spaziergängen Angst hat, würde beinhalten, kürzere ruhigere Spaziergänge in weniger belebten Gegenden zu unternehmen und sich langsam an geschäftigere Viertel heranzuwagen. Dabei wären jegliche Angstauslöser zu vermeiden, und jeder Spaziergang sollte so angenehm und ereignislos wie möglich verlaufen.

Ich denke an meinen ersten Spaziergang mit Giselle vor beinahe zwei Wochen zurück. Wie ich mit dem kurzen Weg zur Ecke und zurück angefangen habe und dann jeden Tag mutigere „Babyschritte" unternommen habe. Natürlich war ich nicht sonderlich gut darin gewesen, einen meiner Angstauslöser, nämlich Höhe, zu vermeiden, was vielleicht erklärt, warum ich mich draußen immer noch nicht wohlfühle, obwohl ich schon beachtliche Fortschritte gemacht habe. Aber ich wohne jetzt in San Francisco; Höhen kann man hier nicht wirklich vermeiden. Also hoffe ich, dass ich das Pflaster mit einem Ruck abreiße – weniger systematische Desensibilisierung als eher Schocktherapie.

Über den Teil der Gegenkonditionierung, die die ASPCA vorschlägt, habe ich mir bezüglich meines eigenen Behandlungsplans weniger Gedanken gemacht. Laut der Website ist die Idee, das Gehirn des Hundes so umzutrainieren oder neu zu konditionieren, dass er etwas, das ihm vorher Angst gemacht hat, mit etwas Positivem, Angenehmem verbindet und nicht mehr mit etwas Schlimmem. Bei Hunden funktioniert das am besten über Futter – jedes Mal, wenn man mit dem Hund in der Stadt Gassi geht, bekommt er ein spezielles Leckerchen. So wird er nach und nach darauf konditioniert, den Spaziergang und die Geräusche der Stadt mit den Gefühlen von Zufriedenheit und Freude zu verbinden.

Vielleicht sollte ich anfangen, Weinflaschen in den Hügeln der Parks zu verstecken, zu denen Anya mich mitschleppt.

Unglücklicherweise bin ich mir ziemlich sicher, dass Alkohol nicht die gesündeste Belohnung für Menschen ist.

Als ich mehr über meine Spaziergänge nachdenke, fällt mir auf, dass ich doch etwas habe, das einem ähnlichen Zweck dient wie ein besonderes Leckerchen für einen Hund – ich helfe Anya. Auch wenn sie keine Patientin ist – zu sehen, wie unsere Beziehung sich entwickelt, wie Anya sich mir öffnet, mir mehr über sich erzählt, als ich nach unserer einen, viel zu kurzen und katastrophalen Sitzung je erwartet hätte, zu beobachten, wie sie ihre Kamera wieder in die Hand nimmt, ermutigt mich jeden Tag aufs Neue, das Gartentor zu öffnen. Ich lerne, meine Spaziergänge mit etwas Positivem in Verbindung zu bringen, weil ich Zeuge davon werde, wie Anya sich langsam, aber unübersehbar verändert. Und Anyas Veränderung ist mein Hundekeks.

Ich wünschte, ich könnte Grant und Chip bitten, Seymour jedes Mal ein besonderes Leckerchen zu geben, wenn ein Zug vorbeifährt. Ich kann mir nicht vorstellen, dass es lange dauern würde, bis Seymour anfinge, das Geräusch der Züge mit Futter (und als Bonus: Aufmerksamkeit) zu assoziieren. Aber es scheint mir nicht fair, Grant und Chip zu bitten, ein ausführliches Desensibilisierungsprogramm für einen Hund auf die Beine zu stellen, der ihnen bereits so viele Probleme gemacht hat. Angesichts ihrer vollen Arbeitstage und der unglücklichen Tatsache, dass Seymour die meisten seiner Geschäfte hinter ihrer Couch erledigt, ist es sowieso schon ein Wunder, dass sie überhaupt mit dem Hund spazieren gehen. Außerdem will ich sie nicht noch mehr belasten und womöglich riskieren, dass sie feststellen, dass Pflegehunde aufzunehmen doch nicht ihre Sache ist. SuperMutt braucht Pflegefamilien wie sie.

Mein Arbeitspensum hingegen ist leicht genug, dass ich vermutlich jeden Tag mit Seymour spazieren gehen könnte. Anyas Terminplan ist noch leerer als meiner, und ich frage mich, ob ich sie irgendwie überreden könnte, mir bei der von der ASPCA empfohlenen systematischen Desensibilisierung und Gegenkonditionierung von Seymour zu helfen. Ich denke, dass sie problemlos weiter nach Billy suchen könnte, während sie mit Seymour spazieren geht – und vielleicht beschließt sie dabei, dass Seymour unwiderstehlich ist und es besser wäre, wenn er bei ihr und Rosie lebt, weit entfernt vom Rattern der Züge.

Ich klicke immer noch durch verschiedene Webseiten über das Verhalten und die Ausbildung von Hunden, recherchiere und schmiede Pläne, als mich ein Klopfen an der Tür erschreckt. Ich schalte die Außenbeleuchtung ein und schiele durch das Guckloch. Henry Ravenhurst steht auf meiner Türschwelle.

Ich werfe einen Blick über meine Schulter und stelle erleichtert fest, dass meine Wohnung unverdächtig ordentlich aussieht – es gibt zum Beispiel nichts, das „Verrückte Frau, die nur mit einem Hund an der Seite nach draußen geht“ schreit, oder, schlimmer noch, „Verrückte Frau, die nur das Haus verlässt, um Ihre Schwester zu besuchen“. Ich bin ebenfalls erleichtert, dass ich noch nicht meinen Pyjama angezogen habe. Ich trage immer noch meine Jeans und den übergroßen blauen Pullover, den ich während des Spaziergangs mit Anya früher am Tage angehabt habe. Ich bringe mein Weinglas in die Küche, nehme einen letzten kurzen Schluck, um mir etwas Mut anzutrinken, und stelle es dann in die Spüle. Danach öffne ich die Haustür.

„Hey, Maggie“, sagt Henry. „Es tut mir leid, dass ich unangekündigt so spät vorbeischneie.“

„Kein Problem. Ist alles in Ordnung?“

„Ja.“ Er spielt mit den Riemen der Kuriertasche, die quer vor seiner Brust hängt. „Ja“, sagt er noch einmal.

„Möchten Sie gerne reinkommen?“

Er zögert, sein Blick geht zu meinen nackten Füßen. Erst jetzt fällt mir wieder ein, dass meine Zehennägel alle in unterschiedlichen Farben lackiert sind – das Ergebnis eines kürzlichen Anfalls von Schlaflosigkeit.

„Tja, Sie entscheiden sich besser für das eine oder das andere“, sage ich. „Es sieht so aus, als wenn einige meiner Zehen schon blau werden.“

Henry lächelt. „Ich werde auch nicht allzu viel Ihrer Zeit in Anspruch nehmen.“

Ich winke ihn herein und schließe die Tür hinter ihm. „Setzen Sie sich. Kann ich Ihnen etwas zu trinken anbieten?“

Henry setzt sich in den gelben Sessel. „Ich habe die hier mitgebracht.“ Er klingt ein wenig verlegen, als er in seine Tasche greift und eine Flasche Wein herausholt.

„Oh, das ist aber sehr egoistisch. Haben Sie für mich denn gar nichts mitgebracht?“

Er wirkt verwirrt. Dann lacht er. „Ich schätze, ich könnte sie mit Ihnen teilen“, sagt er. „Wenn Sie Durst haben.“

Ich brauche ein paar Minuten länger als nötig, um in der Küchenschublade nach dem Korkenzieher zu suchen, weil ich die Zeit nutze, um meine Gedanken zu sammeln. Henry ist der erste Mensch, der weder Lourdes noch Leo noch ein Patient von mir ist, der seit meinem Einzug in meiner Wohnung sitzt. Mein Puls beschleunigt sich. Ich bin aber nicht angespannt, sondern nervös. Das ist ein wichtiger Unterschied. Ich atme tief durch und kehre mit dem Korkenzieher und zwei Gläsern ins Wohnzimmer zurück.

„Ich hatte nicht mit Ihrem Besuch gerechnet. Ganz zu schweigen von der Flasche Wein.“ Ich stelle die Gläser vor ihm auf den Couchtisch und reiche ihm den Korkenzieher, bevor ich mich ihm gegenüber aufs Sofa setze.

Sein verlegener Blick kehrt zurück. „Der Wein ist eine Entschuldigung“, sagt er und zieht den Korken heraus. Dann schenkt er den tiefroten Wein in die Gläser und reicht mir eines davon. „Und ein Dankeschön. Jetzt, wo ich darüber nachdenke, hätte ich vielleicht besser zwei Flaschen mitgebracht.“

Wir stoßen miteinander an. Der Wein ist vollmundig und wärmend, perfekt für einen nebligen Abend wie diesen, und ich spüre sofort, wie er mir in den Kopf steigt. Ich erinnere mich daran, dass das mein drittes Glas ist; ich muss vorsichtig sein.

„Eine Flasche reicht vollkommen“, sage ich. „Eine Flasche Wein ist wie das Wort Aloha – es hat gleichzeitig mehrere Bedeutungen. Hallo, auf Wiedersehen …“ Meine Stimme verebbt. Die andere Bedeutung von Aloha ist *Ich liebe dich*. Mist, denke ich, vielleicht bin ich schon betrunken.

„Immer langsam, Maggie“, sagt er, und seine Augen funkeln amüsiert. „Wir kennen uns doch kaum.“

Ich nippe noch einmal an dem Wein, um mich von der Peinlichkeit zu erholen. „Erzählen Sie mir mehr über diese Entschuldigung.“

Henry nickt. „Sie ist wirklich überfällig. Ich hatte keine Möglichkeit, etwas zu sagen, als wir gemeinsam am Kite Hill waren, weil wir zum Krankenhaus rasen mussten …“

„Ich war so froh, als Anya mir erzählt hat, dass es Rosie wieder besser geht.“

„Nun, zumindest ist sie wieder zu Hause. Ich hoffe, Anya glaubt nicht, dass deshalb keine Gefahr mehr besteht.“ Er schüttelt den Kopf. „Aber ich bin nicht hier, um über Rosie zu reden. Ich wollte Sie nur wissen lassen, dass ich gesehen habe, wie Anya auf dem Spaziergang auf Sie reagiert hat. Sie empfindet Sie wirklich als eine Freundin. Sie wollte nicht zu einer Therapeutin, und damit hätten Sie es gut sein lassen können. Sie hätten sie einfach abschreiben können. Aber das haben Sie nicht. Stattdessen haben Sie einen Weg gefunden, ihr zu helfen, und dafür wollen Sie nicht einmal bezahlt werden.“ Er senkt den Blick und betrachtet seine Hände: „Ich schäme mich dafür, wie ich mich bei unserer ersten Begegnung verhalten habe. Deshalb wollte ich mich entschuldigen.“

„Sie haben nur versucht, Anya zu beschützen. Sie hat Glück, dass Sie bei ihr sind und auf sie aufpassen.“

„Tja, und ich erkenne jetzt, dass sie Glück hat, *Sie* in ihrem Leben zu haben. Es tut mir leid, dass mir das nicht vorher aufgefallen ist. Anya hat mir erzählt, dass Sie dabei waren, als sie die Fotos von dem Hund gemacht hat. Offensichtlich hat sie danach den Rest des Tages an ihrem Computer gearbeitet. Sie ist nicht durch die Stadt gewandert und hat nach Billy gesucht, hat nicht im Bett gelegen und die Decke angestarrt – nein, sie hat an den Fotos gearbeitet. Rosies Pflegerin sagt, dass Anya sogar irgendwann nach unten kam und sich ein Käsesandwich gemacht hat. Als ich heute Abend da war, um nach Rosie zu sehen, habe ich den leeren Teller in Anyas Zimmer bemerkt. Sie hat es gegessen. Das ganze Sandwich.“

„Und sie hat es überlebt?“

Henry lacht. „Ja, sie hat etwas gegessen, das sie selbst zubereitet hat, und es überlebt, um davon zu berichten.“

Seine Stimme wird weicher. „Ehrlich, ich bin so erleichtert, dass sie anfängt, sich um sich zu kümmern. Und dass sie ihre Kamera wieder benutzt … Danke."

„Sie tut mir einen Gefallen mit den Fotos."

Er wirft mir einen Blick zu. „*Maggie.*"

„Okay." Ich lächle. „Gern geschehen. Und ich nehme die Entschuldigung an. Darf ich Sie jetzt etwas fragen?"

„Natürlich."

„Haben Sie ihr die Kamera gekauft?"

Er nickt. „Zu ihrem vierzehnten Geburtstag. Hat sie Ihnen das erzählt?"

„Nein, aber ich hatte so ein Gefühl. Billy, die Kamera … Sie scheinen die Bedürfnisse Ihrer Schwester vorauszuahnen."

„Außer in Ihrem Fall. Ich habe nicht erkannt, dass sie eine Freundin braucht."

„Sie haben mich gefunden. Sie haben sich bei mir gemeldet. Ohne Sie wäre ich nicht in Anyas Leben."

Henry lehnt sich lächelnd im Sessel zurück und schaut sich in meinem Wohnzimmer um. „Wo ist Giselle?"

„Oben. Sie ist nicht mein Hund – das hatte ich schon gesagt, oder? Sie gehört meiner Freundin Lourdes, die oben im Haus lebt. Ich habe diese Wohnung von ihr und ihrem Mann Leo gemietet."

„Das hatten Sie erwähnt, aber ich dachte, vielleicht haben Sie das nur so gesagt."

„Warum sollte ich das tun?"

„Ich habe angenommen, dass Sie Hunde mögen und vermutlich auch selbst einen haben, denn wie könnten Sie sonst das Mitgefühl aufbringen, das Sie vermutlich für einen Job wie den Ihren brauchen? Ich dachte, Giselle gehört Ihnen, und Sie fürchteten nur, dass es für Ihre Patienten zu schwer wäre, Sie mit Ihrem sehr lebendigen Hund zu sehen. Also hab ich vermutet, Sie sagen Ihren Patienten nur, dass sie nicht Ihnen gehört, damit sie nicht … neidisch sind."

„Wow, da haben Sie aber ganz schön viel drüber nachgedacht."

„Ach, maximal vier bis fünf Stunden am Tag."

„Ah. Tja, Giselle gehört mir wirklich nicht. Wenn wir ganz genau hinhören, können wir sie vermutlich sogar oben herumlaufen hören."

Wir schweigen beide, aber von oben kommt kein Geräusch. Das Feuer knackt. Henry hebt eine Augenbraue. „Ihre Geschichte ist voller Löcher."

Ich lache. „Ich habe ein Geheimnis", sage ich. „Aber das ist es nicht." Verlegen schaue ich in meinen Wein. *Warum habe ich das gesagt?*

Henry lächelt nur. Er hat ein nettes Lächeln; es flutet sein ernstes Gesicht mit Licht. „Interessant. Diese kleine Information lege ich für späteres Sezieren ab." Er beugt sich vor, um mir Wein nachzuschenken, aber ich halte schnell die Hand über mein Glas.

„Danke, aber ich glaube, ich hatte genug. Ich habe morgen sehr früh einen Patiententermin."

„Oh." Er wirkt verlegen. „Ich sollte dann besser gehen."

„Das hat keine Eile. Wirklich nicht." Ich halte mein Glas hoch, und der Schluck Wein darin fängt das Licht des Feuers auf. „Trinken wir wenigstens noch aus."

Er nickt und lehnt sich wieder zurück. „Also, was hat Sie nach San Francisco gelockt? Als ich mit Ihrem alten Chef im Krankenhaus gesprochen habe, klang es, als wäre er immer noch enttäuscht, dass Sie gegangen sind."

„Oh, eine Veränderung war längst überfällig. Ich habe mein ganzes Leben in Philadelphia verbracht und seit Jahren dieselbe Stelle im Krankenhaus besetzt. Ich hatte angefangen, mit der Idee zu spielen, eine eigene Praxis aufzumachen, und wollte mich ganz auf die Beratung trauernder Haustierbesitzer konzentrieren. Außerdem hat meine Freundin Lourdes schwere Geschütze aufgefahren, um mich davon zu überzeugen, diese Wohnung zu mieten … und …" Ich zögere. „Ich war in einer Beziehung mit einem Mann, der … nun ja, eine Beziehung, die abgelaufen war. Es schien der perfekte Zeitpunkt für einen Neuanfang zu sein."

„Unzufriedenheit im Job, dann wird am anderen Ende des Landes eine Wohnung frei, die Beziehung bricht auseinander … klingt wirklich perfekt."

Ich lächle. „Der Wind der Veränderung hat mich ganz bis hier nach San Francisco geblasen." Ich will an meinem Wein nippen, dann fällt mir auf: Wenn ich das tue, werde ich ausgetrunken haben, und Henry könnte das als Hinweis auffassen zu gehen. Also setze ich das Glas wieder ab, ohne getrunken zu haben. „Tja, wo Sie nun meinen Lebenslauf kennen und meinen ehemaligen Chef befragt haben … ist es da zu früh zu fragen, was *Sie* beruflich machen?"

Henry lacht. „Okay, das wirkt zwar ein wenig neugierig, aber ich schätze, ich kann Ihrer Bitte entsprechen. Ich bin Arzt, aber seit Jahren nicht mehr als solcher tätig gewesen. Ich arbeite mit einem Partner zusammen – einem Ingenieur –, um ein neues Gerät für Patienten mit Herzkrankheiten zu entwickeln. Unsere Arbeit wird von einer Gruppe Investoren finanziert, und wir stehen kurz davor, ein Testlabor in Los Angeles zu eröffnen."

„Deshalb der bevorstehende Umzug." Ich erkenne, dass wir uns in gefährlichen Wassern bewegen, und hoffe, dass ich nicht wieder vorwurfsvoll klinge.

Henry scheint sich an meinen Worten nicht zu stören – entweder hat er vergessen oder vergeben, dass ich ihn dafür gescholten habe, seine Schwester in einer so schwierigen Situation allein zu lassen. „Auf persönlicher Ebene ist das Timing schrecklich, aber ich muss die Tests überwachen. Unsere Ideen … wir glauben wirklich, dass sie die Behandlung von Herzerkrankungen revolutionieren könnten."

Vielleicht macht der Wein meine Gedanken ein wenig matschig, aber als ich Henry zuhöre, fällt mir auf, dass er und ich den gleichen professionellen Impuls haben – wir sehen ein verwundetes Herz und wollen es heilen. Er schaut in sein Weinglas, das nun leer ist, und dann zu meinem. Ich lächle, hebe das Glas und trinke den letzten Schluck.

„Nun", sagt Henry, „ich schätze, ich sollte jetzt gehen." Wir stehen auf und gehen gemeinsam zur Tür. „Wie wäre es, wenn ich nächstes Mal vorher anrufe?"

Ich bin nicht ganz sicher, was er damit meint, aber ich nicke trotzdem und lächle.

„Gut." Er tritt durch die Tür, dann dreht er sich noch mal zu mir um. „*Aloha*, Maggie Brennan."

„Gute Nacht", sage ich. Er geht den Pfad hinunter, und ich schließe die Tür.

Sehr viel später, als ich die Vorhänge im Schlafzimmer zuziehe, erblicke ich mein Spiegelbild in der dunklen Fensterscheibe und sehe, dass ich immer noch lächle.

12. KAPITEL

Die Fotos, die Anya von Seymour und Giselle gemacht hat, sind genauso wunderbar geworden, wie ich es erhofft hatte. In den besten davon glänzt sein goldenes Fell, und sein Maul ist halb geöffnet, enthüllt seine rosige Zunge und seine weißen Zähne, und er sieht aus, als grinste er in die Kamera. Seine große schwarze Nase ist feucht und gesund und balanciert beinahe seine langen Ohren aus. Er wirkt spielerisch und glücklich. In seinen honigbraunen Augen ist immer noch ein Anflug seiner Angst zu sehen, aber das verleiht seiner Persönlichkeit eine Tiefe, die, wie ich hoffe, eher liebenswert als besorgniserregend wirkt. Giselle, in all ihrer makellosen Pracht, wird sogar ein wenig von ihm überschattet, was für unsere Zwecke nur gut ist, denn schließlich ist Seymour der Star.

Ich lade das neue Foto auf die SuperMutt-Website hoch und schreibe Seymours Biografie zum x-ten Mal um. Ich will ihn nicht falsch darstellen; das wäre vollkommen kontraproduktiv und vermutlich schädlich für den armen Kerl, wenn er in einem neuen Zuhause landet, aus dem er bald wieder ausziehen muss, nur weil ich wegen seiner Probleme mit lauten Geräuschen und der Leine nicht aufrichtig war. Aber ich bin darauf gekommen, dass es Wege gibt, Seymours Fehler zu beschreiben und mich gleichzeitig auf seine vielen positiven Seiten zu konzentrieren – sein süßes Wesen, das Vertrauen in seinen Augen, wie gut er sich mit anderen Hunden versteht.

Ich recherchiere ein wenig über Basset Hounds und Golden Retriever und lasse ein paar der Rasseeigenschaften in Seymours Beschreibung einfließen. Ich erfahre sogar, dass seine Mischung – Basset Retriever – besonders von Leuten geschätzt wird, die das Temperament eines Golden in einem kleineren, etwas weniger energiegeladenen Paket suchen.

Tja, wer hätte das gedacht? durchfährt es mich, als ich mich auf meinem Laptop durch Bilder von Basset Retrievern klicke. Der lustig aussehende Seymour ist tatsächlich ein „Designer"-Hund im Sinne von Labradoodles und Cockapoos. Ich füge auch dieses überraschende Detail in seine Beschreibung ein und ergänze, dass Seymour zur Vermittlung steht, der Pudel auf dem Foto aber nicht.

Dann schicke ich Sybil eine E-Mail, um sie wissen zu lassen, dass ich Seymours Foto und Beschreibung aktualisiert habe. *Ich glaube, die Heiligen Grant und Chip sind bereit, ihn noch ein wenig länger bei sich zu behalten,* schreibe ich, *und ich bin sicher, dass wir bald neue Interessenten für ihn haben werden.* Ich informiere sie noch über die letzten Artikel, die ich für die Auktion auf der Spendenveranstaltung von SuperMutt ergattern konnte. Die Gala findet in drei Wochen statt, und ich weiß, dass sie schwer damit beschäftigt ist, die letzten Einzelheiten für die Feier zu klären.

Wie üblich schreibt Sybil sofort zurück.

Das Foto ist perfekt! Was für ein Glücksfall, dass du eine Fotografin gefunden hast, die nicht nur gut ist, sondern auch Hunde versteht – und gewillt ist, umsonst für uns zu arbeiten! Meinst du, deine Freundin Anya würde auch die Hunde fotografieren, die wir für die Auktion vorgesehen haben? Ich denke, wir könnten die Bilder groß aufziehen (vielleicht in Schwarz-Weiß?) und sie bei der Feier aufhängen. Natürlich würden wir Anya als Fotografin nennen und ihre Kon-

taktinformationen oder alles, was sie über ihre Dienste sagen will, mit aufführen. Ich wette, sie würde Massen an Interessenten gewinnen. Im Moment liegt es nicht in meinem Budget, sie zu bezahlen, aber vielleicht ist sie bereit, ihre Arbeit als Gegenleistung für fabelhafte Publicity einzubringen? Vielleicht erklärt sie sich sogar bereit, ein Fotoshooting mit ihr für die Auktion zu spenden? Oder fordere ich damit mein Glück zu sehr heraus? Du kennst mich, Maggie … Wenn es um Hunde geht, werde ich gierig!

Das ist auf so vielen Ebenen eine tolle Idee – toll für SuperMutt und toll für Anya. Ich schreibe Sybil gleich zurück, um sie wissen zu lassen, dass ich Anya danach fragen werde.

Je eher, desto besser, antwortet sie. *Die Uhr tickt. Nicht mehr lange, dann können wir gemeinsam auf einen tadellos erledigten Job anstoßen. Ohne dich würde ich das nicht schaffen, Maggie, und ich kann es kaum erwarten, dich endlich persönlich kennenzulernen.*

„Warum solltest du da nicht hingehen?“, fragt Lourdes, als ich ihr von der Spendengala von SuperMutt erzähle. „Ich dachte, für ‚Die agoraphobe Therapeutin‘ ist der letzte Vorhang gefallen?“

Ich stelle mir vor, wie ich zwischen den schweren Samtvorhängen einer Bühne gefangen bin. „Das ist er auch“, sage ich. „Oder er ist zumindest dabei. Aber das ist etwas anderes. Du weißt, dass ich Partys noch nie leiden konnte.“

Lourdes verdreht die Augen. „Ja, aber wann immer ich dich auf dem College zu einer mitgeschleppt habe, hattest du Spaß, das musst du zugeben. Du solltest zu der Spendengala gehen. Vielleicht lernst du da ja sogar jemanden kennen.“

„Wie soll ich denn bitte anfangen, wieder auszugehen, wenn ich immer noch nicht auf die Straße gehen kann, ohne mich an deinen Pudel zu klammern?“ Giselle, kluges Mädchen, das sie ist, trottet zu uns an den Küchentisch und legt ihren Kopf auf meinen Oberschenkel.

„Wo ein Wille ist, ist auch ein Weg.“

Leo ist mit ein paar Freunden von der Arbeit ausgegangen, also habe ich mit Lourdes und den Kindern zu Abend gegessen und ihr dann geholfen, die beiden ins Bett zu bringen. Jetzt sitzen wir am Küchentisch und tun, was wir am besten können: Wir arbeiten uns durch eine Flasche Rotwein und eine Schüssel Popcorn mit Knoblauch und Parmesan. Ich habe dieses Rezept erfunden, als wir auf dem College waren, und über die Jahre ist es unser Glücksessen geworden.

Lourdes strahlt. „Wenn du nicht auf die Party gehen willst, lässt du mich dich dann wenigstens mit einem von Leos Freunden verkuppeln? Wir könnten ihn zum Abendessen einladen – ein Doppeldate! Du müsstest nicht mal das Haus verlassen. Problem gelöst. Jetzt, wo es dir besser geht, finde ich wirklich, dass du wieder anfangen solltest, mit Männern auszugehen. Aber du solltest dich mit vielen Männern treffen und nichts Ernsthaftes anfangen, bis du sicher bist, endlich jemanden gefunden zu haben, den du wirklich magst. Triff keine voreiligen Entscheidungen.“

„Was meinst du mit ‚den ich wirklich mag‘? Ich mochte John.“

„Klar, du hast ihn *gemocht*. Und du mochtest auch Rich und Simon und … wer war noch der Kerl vor ihm?“

„Ein weiterer Rich. Rich der Erste.“

„Stimmt. Rich der Erste. Er war auch liebenswürdig.“

Ich werfe ein Popcorn in die Luft und fange es mit dem Mund auf. „Und das ist ein Problem, weil …?“

Lourdes verzieht das Gesicht. „Das weißt du ganz genau. Ich erzähle dir das schon seit dem College. Nur weil du einen Mann magst, heißt das nicht, dass du jahrelang mit ihm ausgehen musst. Mögen ist nicht lieben."

„Ich habe sie auch alle geliebt. Ich habe sie gemocht *und* geliebt."

„Rich? Du hast Rich geliebt?"

„Welchen?" Ich schüttle den Kopf. „Ist auch egal. Ich habe beide Richs geliebt."

„Okay, aber auch Liebe ist nicht immer Liebe. Du musst anfangen, dich eher zu trennen. Diese Beziehungen, in denen du dich wiederfindest, ziehen sich ohne Ende hin. Das ist, als wenn man sich einen langweiligen französischen Film anschaut, der nirgendwohin führt – nur Gerede, Gerede, Gerede und ab und zu ein Witz, über den man zu lachen sich verpflichtet fühlt, nur damit man sicher sein kann, dass man noch am Leben ist."

Ich grinse. „Ja, sag mir nur, was du wirklich denkst." Wie üblich ist Lourdes' Einschätzung meines Liebeslebens ziemlich akkurat; ich habe ein Händchen dafür, in Beziehungen zu bleiben, die nirgendwohin führen. Lourdes findet, mit Männern ausgehen ist wie Auto fahren – wenn man wirklich hellwach und aufmerksam ist, kann man das Sackgassenschild rechtzeitig sehen, um abzubiegen und einen anderen Weg zu wählen. Unglücklicherweise scheine ich eine dieser Frauen zu sein, die sich von dem normalen Trott einer Beziehung einlullen, sich von einer hübschen Landschaft und einem warmen Sitz in die Bequemlichkeit schaukeln lassen. *Am Steuer einschlafen*, nennt Lourdes das. Und eines muss ich ihr lassen – alle meine Beziehungen mit Männern endeten in einem Unfall.

„Ich meine, nimm doch nur mal John als Beispiel", fährt Lourdes fort. Sie ist jetzt richtig in Fahrt. „Du hast mir einen Monat, nachdem du angefangen hast, dich mit ihm zu treffen, gesagt, dass du weißt, dass es nichts Langfristiges ist. Und dann bist du acht Monate mit ihm zusammengeblieben! Du bist doch kein Hund. Du musst nicht loyal zu jemandem sein, nur weil er dich zum Essen einlädt."

„Ich weiß, ich weiß", sage ich. „Du hast ja recht."

Lourdes reißt übertrieben erstaunt den Mund auf. „Tut mir leid, was hast du da gerade gesagt? Ich glaube, der Wein beeinträchtigt mein Hörvermögen."

„Du hast recht!", flüstere ich übertrieben laut und lege dabei meine Hände um den Mund, als würde ich schreien. Aber ich tue es nicht, weil ich die Kinder nicht wecken will.

Lourdes nippt zufrieden an ihrem Wein und beobachtet mich über den Rand des Glases hinweg. Dann stellt sie das Glas ab und kneift ihre Augen ein wenig zusammen. „Warte mal ..." Sie stützt die Ellbogen auf den Tisch und beugt sich zu mir vor. „Heilige Scheiße! Hast du etwa schon jemanden kennengelernt?"

Aus irgendeinem unerfindlichen Grund muss ich daran denken, wie Henrys Hemden sitzen – eng, aber nicht zu eng. Ich denke an sein Kinn, das manchmal ein wenig stoppelig ist und manchmal ganz glatt rasiert. Ich kann mich nicht entscheiden, was mir besser gefällt. Er sieht aus wie jemand, dem sein Äußeres wichtig ist, aber nicht, als würde er sich mit Besessenheit darum kümmern. Mir ist das vorher nie aufgefallen, aber jetzt stelle ich fest, dass ich einen Mangel an Eitelkeit sehr sexy finde.

„Du hast mich ertappt, Lourdes", sage ich. „Vern und ich haben uns endlich der Anziehung ergeben, die sich seit Monaten zwischen uns aufgebaut hat."

Giselle, genervt von meiner mangelnden Aufmerksamkeit, seufzt und geht zu ihrem Kissen.

Lourdes wirft mir einen Blick aus dem Augenwinkel zu. „Wer ist Vern?"

„Vern! Vern, unser Postbote. Wobei er den Begriff ‚Briefträger' bevorzugt. Er hat sich ganz schön gemacht. Und du weißt ja, wie sehr ich auf Männer in Uniform stehe."

Lourdes schnaubt. „Maggie. Du kannst dich doch nicht mit unserem Postboten einlassen. Er ist sechzig!"

„Er hat die Waden eines zwanzigjährigen Triathleten."

„Und kämmt sich die Haare über die Glatze."

„Die Liebe ist ein seltsames Wesen."

„Okay", sagt Lourdes. „Aber wenn du mit den Fingern durch Verns zwei Haare streichst, an wen denkst du dann wirklich?"

Ich gebe auf. Es hat wirklich keinen Sinn, Lourdes irgendetwas verheimlichen zu wollen. Sie bekommt es doch früher oder später aus mir heraus. „Es ist nichts. Es ist albern. Er ist der Bruder der Frau, der ich helfe. Anyas Bruder Henry. Vermutlich ist das ethisch überhaupt nicht vertretbar. Es wird nichts passieren."

Lourdes hebt eine Augenbraue. „Ethisch nicht vertretbar? Ich dachte, du hättest gesagt, dass sie keine Patientin von dir ist."

„Im eigentlichen Sinn ist sie das ja auch nicht. Aber wir haben uns als Therapeutin und Patientin kennengelernt. Es ist kompliziert", sage ich achselzuckend. Ich betrachte Anya nicht als Patientin, zumindest nicht als *Patientin*-Patientin, aber ich muss zugeben, dass sie auch keine *Freundin*-Freundin ist. „Es wäre einfach seltsam."

Lourdes nimmt einen großen Schluck Wein und fängt dann an, mit ihrem leeren Glas zu gestikulieren. „Das ganze

Leben ist verdammt seltsam, Maggie! Wenn du jemanden magst, geh mit ihm aus! Schmeiß die verdammten Vitamine weg! Mach dir die Hände schmutzig! Geh nach draußen! Scheiß was auf die Angst! Trag ein Sommerkleid im Regen! Fang dir eine Erkältung ein! Fühle endlich mal alles! Scheiß was auf die Regeln!"

„Das war's", sage ich und greife nach ihrem Glas. „Ich unterbreche dich. Ich fühle mich, als wäre ich in Andrew Dice Clays Glückskeksfabrik gestolpert."

Später am Abend schicke ich Grant und Sybil eine E-Mail, in der ich ihnen mitteile, dass ich gerne helfen würde, mit Seymour an seiner Leinenführigkeit und seinen Ängsten zu arbeiten. Ich habe die Hoffnung, dass das hilft, ihn vermittelt zu bekommen. Grant antwortet mir sofort und schreibt, dass er gleich am nächsten Morgen einen Ersatzschlüssel für mich anfertigen lassen wird, damit ich Seymour jederzeit zu einem Spaziergang abholen kann. Seine Erleichterung ist förmlich greifbar.

Als Nächstes maile ich Anya und frage sie, ob sie etwas dagegen hat, dass ich Seymour zu unseren täglichen Spaziergängen mitbringe. Die Spaziergänge mit Anya werden für Seymour keine Babyschritte sein – sie sind oft ziemlich lang –, aber normalerweise enden sie in irgendeinem Park, und ich schätze, dass Seymour die freie Fläche genießen wird und sich in großen Höhen wesentlich wohler fühlt als ich.

Wenn Seymour sich als zu große Ablenkung herausstellt, schreibe ich, *werde ich zu anderen Zeiten mit ihm arbeiten.*

Mir macht das nichts aus, schreibt Anya zurück. *Das kleine Nervenbündel braucht alle Hilfe, die es kriegen kann.*

13. KAPITEL

Ich erreiche mit Giselle im Schlepptau und Taschen voller gegenkonditionierungswürdiger Leckerchen die Wohnung von Grant und Chip. Giselle hat beinahe die Hälfte von Tobys Hundekeksen gefressen, und ich hatte nur eine Handvoll von seinem alten langweiligen Trockenfutter im Haus, also habe ich Lourdes' Küche nach besonderen Leckerchen durchforstet. Ich habe eine Tüte von Giselles biologischen Erdnussbutter-Melassekeksen dabei, ein paar Scheiben Aufschnitt, die ich in feine Streifen geschnitten habe, gewürfelte Hühnchenbrust, die Lourdes für Portia und Gabby im Tiefkühler aufbewahrt, und sogar ein paar übrig gebliebene Happen Lachs von einem Salat. Ich habe das Doppelte von dem mitgebracht, was ich glaube zu benötigen, damit ich Giselle auch jedes Mal ein Leckerchen geben kann, wenn Seymour eines bekommt – es kommt mir nicht fair vor, nur Seymour zu belohnen. Außerdem hat Giselle jedes Leckerchen verdient, das ich ihr geben kann, und mehr.

Grant ist eindeutig in Eile, zur Arbeit zu kommen, und bringt Seymour nach unten, nachdem ich geklingelt habe. Sofort gehe ich auf die Knie und sage Seymour, was für ein guter Hund er ist. Dann besteche ich ihn mit ein paar der Erdnussbutterkekse. Er zittert leicht, wedelt dabei aber langsam mit dem Schwanz. Das Weiß in seinen Augen ist nur ein wenig sichtbar, was ich als gutes Zeichen nehme.

„Du kannst wirklich jederzeit vorbeikommen und Seymour mitnehmen", sagt Grant, als er mir die Schlüssel reicht, die er für mich hat anfertigen lassen. Es ist erstaunlich, dass er nach nur einer Begegnung gewillt ist, mir den Schlüssel zu seiner Wohnung zu überlassen, aber ich sehe das als weiteres Zeichen dafür, dass er hofft, unsere Spaziergänge werden dazu führen, Seymour in die Arme einer neuen passenderen Familie zu führen. Außerdem erkennt er vermutlich, dass ich ein Hundemensch bin, und meiner Erfahrung nach neigen Hundeleute dazu, anderen Hundemenschen einen Vertrauensvorschuss zu geben.

Ich bin erleichtert, als Giselle, Seymour und ich um die Straßenecke biegen, bevor ein Zug vorbeikommt. Ich führe uns auf einer ruhigeren Straße des Cole Valley zu Anyas Haus und besteche die Hunde dabei konstant mit Fleisch und Fisch und Erdnussbuttersnacks. Ich kann nur hoffen, dass Seymours Magen dieses Büfett aus Leckerchen verträgt und er nach seiner Heimkehr nicht eine hässliche Überraschung hinter Grants Couch hinterlässt. Beide Hunde kleben förmlich an meiner Seite und schauen mit solch standhafter Intensität zu mir hoch, dass sie ab und zu über ihre eigenen Pfoten stolpern. Dabei zeigen sie nicht gerade beeindruckende Leinenführigkeit, aber wenigstens Seymour ist so auf das Fressen fokussiert, dass er sich kaum dessen bewusst zu sein scheint, was um ihn herum vorgeht. Jedes Mal, wenn ein Auto an uns vorbeifährt, zucken seine Ohren ein wenig, die Augen weiten sich ein bisschen, aber wenn ich ihm in genau dem Moment ein Leckerchen reiche, bleibt er an meiner Seite. Und er versucht nicht ein einziges Mal, aus seinem Halsband zu schlüpfen.

Als wir an Anyas Haus ankommen, sitzt sie auf der Treppe und sieht angespannt aus. Giselle läuft schwanzwedelnd auf sie zu, und Seymour folgt ihr, wie ich erfreut bemerke. Aber Anya tätschelt die beiden nur kurz und steht dann auf.

„Was ist los?“, frage ich.

„Rosie schläft im Wohnzimmer. Ich wollte nicht, dass die Türklingel sie weckt, also habe ich gedacht, ich warte draußen auf euch.“

„Wie geht es ihr?“

Anya blinzelt und wendet den Blick ab. „Seitdem sie aus dem Krankenhaus zurück ist, ist sie nicht mehr dieselbe. Sie schläft sehr viel.“

„Ihr Arzt sagt aber, dass es okay für sie ist, zu Hause zu sein?“

„Solange wir eine Vollzeitpflegerin haben. June schläft auf einer Matratze auf dem Boden neben Rosies Bett.“

Eine Vollzeitpflegerin muss teuer sein. Es ist kein Wunder, dass Henry entschlossen ist, nach Los Angeles zu ziehen. „Und wie geht es dir?“, frage ich. „Wie schlägst du dich?“

Jetzt schwimmen Tränen in Anyas Augen. Sie wischt sie mit dem Handrücken fort. „Beschissen“, sagt sie und starrt auf den Boden. „Ich fühle mich, als verliere ich alles auf einmal.“

Dieses ehrliche, selbstkritische Geständnis hätte sie bei unserem ersten Treffen nie gemacht. Giselle schiebt ihre schmale Schnauze unter Anyas Hand, und Anya fängt an, sie erneut zu streicheln.

„Das tut mir leid“, sage ich. „Aber auch wenn es sich so anfühlt, als wärst du allein, bist du es nicht. Henry zieht zwar weg, aber er verschwindet nicht aus deinem Leben. Er wird immer für dich da sein. Du kannst auf ihn zählen. Und ich bin sicher, dass deine anderen Brüder dich auch unterstützen werden. Und auch ich bin für dich da, Anya. Ich werde nirgendwohin gehen. Außer du willst es.“

„Du bist in Ordnung“, murmelt sie. Ermutigt fängt Giselle an, schneller mit dem Schwanz zu wedeln. „Und wir werden Billy bald finden. Das hilft.“

Ich lächle, sage aber nichts.

Anya schaut auf und lässt den Blick über den Bürgersteig schweifen. „Henry kommt heute wieder mit“, sagt sie. „Er hat gestern angerufen und gefragt, ob er uns noch mal begleiten darf." Bei dem Wort „uns" schaut sie mir in die Augen, und sofort frage ich mich, ob er ihr von seinem Besuch bei mir erzählt hat.

„Das ist nett von ihm. Vielleicht solltet ihr beide alleine gehen." Ich will mich nicht aufdrängen, wenn Henry etwas Zeit mit seiner Schwester verbringen will, bevor er nach Los Angeles zieht. Aber noch während ich das sage, hoffe ich, dass Anya meinen Vorschlag ablehnt.

„Nein", sagt sie. „Ah, da ist er ja."

Wir gehen Henry entgegen. „Guten Morgen", sagt er und lächelt mich an. „Irre ich mich oder haben Sie heute einen weiteren Hund dabei?"

Ich erzähle ihm, dass Seymour der Hund ist, den Anya für SuperMutt fotografiert hat. „Ich hoffe, wenn er sich ein wenig an Spaziergänge in der Stadt gewöhnt, erhöhen sich seine Chancen, vermittelt zu werden."

„Aber", sagt Henry und kniet sich vor Seymour hin, um ihm seine Schlappohren zurückzustreichen. „Wer könnte denn zu dir Nein sagen?" Seymours lange rosige Zunge schleckt ihm einmal über die Wange, und Henry taumelt lachend zurück.

Ich habe Angst, dass ich Henry gerade anstrahle. Ich weiß, dass ich mich sehr zurückhalten muss, um ihn nicht auf die Füße zu ziehen und zu küssen. Stattdessen frage ich: „Wird Ihre Wohnung in L. A. zufällig hundetauglich sein?"

Henry steht auf und schüttelt traurig lächelnd den Kopf.

Wir sind gerade auf dem Bürgersteig, als die Tür zu einem der Nachbarhäuser geöffnet wird und Huan herauskommt. „Guten Morgen!", ruft er. „Kann ich mitkommen?"

Anya zuckt mit den Schultern.

Henry nickt und winkt ihn herüber.

Auf Huans Gesicht breitet sich ein strahlendes Lächeln aus, und er kommt zu uns herübergejoggt. Neben Anya bleibt er stehen und schiebt sich die Haare aus den Augen. Er hat ein schwarzes T-Shirt mit dem Bild eines Skateboards auf der Brust an, doch so, wie er es trägt, könnte es genauso gut ein Oberhemd sein. Dieser Junge hat etwas so Höfliches und Ernstes und Gutmütiges an sich, dass es schwer ist, den Impuls zu unterdrücken, die Hand auszustrecken und seine schwarzen Haare zu zerzausen.

„Okay, finden wir Billy", sagt er entschlossen. „Ich liebe den Hund." Er wendet sich an mich. „Meine Eltern haben mir nie irgendwelche Haustiere erlaubt. Mein Dad meint, er wäre allergisch, aber das glaube ich ihm nicht. Ich denke, er hat befürchtet, ein Hund würde mich nur von der Schule ablenken."

„Dein Dad ist ein Idiot", sagt Anya.

Henry wirft ihr einen Blick zu. „Anya!"

Huan lacht. „Ist schon okay. Irgendwie stimmt es ja." Dann wird er rot. „Aber er ist ein wohlmeinender Idiot."

Anya verdreht die Augen. „Ich suche schon seit Wochen nach Billy. Warum springst du jetzt erst auf den Zug auf, Huan?"

„Filter, Anya", ermahnt Henry sie leise.

„Was?"

„Du musst nicht alles aussprechen, was dir durch den Kopf schießt."

„Erwartest du etwa Selbstzensur von mir?"

„Ja", sagt Henry. „Aber ich nenne es menschlichen Anstand."

Anya zuckt mit den Schultern, aber ich sehe, dass sie sich schlecht fühlt. Als sie jetzt Huan ansieht, wirkt sie beinahe schüchtern. „Fein. Ich wäre höchst erfreut, wenn du dich uns anschließen magst, Huan. Wir werden nach Tank Hill gehen." Sie dreht sich zu mir um und streckt ihre Hand aus. Ich versuche, ihr Seymours Leine zu geben – ich habe immer noch die Hoffnung, dass die beiden sich anfreunden –, aber sie schnappt sich stattdessen die von Giselle und marschiert los.

„Cool", sagt Huan und eilt ihr nach. „Ich liebe Tank Hill." Er fällt neben ihr in Schritt, und Henry und ich folgen ihnen ein paar Meter dahinter.

Mir wird bewusst, dass ich das erste Mal ohne Giselle an meiner Seite draußen bin. Umkonditionierung, denke ich und fange an, Seymour wieder mit kleinen Happen Fisch zu füttern in der Hoffnung, dass es uns beide davon ablenkt, dass Giselle sich immer weiter entfernt.

„Ich wollte dir von Anfang an helfen", sagt Huan zu Anya. „Aber ich wusste nicht, ob du Leute mitnimmst."

Armer Junge. Er hat vermutlich wochenlang beobachtet, wie sie zu ihren Spaziergängen aufgebrochen ist, und versucht, den Mut aufzubringen, sie zu fragen, ob er sie begleiten darf. Seine Schwärmerei für sie ist so berührend, wie sie schmerzhaft offensichtlich ist.

„Kite Hill, Tank Hill … Wie viele Hügel hat diese Stadt eigentlich?", frage ich Henry, froh, dass ich ihn als weitere Ablenkung an meiner Seite habe.

„Es gibt die sieben großen, wobei aber weder Kite Hill noch Tank Hill eingerechnet sind. Insgesamt müssen es an die fünfzig sein."

Ich beeile mich, den Beutel mit den Wurststreifen zu öffnen, nachdem Seymour sich durch die Lachsreste gefuttert hat. Es ist schwer zu glauben, dass ich einst den meditativen Aspekt des Spazierengehens genossen habe. Hast du dich verlaufen? hat John oft gewitzelt, wenn Toby und ich nach einem besonders langen Spaziergang nach Hause kamen. Nein, habe ich geantwortet, ich habe nur ein paar Knoten gelöst. Genauso hat sich das Spazierengehen mit Toby immer angefühlt – als wenn ich die Verspannungen des Tages wegmassierte.

Dieses Gefühl von Freiheit und Frieden fehlt mir. Wenn es mir wieder besser geht, denke ich, werde ich jeden Tag über diese Hügel laufen – mit oder ohne einen Hund an meiner Seite. Ich bin überrascht von der plötzlichen Intensität meines Verlangens, das zu tun, wieder ich selbst zu sein.

„Er wird sich freuen, wenn er sieht, wo wir hingehen", sagt Anya und schaut zu Seymour zurück, der trotz eines mit Leckerchen vollen Bauchs immer noch den Schwanz zwischen die Beine geklemmt hat. „Hunde lieben diesen Park."

Tank Hill liegt nur wenige Straßen von meiner Wohnung entfernt, aber ich habe es mit Toby nie hierhergeschafft, weil Lourdes mich gewarnt hat, dass die Steigung für ihn zu anstrengend sein könnte. Wir gehen eine Reihe gewundener Straßen hinauf, die aus dem Cole Valley führen. Irgendwann endet die Straße, und ein Trampelpfad beginnt, der sich durch den nackten, mit Rasen bewachsenen Park schlängelt. Die Luft fühlt sich feucht und schwer von Nebel an. Wenn wir in Philadelphia wären, würde ich sagen, es fängt bald an zu regnen; aber in San Francisco kann man das nie wissen, habe ich gelernt. Wenn wir auf dem Hügel angekommen sind, werden wir vermutlich wieder ein ganz anderes Mikroklima vorfinden.

Ich muss zugeben, dass diese seltsamen, wilden kleinen Parks, die die Stadt sprenkeln, irgendwie magisch sind. In der einen Minute befindet man sich auf einer Straße mit eng gestellten Häusern, in der nächsten Minute steht man auf einer offenen, von Steinen durchsetzten Rasenfläche mit einem wahnsinnigen Ausblick in die eine oder andere Richtung oder manchmal auch – zu meinem großen Missfallen – rundum. Tank Hill ist besonders versteckt. Er kuschelt sich in einen Abhang, der zu den Twin Peaks hinaufführt, und ist von Straßen umgeben, die ihn eher beschützen als das Geheimnis des Parks zu verraten, an den sie sich schmiegen.

„Hier stand mal ein Wassertank", erklärt Henry, als wir den flachen Bereich oben auf dem Hügel erreichen. „Laut Rosie ist er in den Fünfzigerjahren abgebaut worden."

Wir alle schnaufen und schnauben von der Steigung – selbst Seymour scheint vorübergehend außer Atem und lässt sich schwer hechelnd zu meinen Füßen auf die Erde plumpsen, wo eine kühle Brise mit seinen Ohren spielt. Er hebt den Kopf und schnüffelt in der Luft, als ihm irgendein Duft in die Nase steigt.

„Sehen Sie mal", sagt Henry und zeigt über meine Schulter.

Die Richtung, in die er zeigt, aus der Stadt heraus, ist genau die, in die ich die ganze Zeit versucht habe, nicht zu gucken. Ich atme tief durch und drehe mich langsam um. Wir stehen auf einem großen, zerklüfteten rötlichen Felsen, dessen Ecke über einen Abhang hinausragt, der so steil ist, dass ich ihn von da, wo ich stehe, nicht einmal sehen kann. Dafür sehe ich die mit Bäumen bewachsene Silhouette des Buena Vista Parks im Osten, den lang gestreckten, grünen Golden Gate Park im Nordwesten. Ein harter Wind bläst uns von der Küste entgegen, die komplett vom Nebel verschluckt wird. Dieser Nebel versteckt auch den Großteil der Golden

Gate Bridge, sodass immer nur Teile von ihr auftauchen und wieder verschwinden, während die silbernen Wolken rasend über den Himmel stürzen. Das Land auf der anderen Seite der Bucht wird komplett von einem bleiernen Himmel verborgen. Gerade, als meine Höhenangst droht, mir die Füße wegzuziehen und mich den Felsen hinunterstürzen zu lassen, höre ich Henrys Stimme nah an meinem Ohr.

„Haben Sie das gesehen?"

Er zeigt auf einen Streifen des Cole Valley direkt unter uns. Ich schaue hin, aber die Stadt verschwimmt immer mehr – was teils an meinen Augen liegt, teils an dem immer dichter werdenden einströmenden Nebel. Meine Kehle schnürt sich zu, etwas in meiner Brust zwickt mich. Ich fühle mich, als müsste ich mich jeden Moment übergeben.

Eins.

Zwei.

Henry steht plötzlich ganz dicht hinter mir. Er legt eine Hand auf meinen Oberarm und seinen anderen Arm über meine Schulter. Dabei zeigt er weiter nach unten.

„Genau da", sagt er. „Das weiße Haus vier Straßen von der Kreuzung entfernt, direkt gegenüber der großen Palme."

Ich schaffe es, mit trüben Augen an seinem Arm entlang zu seinem Finger und darüber hinaus nach unten auf die Straßen von Cole Valley zu schauen, die plötzlich wie durch ein Wunder scharf werden.

„Oh", sage ich überrascht.

Das ist das Haus von Lourdes. Meine blaue Tür ist nicht zu sehen, aber der Zaun am Bürgersteig, der schmale grüne Rasen, der ums Haus verläuft, die Hochbeete im hinteren Teil des Gartens, der dünne graue Streifen, der der Steinpfad ist, der zu meiner Tür verläuft. Meine kleine Oase.

Das Haus fühlt sich von innen so kuschelig, so privat an, aber von hier oben sehe ich, dass es inmitten von vielen anderen Häusern steht und sich diese belebte Stadt mit ihren Straßen und Bürgersteigen und Häusern und Menschen und Leben direkt daran schmiegt.

Der Platz hier oben, erkenne ich, als ich nach unten schaue, ist vermutlich mehr eine Oase als meine Wohnung.

Trotzdem, ein langer Blick ist mehr als genug. Ich würde mich gerne wieder umdrehen, aber Henry hat immer noch seine Hand auf meinem Arm, und der angenehm warme Druck reicht, um mich noch einen oder zwei Momente länger dort stehen zu lassen.

Henry und ich hören ein gedämpftes Geräusch und drehen uns gleichzeitig um. Anya und Huan schlendern am entfernten Ende des mit Sträuchern bewachsenen Hügels entlang. Anya legt die Hände an den Mund und schreit über die Stadt. Ihre Worte verlieren sich im Wind, aber ich weiß, dass sie nach Billy ruft. Huan starrt sie an. Eine oder zwei Minuten später kehren sie zu uns zurück.

„Hast du irgendetwas gesehen?“, frage ich.

Anya schüttelt den Kopf. Sie scheint in düsterer Stimmung zu sein, ihr Blick gleitet immer noch über die Straßen unter uns. Ich finde, dass das ein genauso guter Zeitpunkt ist wie jeder andere, um ihr von Sybils Idee für die Spendengala zu erzählen. Vielleicht heitert sie das ein wenig auf – oder lenkt sie zumindest ab.

„Die Frau, die SuperMutt leitet, war von deinen Fotos von Seymour extrem begeistert“, sage ich und erkläre ihr, dass Sybil hofft, sie würde sich bereit erklären, die anderen Hunde zu fotografieren, die auf der Spendengala versteigert werden. „Sie will die Bilder ganz groß aufziehen und als Deko aufhängen. Das wäre gute Publicity.“

„Publicity wofür?“

„Nun ja …“ Ich lasse ein schnelles schuldbewusstes Grinsen aufblitzen und spüre, dass Henry und Huan mich ebenfalls anschauen. „Ich habe Sybil vielleicht den Eindruck vermittelt, dass du eine professionelle Fotografin bist … aber nur, weil es keinen Grund gibt, warum du das nicht sein solltest. Ich habe dich selbst in Aktion gesehen – du warst fabelhaft, hattest alles total unter Kontrolle. Du hast einen ängstlichen, schwer zu fotografierenden Hund genommen und es geschafft, ihn glücklich und zufrieden aussehen zu lassen. Wie Sybil gesagt hat: Auf deinen Fotos sieht Seymour wirklich aus wie ein Supermischling. Also habe ich gedacht“, fahre ich fort, „dass du dir überlegen solltest, dich damit selbstständig zu machen. Und wenn du daran interessiert bist, wäre die Spendengala eine großartige Möglichkeit, deinen Namen bekannt zu machen. Vielleicht könntest du für die Auktion sogar eine Fotosession für einen Hund anbieten – das wäre super PR, und ich wette, die Empfehlungen würden sich verbreiten wie ein Lauffeuer, sobald die Menschen deine Arbeit gesehen haben.“

Henry und Huan lächeln Anya ermutigend an. Aber ihre Miene ist schwer zu deuten, also rede ich einfach weiter. „Wenn du magst, kann ich dir helfen, eine professionelle Website zu erstellen. Mehr brauchst du nicht, um anzufangen. Die nötige Ausrüstung scheinst du ja bereits zu haben.“

Anya tritt mit einem ihrer Stiefel gegen den Boden. „Ja“, murmelt sie. „Vielleicht.“

Ich beschließe, ihr Zögern zu ignorieren. „Der einzige Haken ist, dass du sofort anfangen müsstest. Die Gala ist in drei Wochen, und es gibt sechs Hunde, die in verschiedenen Pflegefamilien in der Stadt leben und fotografiert werden müssen."

Anya zuckt mit den Schultern. „Ich habe Zeit. Das sollte kein Problem sein."

„Anya, du bist eine Lebensretterin. Wirklich. Sybil wird ausflippen vor Freude, und was noch wichtiger ist: Du leistest einen wichtigen Beitrag dazu, diesen Hunden so schnell wie möglich ein festes Zuhause zu verschaffen." Ich gucke zu Huan, der Anya bewundernd anstarrt. „Es sah so aus, als hättest du ziemlich viel Ausrüstung mit dir herumgeschleppt, als du Seymour fotografiert hast. Wenn du also einen Freund hättest, der dir helfen könnte, das Zeug zu tragen, während du fotografierst, solltest du ihn mitbringen."

„Es geht schon", sagt Anya. „So viel ist es nicht."

„Tja, es könnte auch hilfreich sein, jemanden dabeizuhaben, der dir hilft, die Hunde ruhig zu halten – einige von ihnen könnten etwas energiegeladener sein als Seymour. Du weißt schon, jemand, der über deinem Kopf mit einem Quietschespielzeug wedelt, damit der Hund wirklich in die Kamera schaut und so …" Ich lasse den Satz versanden und schaue Huan eindringlich an, damit er endlich etwas sagt. *Komm schon! Das ist deine Chance, Loverboy!*

Huan fängt meinen Blick auf und reißt die Augen auf. „Oh! Ich, äh … das könnte ich doch machen. Ich könnte dir helfen, Anya."

„Ich brauche wirklich keine Hilfe."

Huan sieht mich an, und ich nicke ihm ermutigend zu. „Das weiß ich doch", sagt er. „Aber es klingt lustig. Und in den nächsten Wochen habe ich nicht viel vor."

Anya schnaubt. „Ja klar. Parallel Informatik und VWL zu studieren klingt auch wirklich nach nicht viel." Sie zuckt mit den Schultern. „Aber wie du meinst. Wenn du willst, kannst du mir helfen. Vielleicht nimmst du am Ende ja auch noch einen Hund mit. Treib deinen Vater in einen Wutanfall. Bekämpfe die Macht."

Huan lacht. Aus irgendeinem Grund fängt Giselle an zu bellen und erschreckt uns, dann lächeln wir alle, sogar Anya. Ohne hinzusehen, spüre ich Henrys Blick auf mir.

Dann fängt es an zu regnen.

„Mist", sagt Anya.

Keiner von uns rührt sich. Mein Blick verschwimmt, meine Wimpern werden feucht. Ich drehe meine Handflächen nach oben und beobachte, wie die Regentropfen auf ihnen tanzen. Wann habe ich das letzte Mal im Regen gestanden, einfach nur dagestanden und ihn über mich hinwegwaschen lassen? Vielleicht als Kind. Vielleicht nie. Meine Mom hatte immer Angst, dass ich mich erkälten könnte. Anya und Huan joggen in Richtung des Wegs, aber ich bleibe noch einen Moment auf dem Tank Hill stehen. Henry hält inne und schaut zu mir zurück.

„Maggie, kommen Sie?"

Ich grinse achselzuckend und recke mein Gesicht dem Himmel entgegen. Henry lacht. Ich schüttle das Wasser aus meinen Haaren wie ein Hund und laufe zu ihm.

Der Pfad ist schon ganz rutschig. Giselle geht vor Anya und hüpft verstört von einer Seite des Weges auf die andere, um nicht in den Matsch zu treten. Seymour schlurft ungerührt durch die Pfützen und lässt mit jedem Schritt Schlamm unter seinen breiten Pfoten aufspritzen. In seinem Gang liegt etwas Sorgenfreies, sein Grinsen, die seitlich heraushängende Zunge, wirkt beinahe ekstatisch. Als ich ihn beobachte, verschwimmt mein Blick wieder. Toby hätte das hier auch geliebt; im Regen einen grasbewachsenen Hügel hinunterrennen. Ich bin glücklich und traurig und wieder glücklich. Wir alle schlittern und laufen und wischen uns den Regen aus den Augen. Henry stolpert, und ich packe ihn am Ellbogen, und dann halten wir einander fest, schlurfen und rutschen und eilen den Weg hinunter. Mein Herz rast, aber nicht auf unangenehme Weise. Die Stadt unter uns sieht aus wie mit Aquarellfarben gemalt, alle scharfen Kanten sind weich und zerlaufen.

Wir joggen bis zur Cole Street und lassen uns dort keuchend auf die Stühle an einem Tisch unter der Markise der französischen Bäckerei an der Ecke fallen. Henry springt schnell rein und kommt einen Moment später mit einem Tablett voll heißer Schokolade und einem Stapel Servietten zurück. Wir tupfen uns unsere Gesichter ab und schauen zu, wie das Wasser von der Markise rinnt und der Dampf von unseren Bechern aufsteigt. Giselle rollt sich unter dem Tisch zu einem Ball zusammen. Seymour macht es ihr nach und lässt sich mit dem Stöhnen eines alten Mannes zu Boden sinken, das mich zum Lachen bringt. Dann zwängt er sich zwischen meine Füße und Giselle.

Als Huan und Anya nach drinnen gehen, um ein paar Teilchen auszusuchen, die sie Rosie mitbringen wollen, wird die Stimmung – unser kleiner Tisch, die orangefarbene Markise, die uns vor dem Regen schützt, das Zischen der Reifen der vorbeifahrenden Fahrzeuge, die weichen verschwommenen Lichter der umgebenden Läden – unglaublich romantisch. Henry und ich lächeln einander an. Mein T-Shirt klebt feucht an meinem Oberkörper. Mir müsste eigentlich kalt sein, doch das ist es nicht.

„Ich habe mich gefragt“, sagt Henry, „ob ich Sie wohl mal zum Essen einladen dürfte.“

Ich beiße mir auf die Wange und suche nach einer Antwort, die mich nicht wie eine Verrückte erscheinen lässt.

Ihm zu erklären, dass wir bei einem gemeinsamen Dinner Gefahr laufen, dass ich anfange zu zittern, keine Luft mehr bekomme oder den unwiderstehlichen Drang verspüre, nach Hause zu laufen, fällt damit flach.

„Oder ins Kino“, fügt er an, als ich nicht gleich reagiere. „Oder … einfach nur auf einen Drink?“

„Vielleicht sollten wir das Ganze nicht noch komplizierter machen“, sage ich. „Wegen meiner Beziehung zu Anya.“

„Aber Sie sind nicht ihre Therapeutin.“

„Ja, aber …“

Henry schenkt mir ein angespanntes Lächeln. „Nein, nein, ist schon gut. Vergessen wir, dass ich etwas gesagt habe.“ Er wendet den Blick von mir ab und schaut auf die Straße.

Er zieht weg, rufe ich mir in Erinnerung. Selbst ich kann diese tickende Uhr nicht ignorieren. Ich sehe es schon vor mir: Ich verliebe mich in Henry, dann sind wir ein Jahr lang zusammen und versuchen alles, um diese Fernbeziehung am Laufen zu halten, bis wir endlich das Sackgassenschild sehen, das schon die ganze Zeit vor uns aufgeragt hat.

Wieso brauchen Anya und Huan so lange? Ich rutsche unruhig auf meinem Stuhl hin und her und ziehe meine Füße von Seymour weg. Er schaut zu mir auf und zieht besorgt die Augenbrauen zusammen.

Was ist los? scheint er zu fragen. Seine Ohren wackeln vor und zurück, seine schwarze Nase zuckt, und seine Augen weiten sich, als er meine Signale aufnimmt.

Ich schaue weg. Der Regen fällt immer noch unvermindert stark und bildet schmale schwarze Rinnsale am Bürgersteig. Ich fühle, dass Seymour sich an meine Füße drückt, höre sein Alte-Männer-Seufzen, als er seinen Kopf wieder ablegt, aber ich gucke weiter in den Regen und fange an, meine Atemzüge zu zählen.

14. KAPITEL

Trotz Seymours neuem Bild und seinem „Upgrade“ als Designerhund hat es in den letzten paar Tagen keine Interessenten für ihn gegeben. Sybil und ich beschließen, dass wir ihn in die kleine Gruppe aufnehmen, die wir bei der Spendengala von SuperMutt zur Auktion vorstellen. Bei vorherigen Veranstaltungen dieser Art, sagt Sybil, hätten alle zu versteigernden Hunde am Ende des Abends ein neues Zuhause gefunden, also ist die Sache so sicher, wie sie in der Welt des Hundeschutzes nur sein kann. Wenn Seymour in den nächsten paar Wochen kein festes Zuhause findet, dann ganz sicher an dem Abend.

Anya hat mich zu einem weiteren sonntäglichen Frühstück bei sich zu Hause eingeladen. *Dieses Mal kein verbranntes Rührei*, schrieb sie mir in ihrer E-Mail. Offensichtlich war Henry mit dem Kochen dran. Am Ende der E-Mail hatte Anya geschrieben: *Bitte bring Giselle und Seymour mit. Ich würde Clive gerne so doll ärgern wie möglich.*

Als Grant mir am Sonntagmorgen die Tür öffnet, kommt Seymour sofort hinter der Couch hervor und trottet auf mich zu. Sein Kopf hängt so tief, dass die Ränder seiner Ohren auf dem Boden schleifen, aber sein gesamter Körper tanzt auf diese unterwürfige Art, und er schaut mich mit unverkennbarer Fröhlichkeit in den Augen an.

„Guten Morgen, mein Kleiner“, sage ich und reiche ihm das erste von vielen Leckerchen, die er an diesem Tag noch bekommen wird. Giselle schnaubt ihm ins Ohr, und sein Schwanz wedelt schneller hin und her.

„Seymour! Du kommst freiwillig aus deiner Höhle!“, sagt Grant überrascht. „Er hat scheinbar wirklich einen Narren an dir gefressen, Maggie.“

Ich halte die Tüte mit den Leckerchen hoch. „Fressen“, sage ich. „Der Weg zum Herzen eines jeden Hundes.“ Ich erzähle Grant von unserem Plan, Seymour auf der Spendengala zu versteigern.

Grants Miene sackt in sich zusammen. „Heißt das, er wird bis dahin bei uns bleiben?“

„Würde es den Schlag abmildern, wenn ich dir sage, dass Sybil sicher ist, dass er an dem Abend vermittelt wird?“

Grant seufzt. „Klar. Ein paar Wochen länger kriegen wir das auch noch hin, oder, Seymour? Das ist nur ein einziger Ausflug mehr in den Supermarkt, zu den Saugunterlagen für das Wohnzimmer, die uns allen so ans Herz gewachsen sind, nicht wahr?“ Trotz seines Sarkasmus merke ich, dass Grant erleichtert ist, dass seine makellose Historie als Pflegefamilie für Hunde ungebrochen bleibt.

Wir schaffen es, schnell die Carl Street hinunterzugehen, ohne einen Zug zu hören oder zu sehen. Auf dem ganzen Weg zu Anyas Haus besteche ich die Hunde mit Leckerchen und freue mich zu sehen, dass Seymours Schwanz nicht länger zwischen seinen Hinterbeinen klemmt. Er läuft nicht mit der gleichen fröhlichen Unbekümmertheit wie Giselle, aber ehrlich gesagt sind wir da schon zwei. Ich gebe mich damit zufrieden, dass wir alle draußen sind und unser Bestes versuchen und dass es bisher keine negativen Vorfälle gegeben hat, die unsere Fortschritte zunichtemachen.

„Aus irgendeinem Grund“, sagt Anya, als sie uns die Haustür öffnet, „macht Henry heute nicht seine üblichen Waffeln. Sondern irgendeine komplizierte Quiche und Salat mit Erdbeeren. Man weiß, dass jemand versucht raffiniert zu sein, wenn er Früchte in den Salat tut.“ Sie schenkt mir einen bedeutungsvollen Blick, von dem ich vorgebe, ihn nicht zu bemerken. „Es ist, als käme die Queen zu Besuch."

Aus der Richtung des Esszimmers ruft jemand: „Frühstück!"

Anya verdreht die Augen. „Clive." Sie schaut die Hunde an. „Okay, Leute. Ich zähle darauf, dass ihr so nervig seid, wie es nur geht."

Im Esszimmer liegt Rosie in einem Krankenbett, dessen Kopfteil in eine aufrechte Position gebracht wurde, und Clive und Terrence sitzen auf beiden Seiten neben ihr. Rosie sieht kleiner aus als bei unserem ersten Treffen, scheint mich aber zu erkennen, denn ein zartes Lächeln huscht über ihre Lippen. Ihr Haar ist in einen wunderschönen roten Turban gewickelt, der mit einem schimmernden Goldfaden durchwirkt ist.

„Gefällt er Ihnen?", fragt sie und berührt den Turban. „Wenn ich schon ans Bett gefesselt bin, dachte ich, ich könnte wenigstens etwas Flottes tragen. Man soll mir nicht vorwerfen können, mich gehen zu lassen."

„Das wäre auch unmöglich", sage ich. „Ich liebe den Turban."

„Hallo", sagt Terrence und nickt mir zu. Er sieht auch anders aus als beim letzten Mal – er wirkt blasser, und seine Augen sind rot gerändert und blutunterlaufen. Ich frage mich, ob er am Anfang der Woche bei Rosie im Krankenhaus übernachtet hat.

„Morgen", sagt Clive.

„Guten Morgen", erwidere ich.

Henry stößt die Küchentür auf und lässt ein kleines unsicheres Lächeln aufblitzen, als er mich sieht. „Hi, Maggie", sagt er und stellt eine goldbraune Quiche auf den Tisch.

„Das sieht köstlich aus“, sage ich. Anya bedeutet mir, mich auf denselben Stuhl zu setzen wie bei meinem letzten Besuch. Giselle und Seymour rollen sich auf dem schmalen Platz zwischen Anyas und meinem Stuhl zusammen, und ich gebe ihnen ein paar Erdnussbutterkekse.

„Ich hoffe, es schmeckt auch so“, sagt Henry. „Ich habe etwas Neues ausprobiert. Aber ich glaube, ich habe zu viel gemacht.“ Er sieht Terrence an. „Wo sind Laura und die Kinder? Es ist Ewigkeiten her, dass ich sie gesehen habe.“

„Die haben alle die Grippe. Sie haben das ganze Wochenende über die Couch nicht verlassen. Ich versuche, mich von ihnen fernzuhalten, damit ich nichts an Rosie übertrage.“

Rosie dreht sich nicht zu Terrence, sodass ich nicht sicher bin, ob sie ihn gehört hat, bis sie sagt: „Wie viel Distanz kann man zu seiner eigenen Familie wahren? Wenn ich die Grippe kriege, kriege ich eben die Grippe.“

„Wir wollen doch, dass du gesund bleibst“, sagt Terrence wehmütig. Ich kann nicht anders, er tut mir leid. Es scheint, als versuche er immer wieder ohne Erfolg, die Gunst seiner Großmutter zu erlangen.

„Tja, du siehst zumindest scheiße aus“, sagt Clive und schneidet die Quiche an. „Vermutlich hast du dir trotz deiner vergeblichen Anstrengungen auch die Grippe eingefangen. Danke, dass du uns damit ansteckst.“

Terrence fährt sich mit der Hand übers Gesicht und seufzt. „Ich bin nur müde. Viele Stunden im Laden.“

„Ich schätze, das braucht es, um sich ein großes Haus in St. Francis Wood leisten zu können. Das Haus, das von Matratzen erbaut wurde! Wer hätte das gedacht? Und ich habe wie ein Trottel Jura studiert.“

„Du nagst auch nicht gerade am Hungertuch, Clive", schießt Terrence zurück.

„Aber so wie es aussieht, esse ich nicht halb so gut wie du, Terrence." Clive lacht bellend auf und Terrence' rundes Gesicht läuft rot an.

Jetzt mischt Rosie sich ein. „Wollt ihr euch weiter so kabbeln, wenn ich nicht mehr da bin, oder macht ihr das nur zu meiner Unterhaltung?"

Alle sehen sie schweigend an, dann sagt Clive: „Natürlich ist das nur zu deiner Unterhaltung. Es gibt nichts, was wir mehr lieben als deine Aufmerksamkeit."

Das bringt Rosie zum Lächeln. Sie will eine Hand heben, um Clives Wange zu tätscheln, aber sie fällt zurück in ihren Schoß. Clive nimmt sie, und mir kommt es so vor, als ob seine Unterlippe für den Bruchteil einer Sekunde zittert.

Terrence wendet sich mir zu. Rote Flecken breiten sich auf seinen Wangen aus. „Verzeihen Sie mir, Ms. Brennan", sagt er. „Aber ich weiß nicht so genau … Sind Sie aus beruflichen Gründen hier?"

„Nein", sagt Henry schnell und räuspert sich. „Maggie und Anya sind Freundinnen."

Ich nicke. „Wenn überhaupt, dann ist es Anya, die mir beruflich hilft. Sie hat wundervolle Fotos von den Hunden unserer Pflegefamilien gemacht, die von einer Organisation vermittelt werden, die ich …"

„Hast du dafür überhaupt Zeit, Anya?", unterbricht Terrence mich. „Für ehrenamtliche Tätigkeiten? Zusätzlich dazu, dass du nach Billy suchst, im Rahmenladen arbeitest und aufs College gehst?"

Anya hat, wie ich erfreut bemerke, schon ein ganzes Stück der Quiche verputzt. Die dunklen Ringe unter ihren Augen wirken nicht mehr ganz so tief, und ihre blasse Haut schimmert rosig. „Ich gehe nicht mehr zu den Vorlesungen. Und ich arbeite im Moment auch nicht im Rahmenladen“, sagt sie ruhig. „Das weißt du doch.“

„Nein, ich glaube nicht.“ Terrence’ Stimme wird lauter. „Bist du gefeuert worden? Was ist passiert?“

„Sie macht eine Pause“, sagt Henry.

„Eine Pause davon, halbtags in einem Rahmenladen zu arbeiten?“ Terrence schüttelt den Kopf. „Das muss nett sein.“

„Vielleicht könntest *du* auch mal eine Pause brauchen, Terrence“, erwidert Anya.

„Das könnte ich sicher. Aber ich habe Verpflichtungen. Verantwortung.“ Es klingt nicht so, als wenn Terrence gemein sein will; eher so, als ob er zu müde ist und nicht mehr weiß, was er sagt. Seine Schultern sind zusammengesackt, seine kräftigen Unterarme liegen bewegungslos wie gefällte Bäume neben seinem Teller. Er schaut sich am Tisch um und blinzelt langsam.

„Geht das nur mir so“, fragt Anya, „oder hat Terrence heute Morgen besonders schlechte Laune?“

„Er wirkt gestresst“, stimmt Henry ihr zu.

„Ach, Terrence ist immer gestresst“, wirft Clive ein und wedelt abwehrend mit seiner Gabel. „Normalerweise verbirgt er es nur besser. Vermutlich unter dem Schnurrbart.“

Rosie lacht keuchend auf. „Clive“, sagt sie hustend und lächelnd. „Du bist ein schrecklicher Mensch.“

Clive wedelt wieder mit seiner Gabel in der Luft, verneigt sich ein wenig und grinst.

„Verzeihen Sie“, sagt Terrence wieder an mich gewandt. „Ich versuche nur herauszufinden, was hier genau los ist. Sie sind eine Trauerberaterin für Haustierbesitzer, und Anya hat ein Haustier verloren. Und doch sind Sie nicht ihre Therapeutin, sondern nur ihre neue Freundin? Und für diese nagelneue, aus dem Nichts entstandene Freundschaft nehmen Sie diese ganzen Spaziergänge auf sich?" Er schaut sich am Tisch um. „Bin ich der Einzige, der das seltsam findet?"

„Terrence", ermahnt Henry ihn. „Was ist nur mit dir los? Du bist unhöflich."

„Ist schon gut", sage ich zu Henry. Ich lächle ihn dankbar an, doch ich brauche niemanden, der mich beschützt. Nun ja, abgesehen von einem Hund. Ich strecke die Hand aus, um Giselle zu streicheln, aber Seymours Nase schiebt sich zuerst unter meine Finger, vermutlich auf der Suche nach einem Leckerchen. „Ich weiß, dass er sich nur um Anya sorgt."

„Maggie glaubt mir", sagt Anya. „Sie glaubt, dass jemand Billy gestohlen hat. Es ist schön, endlich jemanden zu haben, der auf meiner Seite steht."

Ich schaue Anya an und muss schwer schlucken.

„Stimmt das?", fragt Terrence mich. „Glauben Sie, dass jemand Billy gestohlen hat? Glauben Sie, dass er noch lebt?"

„Ja", sagt Anya. „Das tut sie."

„Ich frage deine neue Freundin Maggie."

Alle sehen mich an. „Nun, ich ..." Meine Stimme verebbt. Ich spüre Seymours Zunge an meiner Hand und beuge mich ein wenig vor, um ihn zu streicheln. Dabei hoffe ich, dass sich alle jetzt wieder einem anderen Thema zuwenden.

„Maggie?", fragt Anya. „Sag es ihm."

„Oh, erzählen Sie ihr die Wahrheit, Maggie", wirft Clive ein. „Erlösen Sie das arme Mädchen von seinen Qualen. Sie wissen genauso gut wie jeder andere hier, dass der Hund nicht geklaut wurde. Er ist weggelaufen und nicht wiedergekommen."

Anya lässt ihre Gabel klappernd auf den Teller fallen. „Halt den Mund, Clive!"

Ich atme tief durch. „Anya", sage ich leise. „Ich habe dir von Anfang an gesagt, dass ich keine Ahnung habe, ob Billy noch lebt oder nicht, aber dass ich dir gerne helfen möchte."

Anya starrt mich an. „Aber ich dachte, du glaubst mir. Ich dachte, du würdest mir helfen, nach Billy zu suchen. Du hast gesagt, wenn du an meiner Stelle wärst, würdest du das Gleiche tun."

„Das würde ich an deiner Stelle auch. Ich würde vermutlich genau das Gleiche tun. Das stimmt."

„Aber … aber du glaubst nicht, dass ich Billy wirklich finden werde! Du glaubst, er ist tot!"

„Ehrlich gesagt weiß ich nicht, was ich denke", sage ich. „Wie könnte ich behaupten, mir einer Sache sicher zu sein, die ich einfach nicht wissen kann?"

„Du könntest darauf vertrauen, dass *ich* es weiß." Anya hält meinen Blick fest. Dann schüttelt sie den Kopf, und ihre dunklen Haare fallen ihr ins Gesicht. Sie macht sich nicht die Mühe, sie wegzuschieben. „Ich hasse es, dass du mir nur nach dem Mund geredet hast. Ich bin kein Kind mehr. Und ich bin, verdammt noch mal, auch keine Verrückte."

„Aber warum ist es denn so wichtig, ob Maggie glaubt, dass Billy gestohlen wurde?", schaltet Henry sich ein. „Du willst ihr doch nicht vorwerfen, dass sie die Fakten nicht ignorieren kann, oder? Sie war immer ehrlich und hat dich von der ersten Sekunde an unterstützt, Anya."

Anya steht abrupt auf. Giselle und Seymour wirbeln die Köpfe herum, um sie anzusehen. Ich spüre, wie sie sich anspannen. Und ich spüre, wie meine Brust sich zusammenzieht.

„Ehrlich“, speit sie. „Du glaubst, Maggie ist ehrlich zu mir, Henry? Oder zu *dir?* Du glaubst, sie bildet den Pudel zum Therapiehund aus?“ Ihr hartes leeres Lachen durchschneidet das dicke Schweigen im Raum.

Nein. Nein. Nein.

„Anya, bitte …“, sage ich leise, aber mehr Worte bringe ich nicht heraus. Ich versuche, tief einzuatmen, bekomme aber kaum Luft.

„Anya, Süße“, sagt Rosie mit besorgter Miene. Terrence nimmt die Hand seiner Großmutter und flüstert ihr etwas zu.

„Hört auf, mich so anzugucken!“, schreit Anya. „Ihr alle! Ihr seht mich an, als wäre ich verrückt! Glaubt ihr, ich merke das nicht? Ich fühle das nicht? Ich weiß, was ihr denkt. Aber *sie* ist die Verrückte.“ Anyas Blick schießt zu mir herüber, ihr Finger zeigt direkt auf meinen Kopf. „Diese Therapeutin, die du engagiert hast, Henry, damit es *mir* besser geht? Du glaubst, sie ist ehrlich? Dann will ich dir mal die Wahrheit erzählen: Maggie kann ohne einen Hund ihr Haus nicht verlassen. Und selbst mit Hund fängt sie an zu hyperventilieren. Sie bekommt Panik und wird ganz blass und sackt zu Boden. Du solltest sie mal sehen!“

Ich spüre, wie ihr Blick sich in meine Kopfhaut bohrt, aber ich starre nur Giselle und Seymour an und versuche hektisch, meine Gedanken in dem Nebel aus Scham und Demütigung und Panik zu ordnen, der dunkel durch meinen Kopf wabert.

„Das wäre sogar lustig, wenn es nicht so verdammt traurig wäre“, sagt Anya. „Sie soll Menschen helfen? Mir helfen? *Sie* ist die Verrückte! Du glaubst, ich bin von Billy besessen? Sie kann kaum über ihren toten Hund *reden*. So ein Wrack ist sie. Stimmt es nicht, Maggie? Offensichtlich ist gerade die Stunde der Wahrheit. Du glaubst nicht, dass Billy gestohlen wurde, du glaubst nicht, dass er irgendwo noch lebt, und, ach ja, du bist *verdammt verrückt!*"

Ich stehe auf und höre, wie mein Stuhl über den Boden hinter mir schrammt. Mit zitternder Hand packe ich die Leinen der Hunde. Ich will bleiben und mich verteidigen. Ich will meine Fehler zugeben, meine irrationalen Ängste, meine Panikanfälle – und erklären, was ich weiß: Trotz meiner Fehler und vielleicht sogar ihretwegen kann ich Menschen helfen. Meine Angst macht mich schwach, aber sie macht mich auch stark. Aber ich schaue mich am Tisch um und sehe nur Gesichter, die vor Verwirrung und Verärgerung und Sorge verzerrt sind, und ich kann nichts davon aussprechen. Ich kann kaum atmen.

Ich schaue Anya an und sehe, dass sie weint – sogar schluchzt. Henry eilt an ihre Seite und nimmt sie in den Arm.

„Es tut mir leid", flüstere ich.

Die Hunde trotten neben mir her, als ich zur Haustür gehe. Kaum sind wir draußen, rennen wir los.

„Maggie", ruft Lourdes, als sie die Tür öffnet. „Geht es dir gut?" Sie will mich umarmen, aber ich strecke ihr nur Giselles Leine hin.

„Magen-Darm-Grippe", krächze ich. „Halt dich lieber fern."

„Das kam aber plötzlich …", beginnt sie, aber ich eile schon den Pfad zu meiner Wohnung hinunter.

Dann stehe ich in meinem Badezimmer und schrubbe mir die Hände am Waschbecken. Tränen rinnen mir über die Wangen. Ich versuche, nicht daran zu denken, wie Seymour auf unserem gesamten Lauf zu seinem Zuhause den Schwanz eingeklemmt hat, dass ich ihm nicht ein einziges Leckerchen gegeben oder versucht habe, ihn zu trösten. Wie viel Glück ich hatte, dass er nicht versucht hat wegzulaufen. Wer bin ich denn zu sagen, dass ich ihm helfen kann? Oder Anya? Ich schlucke eine Handvoll Vitamintabletten, spüre jede einzelne in meiner Kehle kratzen, und schleppe mich dann ins Wohnzimmer, wo ich erschöpft im Sessel zusammensinke.

Ich vermisse Toby. Er hätte wieder und wieder seine Schnauze unter meine Hand geschoben, bis ich ihn gestreichelt hätte. Er wäre auf meinen Schoß geklettert, weil er, obwohl er groß war, glaubte, ein Schoßhündchen zu sein, und ich hätte unter dem Gewicht seiner Liebe gelacht. Ich hätte sein schlagendes Herz gespürt und Trost darin gefunden, dass es stetig, unverändert und unveränderbar schlug.

Aber ich hätte mich geirrt, was sein Herz angeht. Es war nicht unverändert. Es war nicht unveränderbar.

Es war sein Herz, das uns zum Arzt geführt hat. Wir brauchten eine neue Packung Tabletten gegen Herzwürmer. Was wäre passiert, wenn ich es nicht so eilig gehabt hätte, Philadelphia zu verlassen? Ich hätte eine Jahrespackung der Tabletten von dem Arzt geholt, zu dem wir immer gegangen sind, hätte sie vermutlich einfach am Empfang gekauft, ohne zu fragen, ob es Sinn ergäbe, trotz Tobys Alter die gesamte Ration im Voraus zu kaufen. Natürlich würde er das Jahr überleben. Und noch mehr. Ich hätte die Pillen gekauft, ohne beim Tierarzt vorstellig zu werden, und ich hätte, was? Noch einen Monat mit ihm gehabt? Ein paar Wochen? Oder wäre mir eher aufgefallen, was ich in dem ersten hektischen Monat in San Francisco nicht bemerkt habe? Hätte ich gesehen, dass Toby langsamer geworden war und unter Schmerzen litt?

Der neue Tierarzt in San Francisco wirkte sehr nett. Er war sogar ziemlich attraktiv, wie mir auffiel, nur wenige Augenblicke, bevor er sein Stethoskop an Tobys Brust drückte und die Stirn runzelte. Er schaute in Tobys Mund, inspizierte sein Zahnfleisch. Er strich mit den Händen über Tobys gesamten Körper, wobei er die ganze Zeit beruhigend auf ihn einsprach, ihm sagte, was für ein gut aussehender Kerl er war, was für ein Gentleman. Als seine Hände Tobys Hüften erreichten, schwieg er. Toby leckte sich über die Lefzen – ein Zeichen dafür, dass ihm etwas wehtat, wie ich wusste. Der Tierarzt krauste die Stirn noch mehr, und plötzlich fing mein Herz an zu rasen.

„Wie ist sein Appetit?", fragte der Arzt. „Hat er Probleme mit Inkontinenz? Wirkt er lethargisch?"

„Nein, nein, nein", erwiderte ich, doch meine Sicherheit schrumpfte mit jeder Antwort.

„Was ist?", fragte ich schließlich. „Stimmt etwas nicht?"

Er konnte nicht antworten … noch nicht. Er würde ein paar Tests durchführen müssen. Die Praxis hatte ein Röntgengerät. Könnte ich Toby den Nachmittag über dort lassen?

Drei Stunden lang saß ich im Wartezimmer. Ich habe weder mein Handy herausgeholt noch eine Zeitschrift gelesen oder mich mit der Arzthelferin unterhalten, ich bin nicht rausgegangen, um mir einen Kaffee zu holen oder etwas zu essen. Ich saß einfach da. Die Stunden fühlten sich wie Tage an. Ich wusste, dass mich schlechte Nachrichten erwarteten – an diesem Nachmittag, in einem Monat oder in einem Jahr. Aber ich wusste, dass es kommen würde. Das ist das Problem mit Hunden. Wir packen ein Leben voller Liebe in eine zu kurze Zeitspanne. Wir müssen zusehen, wie sie sterben. Wir müssen sie gehen lassen.

Als der Tierarzt mich schließlich wieder ins Untersuchungszimmer rief, begrüßte Toby mich mit seinem üblichen strahlenden Grinsen. „Er hat Krebs", sagte mir der Arzt. Einen Tumor in den Knochen, und aller Wahrscheinlichkeit nach litt er große Schmerzen. Schlimmer noch, die Röntgenbilder zeigten, dass der Tumor in seine Lungen gestreut hatte.

Meine Hände blieben ganz still auf Tobys Rücken liegen. Ich fing an zu schluchzen. „Aber es geht ihm gut! Es kann nicht sein, dass er Schmerzen hat."

„Einige Hunde sind so", hörte ich den Tierarzt wie aus weiter Ferne sagen. „Sie zeigen ihre Schmerzen nicht. Sie machen einfach weiter, solange es geht." Er hielt inne. „Es tut mir leid, Ihnen das sagen zu müssen, aber Tobys Schmerzen müssen beträchtlich sein."

Ich schüttelte den Kopf. Dieser Mann verstand mich nicht. Ich *kannte* Toby. Ich hätte es gewusst, wenn er Schmerzen gehabt hätte. Doch noch während ich protestierte, dachte ich daran, wie er jetzt rannte; ein langsamer Galopp, die Hinterhand steif. Ich dachte daran, wie er stöhnte, wenn er sich hinlegte, und wie das Aufstehen doppelt so lange dauerte wie sonst. Wie ich ihn nachts in mein Bett heben musste. Aber das waren nur Anzeichen des Alters, vielleicht ein Anflug von Arthritis. Aber keine Schmerzen. Kein Krebs. Tobys Schwanz wedelte immer, seine Augen schauten immer aufmerksam, sein Kopf war so klar wie an dem Tag vor dreizehn Jahren, als wir uns das erste Mal gesehen hatten.

„Es ist schwer für uns zu erkennen, was wirklich los ist, bis wir so etwas sehen", fuhr der Tierarzt fort. Ich wusste, dass er auf das Röntgenbild zeigte, aber ich konnte nicht noch einmal hinschauen. Der Tierarzt hielt inne. „Sobald wir so etwas sehen, bleibt kein Platz für Zweifel mehr. Die Schmerzen sind offensichtlich und werden sich nur verschlimmern – und zwar schnell." Sein Ton war definitiv, aber er enthielt auch eine leichte Frage. Ich wusste, was er mir auf seine nette, sichere, schwere Art sagen wollte. Ich wusste, was er mich fragte.

Ich konnte meine Hände nicht von Toby nehmen. Ich streichelte ihn wieder und wieder. Es tut mir leid, sagte ich ihm stumm. *Ich habe es nicht gewusst. Warum habe ich es nicht gewusst?* Ich habe ihn nicht gefragt, warum er mir nicht gesagt hat, dass er Schmerzen hatte, weil ich sicher war, dass er es getan hatte. Auf seine Art. Und ich hatte es nicht mitbekommen. Ich hatte ihn im Stich gelassen. Ich hatte meinen Freund leiden lassen, weil ich abgelenkt und gestresst war und mich darauf konzentriert hatte, mein Leben neu zu ordnen, wozu ich seine Hilfe brauchte.

Toby schaute mich mit seinem vertrauten Blick an, voller Würde und Vertrauen und Fröhlichkeit, selbst jetzt noch. Sein Schwanz schlug sanft gegen die Bank, auf der ich saß. Ich hatte das Gefühl, er versuchte, mich zu stärken, aber es gab so viele Dinge, die er in diesem Moment vielleicht versucht hat zu übermitteln.

Obwohl ich eigentlich ziemlich realistisch war und trotz meines Berufs, trotz meines Wissens um die Lebensspanne eines Hundes von Tobys Größe stellte sich heraus, dass ein Teil von mir geglaubt hat, Toby würde für immer leben. Von meinen Patienten wusste ich, dass ich damit nicht alleine war. Wir glauben, weil unsere Hunde jeden Tag bei uns sind, weil sie unsere besten Freunde sind, weil die Liebe, die wir für sie empfinden, so pur, so lustig und schön und tief gehend ist, dass *unser* Hund derjenige ist, der es gegen alle Wahrscheinlichkeit schafft. Hätte es für mich ein Schock sein müssen, dass Toby das Ende seines Lebens erreicht hatte? Nein. Aber das war es. Das war es.

Ich wusste, was ich einer Freundin sagen würde, wenn sie das durchmachen müsste. Es war das Gleiche, das ich meinen Patienten erzählen würde, wenn ich nächste Woche meine Praxis eröffnete. *Das ist unsere Verantwortung. Das ist die Bürde der Liebe und Sorge für einen Hund. Wir müssen wissen, wann es an der Zeit ist, auf Wiedersehen zu sagen.*

Ich hielt Toby in den Armen, als der Tierarzt die Nadel setzte. Ich fühlte, wie mein geliebter Hund in meinen Armen schwer wurde, das Gewicht, das ich so viele Male zuvor gespürt hatte, wie es sich auf der Couch gegen mich lehnte, sich auf Spaziergängen gegen mein Bein drückte, aufgeregt über meine Füße stolperte, wenn ich nach Hause kam, das Gewicht, das ich zum letzten Mal fühlte. Ich versuchte mir einzuprägen, wie sein langes, weiches schwarzes Fell sich unter meinen Handflächen anfühlte. An die Form seiner Schnauze, die feuchte Wärme seines grauen Barts, das bezaubernde Goldbraun seiner Augen, die selbst jetzt, als wir uns voneinander verabschiedeten, noch fröhlich und ergeben dreinschauten.

Wir hatten uns getroffen, als ich neunzehn gewesen war, und jetzt war ich zweiunddreißig. Wie wäre mein Leben ohne ihn gewesen? Ich hoffte, dass er wusste, wie viel er mir bedeutete und wie sehr ich ihn liebte.

Ich merkte, dass sein Atem langsamer wurde. Dreizehn Jahre waren wir zusammen gewesen, und jetzt, plötzlich, war unsere Zeit vorüber. Ich war nicht bereit, ohne ihn zu leben, aber ich durfte ihn meine Angst nicht spüren lassen.

Er hatte mir beigebracht, mutig zu sein, weiterzumachen, selbst in der Dunkelheit die Schönheit der Welt schimmern zu sehen.

„Du bist so ein guter Junge“, flüsterte ich wieder und wieder, während ich ihn in den Armen hielt. „Und du hast mir so viel Freude bereitet.“

Ich spürte sein letztes Ausatmen, den letzten Atemzug, der über meinen Unterarm strich, und dann war er fort.

15. KAPITEL

Ich starre blicklos in die Flammen und fühle mich ausgehöhlt und leer, wie man es nur tut, nachdem man stundenlang geweint hat. Da klingelt es an der Tür.

„Ich fühle mich immer noch nicht gut, Lourdes“, rufe ich. „Ich melde mich morgen bei dir.“

Es klingelt erneut. Stöhnend stehe ich auf. Meine Beine schmerzen, weil ich von Anyas Haus nach Hause gelaufen bin, und meine Brust brennt. Irgendwann am Abend hatte ich mir ein Glas Wein eingeschenkt, aber es steht noch unberührt auf dem Wohnzimmertisch. Ich nehme drei tiefe Atemzüge.

„Lourdes, wirklich …“, fange ich an, als ich die Tür öffne.

Es ist Henry. Er sieht so aus, wie ich mich fühle – traurig und erschöpft. „Maggie, es tut mir so leid. Ich wollte Ihnen folgen, als Sie heute Morgen weggelaufen sind, aber Rosie war wirklich verstört und hat einen Hustenanfall bekommen. Ich konnte nicht weg.“

„Oh nein! Geht es ihr gut?“

„Was ihre Gesundheit angeht, ist sie stabil, aber sie macht sich Sorgen um Anya. Sie weiß, dass sie nicht mehr lange unter uns weilen wird, und ich glaube, sie würde alles tun, um sicherzugehen, dass Anya sich von alldem erholt.“

Ich öffne die Tür ein Stück weiter. „Möchten Sie hereinkommen?“

Er nickt und geht an mir vorbei. Dann lässt er sich auf die Couch fallen. Ich setze mich ihm gegenüber, weil ich ihm nicht zu nah sein will. Ich fürchte, er ist hier, um mich dafür zu schelten, dass ich meine mentale Instabilität die ganze Zeit versteckt habe, für die Scharade, die ich ihnen vorgespielt habe. Ich frage mich, ob er vorhat, meinen alten Boss in Philadelphia anzurufen, um ihm von meinem Verhalten zu erzählen, ihn zu warnen, dass er es sich lieber zwei Mal überlegen soll, bevor er mich noch mal weiterempfiehlt. Ich weiß, wie sehr Henry seine Schwester beschützt, wie wütend er auf mich sein muss.

Bislang schaut er mich jedoch nur traurig an. „Anya schlägt um sich, wenn sie verletzt ist", sagt er. „Sie hätte das heute Morgen nicht sagen dürfen."

„Sie hatte jedes Recht dazu. Alles, was sie gesagt hat, stimmt."

Henry scheint mein Eingeständnis nicht zu verwundern. „Darum geht es nicht. Sie hätte es nicht so verkünden dürfen. Sie haben versucht, ihr zu helfen."

Ich senke den Blick und schaue auf meine Hände. „Dabei war ich nicht sonderlich erfolgreich."

„Sie haben mehr getan als jeder andere." Er seufzt. „Hören Sie, Maggie, ich werde Sie nicht anlügen. Wenn ich vor unserem ersten Treffen von Ihren Problemen gewusst hätte, weiß ich nicht, ob ich mich damit wohlgefühlt hätte, Sie für meine Schwester um Hilfe zu bitten. Aber jetzt ist alles anders. Ich kenne Sie. Ich habe Sie mit Anya zusammen gesehen. Ich habe gesehen, wie Sie ihr geholfen haben. Sie haben ihr zugehört und verstanden, wie wichtig die Fotografie für sie ist. Sie haben Sie überzeugt, ihre Kamera wieder in die Hand zu nehmen. Seit Tagen schon erzählt sie von SuperMutt und davon, dass sie überlegt, sich selbstständig zu machen. Verstehen Sie, was das für ein großer Schritt ist, dass sie überhaupt an etwas anderes denkt als an Billy? Wir waren alle mit unserem Latein am Ende, aber

Sie haben einen Weg gefunden, zu ihr durchzudringen. Sie *haben* ihr geholfen, Maggie. Sie helfen ihr immer noch. Das ist eine so große Erleichterung."

Ich schenke ihm ein halbherziges Lächeln. Er wird bald nach Los Angeles ziehen, und ich schätze, er kann das jetzt tun, ohne sich allzu große Sorgen um seine Schwester machen zu müssen.

„Meinen Sie, ich könnte eines davon haben?" Er schaut zu dem Weinglas auf dem Tisch.

Ich nicke. „Ich hätte Ihnen schon vorher eines angeboten, aber ich dachte, Sie wären hier, um mir zu sagen, was für ein fürchterlicher Mensch ich bin. Ich wollte nicht noch Öl ins Feuer gießen."

Als ich aufstehe und auf dem Weg zur Küche an ihm vorbeikomme, streckt Henry die Hand aus und berührt mein Handgelenk. Ich bleibe stehen. „Sie wissen, dass ich Sie nicht für einen fürchterlichen Menschen halte, oder? Nichts könnte weiter von der Wahrheit entfernt sein."

Ich schaue auf seine Hand an meinem Handgelenk. Die Flammen des Kaminfeuers spiegeln sich in seinen Augen. Er zieht weg, sage ich mir, er ist nur eine weitere Sackgasse. Ich löse mich aus seinem Griff und gehe in die Küche. Als ich zurückkomme, reiche ich ihm sein Weinglas, wobei ich darauf achte, dass meine Finger seine nicht berühren.

„Danke", sagt er. Er verlagert das Gewicht und sieht mich mit einem zögernden Ausdruck im Gesicht an. „Ich würde Sie gerne nach den Sachen fragen, die Anya gesagt hat, aber wir müssen auch nicht darüber sprechen, wenn Sie das nicht wollen. Wir können einfach unseren Wein trinken und das Feuer genießen. Ich habe nichts gegen geselliges Schweigen. Das ist ehrlich gesagt meine Lieblingsform der Stille."

Vielleicht ist es die Güte in seinen Augen. Oder die Tatsache, dass er wegzieht und ich ihn vermutlich nie wiedersehen werde und somit nichts zu verlieren habe. Ich atme tief durch und erzähle ihm alles.

„Meine Mutter ist Agoraphobikerin", fange ich an. „Sie hat das Haus seit fünfundzwanzig Jahren nicht mehr verlassen, ohne unter starken Medikamenten zu stehen. Also kann man wohl sagen, dass sie mir alles beigebracht hat, was ich weiß." Ich lächle, um Henry zu zeigen, dass das ein Witz war, aber sein fester Blick wankt nicht. „Notiz an mich: Niemals mit einem Witz über mentale Störungen anfangen."

Jetzt endlich erwidert er mein Lächeln. „Zumindest nicht mit einem schlechten."

„Autsch! Was die Psychologie angeht, ist Humor relativ."

Henry lächelt immer noch. „Ich bin nur überrascht, dass Sie Scherze über die Situation machen." Er wird wieder ernst. „Aber ich möchte wirklich gerne alles hören. Bitte erzählen Sie weiter."

„Sie klingen wie ich. Werde ich hier jetzt etwa analysiert?"

Er streicht sich mit einer Hand über das Kinn und tut so, als würde er mit der anderen etwas in ein Notizbuch schreiben. „Patientin nutzt Humor, um abzulenken …", murmelt er.

Also erzähle ich ihm, wie meine Mutter meine Kindheit in einen strikten Terminplan gepackt hat in dem Versuch sicherzustellen, dass ich ihre Phobien nicht geerbt habe. Und dass ich nun vermute, dass das auch der Hintergrund für den Erwerb der Hunde in meiner Familie war. Ich erzähle ihm von meiner Angst vor Höhen und wie ich sie jahrelang vor meinen Eltern verborgen habe, weil ich ihnen keine Sorgen machen oder sie enttäuschen wollte. Ich erzähle ihm, dass ich auf der Uni gelernt habe, dass Höhenangst den anderen Phobien wie denen meiner Mutter nicht unähnlich ist – bei ihnen allen handelt es sich um Panikstörungen, die auf Angst beruhen. Und auch wenn ich erst kürzlich agoraphob geworden bin, erkenne ich jetzt im Rückblick die ganzen Ängste, die mich schon den Großteil meines Lebens begleiten.

Dann erzähle ich ihm von Toby und wie sehr ich ihn geliebt habe. Ich erzähle ihm, was für ein Trost er in meinen Zwanzigern war, wie sein Überschwang und sein geselliges Wesen meine Sicht auf die Welt verändert und mich angetrieben haben, mehr aus mir herauszukommen. Ja, dass er mich sogar schlussendlich dazu inspiriert hat, die Entscheidung zu treffen, meinen Job aufzugeben und ans andere Ende des Landes zu ziehen.

Die ganze Zeit über, während Henry zuhört, verliert sein Blick nie diesen Schimmer aus Güte und Wärme.

Ich erzähle ihm von Tobys Tod und wie mich auf dem Heimweg vom Tierarzt die Panik so plötzlich überfallen hat, dass ich sicher war, sterben zu müssen oder verrückt zu werden. Und dass die Angst davor, so etwas noch einmal zu erleben, mich für hundert Tage daran gehindert hat, das Haus zu verlassen.

„Eine ganze Weile lang habe ich mir eingeredet, dass Tobys plötzlicher Tod ein so großer Schock für mich war und ich nur trauerte. Ich sage meinen Patienten immer, dass sie in dieser schweren Zeit, die auf den Verlust eines geliebten Wesens folgt, nicht so hart zu sich sein sollen. Dass es okay ist, sich der Trauer zu ergeben, sich zu erlauben, sie wirklich zu fühlen. Im Namen der Trauer habe ich Entschuldigungen für mein eigenes Verhalten gesucht. Aber es war in Wirklichkeit immer mehr als nur Trauer – es war auch Angst. Irrationale, aber lähmende Angst." Ich seufze und schaue in mein Weinglas. Ich habe immer noch keinen Schluck getrunken. „Das ist schwer zu erklären."

„Sie machen das gut", sagt Henry. „Ich bin sicher, dass es schwierig ist, darüber zu sprechen."

„Ich habe Anya kennengelernt, und ihr helfen zu wollen war schließlich die Motivation für mich, einen Weg zu suchen, damit es mir besser geht. Es stellte sich heraus, dass Hunde sehr effektive Helfer dabei sind, dass ein Agoraphobiker das Haus wieder verlassen kann. Also habe ich angefangen, mir Lourdes' Hund auszuleihen und sie auf Spaziergänge mitzunehmen. Giselle ist kein Therapiehund – und ich bilde sie auch nicht im eigentlichen Sinne dazu aus –, aber sie hat mir geholfen."

„Ja, ich hatte schon immer das Gefühl, dass alle Hunde Therapiehunde sind", sagt Henry.

Ich habe diesen Gedanken vermutlich schon tausendmal gehabt, aber nie habe ich ihn so präzise formulieren können. Es kommt mir wie etwas vor, das nur jemand, der Hunde wirklich liebt, sagen kann. „Ja, ich glaube, da haben Sie recht."

„Also, wie fühlt es sich an? Wenn die Panik einsetzt?"

Ich schließe meine Augen und denke nach. „Es ist, als wäre man irgendwo gefangen, wo es nicht genügend Luft gibt. Man ist vollkommen orientierungslos und schwindelig. Die Wände kommen immer näher, aber es sind keine Wände, es ist die eigene Haut, die sich zusammenzieht – um den Hals, die Brust, das Herz, die Adern."

„Mein Gott. Und so fühlen Sie sich jedes Mal, wenn sie rausgehen?"

Ich öffne die Augen und schüttele das Gefühl ab. „Nein, nicht mehr. Es geht schon wesentlich besser ... obwohl ich immer noch nicht versucht habe, ohne Giselle das Haus zu verlassen. In großen Höhen ist es schlimmer, oder wenn ich nicht weiß, wo es nach Hause geht. Deshalb ist San Francisco im Moment nicht gerade der einfachste Ort für mich. Aber ... Sie kennen den Sutro Tower auf den Twin Peaks?"

Henry nickt. „Als Kind fand ich, er sieht aus wie der Dreizack von Poseidon. Ich hatte alle möglichen ausgefeilten Fantasien darüber, dass San Francisco einst Poseidons Unterwasserreich war und er seinen Dreizack zurückgelassen hat, als das Wasser sich zurückzog. Selbst jetzt denke ich jedes Mal, wenn wir ein Erdbeben haben, dass vielleicht Poseidon es verursacht hat – dass er irgendwo da draußen im Meer sitzt und Signale an seinen Dreizack sendet, die ihn erzittern lassen."

Ich lächle. „Wir sollten ihn dem alten Knaben besser zurückgeben, bevor noch jemand verletzt wird."

„Die Hölle selbst kann nicht so wüten wie ein tattriger Gott."

„Tja, bei allem Respekt für den Pantheon – ich hoffe, dass Poseidon den Sutro Tower nie zurückbekommt. Ich fühle mich besser, wenn ich ihn da oben sehe. Ich kann mich an ihm orientieren. Ich halte immer nach ihm Ausschau, wenn ich draußen spazieren gehe. Die schlimmsten Tage sind die, an denen der Nebel ihn verschluckt. Wie auch immer, jetzt kennen Sie meine beiden Geheimwaffen gegen die Panik: Giselle und den Sutro Tower."

„Klingt vollkommen logisch", sagt Henry achselzuckend. „Aber bei mir sind Ihre Geheimnisse sicher."

Und ich glaube tatsächlich, dass das, was ich erzählt habe, für ihn einen Sinn ergibt, und dass er seine Meinung über mich nicht geändert hat. Ich lehne mich im Sessel zurück und spüre, wie ein Gewicht von mir abfällt.

„Da die Anwesenheit eines Hundes so beruhigend auf Sie wirkt – haben Sie mal darüber nachgedacht, wieder einen zu sich zu nehmen?“, fragt er. „Oder ist das noch zu früh?“

„Ich bin sicher, dass ich das irgendwann tun werde, aber noch bin ich dazu nicht bereit. Ich glaube, ich weiß, wenn es so weit ist. In der Zwischenzeit habe ich Giselle. Sie ist mein Pflasterhund.“

„Sie wirkt sehr fröhlich und zuverlässig.“

„Sie ist ein guter Hund“, stimme ich ihm zu. „Warum haben Sie keinen Hund? Sie scheinen sie ganz eindeutig zu mögen.“

„Um Ihnen die Wahrheit zu sagen: Ich habe Billy immer auch als meinen Hund angesehen. Anya hat sich hauptsächlich um ihn gekümmert, das stimmt, aber ich war der liebevolle Onkel.“

„Sie vermissen ihn. Das habe ich nicht gewusst. Tut mir leid.“

Henry zuckt mit den Schultern, als wolle er sagen: *Was soll man machen?* „Er hat ein glückliches Ende verdient. Er war so gut für Anya. Er war jeden Tag für sie da, durch dick und dünn. Für ein Mädchen, das ihre Eltern verloren hat, bedeutet das alles.“ Sein Blick huscht einen Moment zur Seite, und ich spüre beinahe die Schwere seiner Gedanken.

„Es ist interessant“, sagt er dann. „Ich glaube, der Verlust unserer Eltern hat uns alle zu etwas anderen Versionen der Menschen gemacht, die wir vorher waren – oder der Menschen, die wir geworden wären. Clive ist zynischer, sarkastischer. In den letzten zehn Jahren hat er einen konstanten

Strom von Exfreundinnen hinter sich zurückgelassen. Ich glaube, er hat immer noch zu viel Angst vor Verlust, um sich zu erlauben, sich zu verlieben. Terrence hat die entgegengesetzte Richtung eingeschlagen – er hat geheiratet, Kinder bekommen, und ist jetzt ganz der ergebene Familienvater. Er würde alles für sie tun. Und Anya ist diese sehr unabhängige stachelige Person geworden. Als mir das erste Mal auffiel, was los ist, habe ich ihr Billy geschenkt. Ich dachte, ein Hund würde ihr helfen, aus sich herauszukommen."

„Und Sie?", frage ich.

Henry schaut mich verwirrt an.

„Wer sind Sie geworden?"

„Ah." Er fährt sich mit den Fingern durch sein dunkles Haar, und als er die Hand wieder senkt, stehen seine Haare in alle Richtungen ab. Er zieht ein gestresstes Gesicht. „Der Sorgenmacher?"

Ich lache und schüttele den Kopf. „Nein, der Fürsorgliche", sage ich. „Der Kleber."

„Anya würde mir vermutlich vorhalten, ich wäre ‚Superkleber'. Für ihren Geschmack habe ich einen etwas zu großen Beschützerinstinkt."

„Ja, ich erinnere mich an einen zornigen Verrückten, der aus den Büschen gesprungen ist, um mich bei meinem ersten Besuch in ihrem Haus anzuschreien."

Henry krümmt sich lachend zusammen. „Das tut mir leid."

„Ist schon okay. Sie haben mich auf Trab gehalten."

Sein Lächeln schwindet. „Es ist nicht nur Anya. Ich fühle mich auch für Billy verantwortlich. Ich wünschte, es wäre anders gelaufen. Es ist schwer, nicht zu wissen, was mit ihm passiert ist. Und es ist noch schwerer, sich davon abzuhalten, das Schlimmste anzunehmen."

Es fühlt sich beinahe unausweichlich an, dass wir uns einander so öffnen. Als wäre es Henry und mir vorherbestimmt, das zu tun. Es wird immer schwerer, mich daran zu erinnern, dass er wegzieht, dass ich meine Gefühle für ihn zügeln sollte.

„Es war auch schwer, Tobys Leben nicht von seinem Tod überschatten zu lassen“, sage ich. „Ich bin sicher, dass es noch schwieriger ist, wenn man nicht weiß, was mit seinem Hund geschehen ist, wenn über seinem Tod ein Fragezeichen schwebt.“

Henry lehnt sich zurück und mustert mich lächelnd. „Es ist sehr leicht, mit Ihnen zu reden, Maggie. Es muss schön sein zu wissen, dass Sie so vielen Menschen Trost bringen.“

„Tröste ich Sie? Ich dachte, ich wäre nur mitfühlend.“

„Vielleicht ist das das Gleiche.“

„Ja, manchmal“, stimme ich zu.

„Was auch immer es ist, ich fühle mich besser, wenn ich bei Ihnen bin. Ich würde gerne glauben, dass ich etwas Besonderes bin, aber ich schätze, viele Leute fühlen sich in Ihrer Gegenwart besser.“

„Schmeichelei hilft Ihnen gar nichts.“ Ich lächle, aber mein Herz schlägt schneller. Menschen schmeicheln einem immer, bevor sie gehen, ermahne ich mich schnell.

Irgendwann bringe ich Henry zur Tür, aber er scheint nur widerstrebend gehen zu wollen. Ich schätze, ich bin genauso wenig gewillt, ihn zu verabschieden, denn wir beide stehen voreinander, schauen uns an, und keiner streckt die Hand nach dem Türgriff aus. Ohne seinen Blick von meinem zu lösen, legt Henry eine Hand auf meine Schulter und streicht dann über meinen Arm. Er ergreift meine Hand und hebt sie an seine Lippen. Sein Blick ist voller Verlangen, aber auch ein wenig fragend, als wäre er bereit, jederzeit aufzuhören, wenn ich ihn darum bitte. Er drückt einen sanften Kuss auf meinen Daumenballen, während er mich weiter beobachtet. Dann dreht er meine Hand um und küsst meine Handfläche, dann die Innenseite meines Handgelenks. Er schiebt den Ärmel meines Hemdes ein wenig hoch – seine Fingerspitzen sind warm an meiner Haut – und küsst meinen Unterarm.

Er zieht weg, sage ich mir mit jedem Kuss. *Er zieht weg. Er zieht weg. Er zieht weg.*

Aber ich kann ihn nicht aufhalten. Ich kann den Blick nicht abwenden. Ich kann kaum atmen, kaum blinzeln, bis er seine Hände in meine Haare schiebt und ich die Augen schließe und wir uns küssen.

Ich habe keine Ahnung, wie viel Zeit vergangen ist, als Henry sich leicht zurückzieht und sagt, als würde er den Faden einer Unterhaltung wieder aufnehmen, die wir nur einen Moment vorher geführt haben: „Weißt du, es gibt viele hundefreundliche Restaurants in San Francisco. Es gibt eine Menge Orte, die wir zusammen besuchen können. Es muss nicht unbedingt das Kino sein."

Ich lächle. Er streicht mit dem Daumen leicht über meine Lippe; seine Finger ruhen unter meinem Kinn.

„Du hast das schönste Lächeln", sagt er.

Und dann küssen wir uns noch ein bisschen.

16. KAPITEL

Die ganze Woche lang ruft Anya nicht an, schickt keine SMS und reagiert auch nicht auf meine E-Mails. Ich zwinge mich, Seymour weiter mit Giselle abzuholen und mit den beiden durch die Nachbarschaft zu spazieren. Ich weiß, wie leicht es wäre, ohne meine Mission, Anya zu helfen, in alte Gewohnheiten zu verfallen und wochenlang die Wohnung nicht zu verlassen, also zwinge ich mich, an Seymour zu denken und daran, dass ich ihm helfe.

Donnerstag am Spätnachmittag, nach meinem letzten Termin des Tages und lange nachdem ich Seymour und Giselle wieder nach Hause gebracht habe, ruft Sybil an. Sie ruft fast nie an, sondern bevorzugt es, E-Mails zu schreiben, und als ich nun ihren Namen auf dem Display meines Handys sehe, gehe ich sofort ran. Sie ist panisch.

„Oh, Maggie, Gott sei Dank, du bist da! Ich bin hier oben in Tahoe – lange Geschichte – und habe gerade einen Anruf wegen eines Hundes erhalten, der vor dem Whole Foods in deiner Nähe angebunden ist. Einer der Parkplatzwächter sagt, dass der Hund heute Morgen schon da war, als er kam, und den ganzen Tag über nicht abgeholt wurde. Es handelt sich um eine Pitbullhündin, und niemand will sich ihr nähern. Sie ist vermutlich total süß, aber du weißt ja, wie Leute auf vermeintliche Kampfhunde reagieren. Der Parkplatzwächter wollte die Polizei rufen, aber ein Mitarbeiter aus dem Laden meinte, er solle es zuerst bei uns versuchen."

Sybil hält inne, um Luft zu holen. „Ich kann erst in mehreren Stunden wieder in der Stadt sein. Meinst du, du könntest irgendwie da vorbeigehen und die Situation checken?

Wenn du die Hündin nicht über Nacht bei dir behalten kannst, ist das okay. Ich habe bereits eine Pflegefamilie für sie im Kopf, ein Paar, das Pitbulls liebt, und ich kann sie bitten, die Kleine heute Abend noch bei dir abzuholen. Ich will sie nur von der Straße und aus dem System haben."

Das System ist Sybils Wort für Tierschutzvereinigung von San Francisco. Das System ist kein schlimmer Ort für Hunde – ganz sicher besser als die Straße und außerdem ein Tierheim, in dem die Hunde nicht getötet werden. Solange sie als „vermittelbar" gelten, können sie dort bleiben, bis jemand sie mit nach Hause nimmt. Aber eine ruhige erfahrene Pflegefamilie ist immer ein besserer Zwischenstopp für einen Hund auf dem Weg zu seinem endgültigen Zuhause.

„Und regnet es bei euch?", fährt Sybil atemlos fort. „Der Mann von Whole Foods sagte, es regnet. Der arme Hund."

Ich schaue aus dem Fenster. Der Regen sieht leicht aus – der Hund ist vermutlich kalt und nass, aber wenigstens hat der strömende Regen, der letzte Nacht aufs Dach getrommelt hat, aufgehört. Oder war der Hund die ganze Nacht dort angebunden? Ich lausche und höre Giselles Krallen über den Parkettboden klackern.

„Es nieselt ein wenig", sage ich Sybil. „Aber mach dir keine Gedanken. Ich gehe hin und hole den Hund ab."

„Oh, Maggie, danke. Ich bin so erleichtert. Ich rufe gleich Ty an – das ist der Parkplatzwächter – und sage ihm, dass du auf dem Weg bist. Wie schnell kannst du da sein?"

„In einer guten Viertelstunde. Es ist nicht weit von meiner Wohnung."

„Soll ich die Pflegefamilie bitten, die Hündin heute noch bei dir abzuholen?"

„Ja", sage ich. „Ich denke, das wäre das Beste."

Ich klopfe noch einmal fester an Lourde' Tür. Mein Herz wird schwer. Ich habe schon dreimal geklopft. Ich hole mein Handy heraus und versuche, erst ihr Handy und dann ihren Festnetzanschluss anzurufen, aber sie geht nicht ran. In Gedanken trete ich mich. *Warum habe ich nur angenommen, jemand wäre mit Giselle zu Hause?* Das war ein dummer, dummer Fehler. Lourdes hat schon seit Monaten davon geredet, mir für Notfälle einen Schlüssel für ihr Heim zu geben, aber irgendwie haben wir es immer wieder vergessen. Ich beschirme meine Augen mit den Händen und linse durch das Fenster neben der Tür. Giselle sitzt im dunklen Flur und schaut mich an. Ihr Schwanz streicht über den Boden, und sie hat die Augenbrauen verwirrt zusammengezogen. Ich will nicht noch mal klopfen und sie aufregen; sie ist ganz eindeutig allein zu Hause, und so clever sie auch ist – sie wird mir kaum die Tür aufmachen können.

Mein Herz sackt noch ein bisschen mehr, als ich Sybil anrufe und nur ihre Mailbox erreiche. Ich beschließe, keine Nachricht zu hinterlassen. Was sollte ich ihr auch sagen? *Tut mir leid, Sybil, aber dieser verlassene durchnässte Hund wird ins System gehen müssen, weil ich die fünfzehn Blocks zum Supermarkt nicht alleine gehen kann?*

Nein. Ich werde einen armen Hund genauso wenig im Regen sitzen lassen, wie ich vor einigen Wochen Anya nicht einfach habe gehen lassen können, ohne wenigstens zu versuchen, ihr zu helfen. Es gibt Sachen, die größer sind als meine Probleme, und dazu gehören Menschen und Hunde, die in einer verzweifelten Notlage stecken. Ich ziehe mir die Kapuze über und trete von Lourdes' Eingangsstufen in den Regen hinaus.

Wenn es doch nur so leicht wäre. Wenn ich doch nur die nötige Entschlossenheit in mir heraufbeschwören und es einfach tun könnte. Stattdessen neigt sich der Bürgersteig unter meinen Füßen, sobald ich durch die Gartenpforte getreten bin. Meine Kehle wird eng, und da ist wieder dieses fürchterliche Druckgefühl in meiner Brust. Ich klammere mich an den Zaunpfosten und schnappe nach Luft. Dabei kralle ich die Finger so fest um das Holz, dass ich spüre, wie die Splitter in meine Haut eindringen.

Eins.

Zwei.

Ich versuche mich auszutricksen, indem ich mir vorstelle, dass Giselle direkt neben mir steht und mich drängt weiterzugehen, aber es funktioniert nicht. Ich werde direkt hier auf der Straße ohnmächtig werden. Es kommt mir unmöglich vor, dass mein Herz so schnell schlagen kann. Ich schaffe es, durch die Pforte zurückzustolpern und sie hinter mir zuzuschlagen. Lourdes' Haus ist ein verschwommener Fleck in dem grauen Nachmittagsnebel. Ich eile darauf zu, rutsche über die nassen Steine des Weges, stapfe mit den Füßen schwer die Treppe hinauf, bis ich den trockenen Flecken unter dem Vordach erreiche. Dort sinke ich zu Boden, ziehe die Knie an die Brust und atme, atme, atme, aber mein ganzer Körper brennt vor Panik und Scham.

Im Haus bellt Giselle. Ich schüttle den Kopf, versuche, klar zu denken.

Wen kann ich anrufen? *Henry.* Vielleicht holt er den Hund für mich ab. Aber als ich seine Nummer wähle, geht er nicht ran. Ich versuche es noch mal bei Lourdes, aber sie meldet sich auch nicht.

„Wo seid ihr alle?", frage ich laut und schlage mit dem Handy gegen meine Handfläche.

Wen kann ich noch anrufen? Wohl kaum eine Patientin. Ich gehe die Kontakte in meinem Telefon durch und mir wird klar, dass die meisten von ihnen in Philadelphia wohnen. Meine Welt hier in San Francisco ist bemitleidenswert klein.

Am Ende bleibt nur ein Name übrig: Anya Ravenhurst. Ich bin sicher, wenn ich ihre Nummer wähle, wird sie nicht rangehen. Henry hat versprochen zu versuchen, sie dazu zu bringen, mich anzurufen, damit wir über alles reden können, aber meine Erwartungen bleiben niedrig. Sie glaubt, ich hätte sie hintergangen, hätte sie angelogen. Sie würde mir nicht so schnell verzeihen können, wenn überhaupt jemals. Ich hatte ihr geschrieben und erklärt, dass sie recht hat, was mich angeht, dass ich agoraphob bin und ohne Giselle meine Wohnung nicht verlassen kann. Und dass ich ihr nicht vorwerfe, was sie mir gegenüber empfindet. Ich habe ihr gesagt, dass ich immer noch hoffe, dass Billy und sie zueinanderfinden, und dass ich ihr gerne weiter helfe, nach ihm zu suchen, wenn sie mich wieder mitnehmen würde. Sie hat nie darauf geantwortet.

Und jetzt ist sie meine letzte Hoffnung. Ich schreibe ihr eine SMS und hoffe, dass die Nachricht einfach auf ihrem Display erscheint und sie sie liest, bevor sie sich zurückhalten kann.

Dringend. Ausgesetzter Hund vor dem Whole Foods in den Haights. Kann den Hund nicht selbst abholen. Pflegefamilie steht parat, sobald wir den Hund in meiner Wohnung haben. Kannst du helfen? Ruf mich bitte asap an.

Einen Augenblick später klingelt mein Telefon. Ich starre in einer Mischung aus Schock und Erleichterung darauf, aber als ich rangehe, ist Anya kurz angebunden. „Ich helfe dir", sagt sie. „Aber du kommst mit. Ich komme zu deiner Wohnung, und dann holen wir den Hund gemeinsam ab."

„Oh, Anya", sage ich schnell. „Danke, dass du helfen willst, aber … ich kann nicht mit dir gehen. Hast du meine E-Mail bekommen? Du hattest recht. Mit allem, was du gesagt hast. Ich habe diese Angststörung, die es mir unmöglich macht, irgendwohin zu gehen. Ich bekomme Panik. Giselle ist im Haus eingesperrt, und ich bin noch nicht bereit, alleine rauszugehen. Ich kann das nicht."

Anya klingt ungeduldig, abschätzig. „Du wirst nicht alleine sein. Du kannst *mir* gerne eine Leine anlegen, wenn du musst. Ich bin gleich da."

„Nein! Nein, Anya, du verstehst nicht …" Ich schaue auf mein Handy und sehe, dass sie aufgelegt hat.

Am ganzen Körper zitternd, lehne ich mich gegen die Tür. Ich würde gerne in meine Wohnung gehen, mir etwas Trockenes anziehen, den Kamin anmachen und eine Handvoll Vitamin C schlucken. Aber ich bin zu müde. Als ich ein paarmal niese, drückt Giselle ihre Nase gegen das Fenster neben der Tür und dreht den Kopf, um mich besser sehen zu können. Ihre Miene ist neugierig und fragend. Auch wenn ich ziemlich sicher bin, dass ich mich erkältet habe – vielleicht ist es sogar die Grippe –, und obwohl ich weiß, dass Anya jede Sekunde durch das Tor stürmen und versuchen wird, mich in die Stadt mitzuzerren, kann ich nicht anders, als zu lächeln, als ich Giselles pfirsichfarbene Zuckerwattelocken platt gegen das Fenster gedrückt sehe.

Hunde.

Zehn Minuten später kommt Anya mit großen Schritten und energisch wie ein Güterzug durch die Pforte. Ihr Gesicht ist erhitzt, und unter ihrem Indiana-Jones-Hut klebt eine Strähne ihres dunkelbraunen Haares an ihrer Stirn – entweder vom Schweiß oder vom Regen. Eine Leine und ein Halsband baumeln von ihrer Hand. Ich stehe auf, als sie die Stufen zu mir heraufspringt.

„Hier", sagt sie und hält mir die Leine hin. „Gehen wir."

Ich starre sie an. „Anya, ich werde dir keine Leine anlegen."

„Die ist für den Hund, Maggie. Den, den wir retten wollen."

Mein Lachen klingt selbst in meinen Ohren ein wenig hysterisch. „Oh. Stimmt. Gut gedacht."

„Du hast wirklich geglaubt, ich würde mich von dir an die Leine legen lassen?"

„Nein! Ich … ich weiß es nicht. Vielleicht. Ich kann nicht klar denken. Was du von mir verlangst, kann ich nicht …"

Anya verschränkt die Arme vor der Brust. „Du kommst mit mir."

„Bitte hör mir nur zu. Ich weiß, dass ich im Moment nicht dein Lieblingsmensch bin, aber, bitte, finde einen anderen Weg, um mich zu bestrafen. Ich kann nicht da rausgehen … Ich werde eine Panikattacke bekommen. Ich bekomme keine Luft mehr, und mein Herz dreht durch und mir wird schwindelig. Ich könnte ohnmächtig werden und mir den Kopf aufschlagen. Ich weiß es nicht. Ich weiß nie, was passieren wird."

Anyas Miene bleibt hart.

„Du bist wütend auf mich", versuche ich es erneut. „Aber wir müssen im Moment an den Hund denken. Kannst du ihn nicht einfach holen und später böse auf mich sein? Ich kann niemand anderen anrufen. Ich brauche wirklich deine Hilfe."

„Ich bin hier, oder etwa nicht? Ich *helfe* dir. Vielleicht nicht so, wie du es gerne hättest, aber wir bekommen nicht immer, was wir wollen, oder?“

Ich höre Giselles Atem hinter mir, als sie schnaubt, um durch den Türspalt unseren Geruch zu erschnüffeln. Ich schaue an Anya vorbei zur Gartenpforte. Eine Welle von Panik ankündigenden Gefühlen spült über mich hinweg. Das pochende Flattern in meiner Brust. Die zitternden Finger. Die enge Kehle. Ich balle meine Hände zu Fäusten und lasse sie wieder locker.

Anya beobachtet mich. „Hör zu, ich habe mich entschieden. Ich werde nicht ohne dich gehen. Wir werden diesen Hund gemeinsam retten oder gar nicht.“ Als ich nicht antworte, wird ihre Stimme etwas weicher.

„Es ist mir wirklich egal“, sagt sie, „ob du weinst oder zitterst oder ohnmächtig wirst oder dir in die Hosen machst oder aussiehst wie eine verdammte Verrückte. Du hast mich so oft Billys Namen von praktisch jedem Hügel in jedem Park in dieser Stadt schreien hören, und hat es mir etwas ausgemacht, dass du mich dabei gesehen hast? Hat es mich davon abgehalten zu tun, was ich tun musste? Nein. Also wie auch immer, Maggie, du tust, was *du* tun musst. Wenn du zuckend zu Boden fällst, werde ich dich wieder aufheben. Ich bin stärker, als alle denken. Ich werde die ganze Zeit bei dir sein. Wir gehen zum Supermarkt, und wir gehen wieder zurück, und bevor du es bemerkst, sind wir wieder in deiner Wohnung und du wirst einen Hund, der deine Hilfe benötigt, gerettet haben, und das ist die ganze Scheiße wert, die du in den nächsten dreißig Minuten durchmachen musst. Das sage ich mir immer, wenn ich da oben bin und nach Billy rufe. Ich werde ihn finden, und es wird es wert gewesen sein.“

Die ganze Zeit, während sie spricht, starre ich auf die Pforte. Wie soll ich in Zukunft mit mir selbst leben, wenn ich diesem Hund nicht helfe? Wenn ich meine irrationalen Ängste nicht beiseiteschieben und fünfzehn Blocks gehen kann? Ich nicke. „Okay."

Anya packt meinen Ellbogen und führt mich die Stufen hinunter, den Weg entlang und durch das Gartentor.

„Langsam", keuche ich, aber wir sind bereits auf dem Bürgersteig.

„Nein", sagt sie. „Lass uns das hier einfach tun. Einen Fuß vor den anderen setzen. Vorwärts, vorwärts, vorwärts. Der Hund hockt schon viel zu lange im Regen."

Ich wünschte, ich könnte mit geschlossenen Augen gehen. Stattdessen halte ich meinen Blick fest auf meine Füße gerichtet. Wir schaffen es ein paar Häuser die Straße hinunter, bevor ich stolpere. Dieser plötzliche Fehltritt schnürt meine Kehle so fest zusammen, dass ich sicher bin zu ersticken. Ich reiße mir die Kapuze vom Kopf und atme tief und pfeifend ein. Der Regen ist stärker geworden und kalt. Er sucht sich seinen Weg unter mein Shirt und läuft mir den Rücken hinunter.

„Okay", höre ich Anyas abgehackte entschlossene Stimme neben mir. „Was machst du normalerweise, wenn das passiert?"

„Ich … zähle … meine … Atemzüge."

„Du zählst deine Atemzüge?"

Ich werfe ihr einen Blick zu.

„Gut. Du zählst deinen Atem. Machst du das gerade? Es sieht nicht so aus. Also tu es."

Ich schließe die Augen und versuche, den Drang zu unterdrücken, in mein Apartment zurückzulaufen. Der Boden schwankt unter meinen Füßen. In weniger als einer

Minute könnte ich durch meine Tür sein. *Irgendjemand anderes wird den Hund retten, oder? Der Regen ist gar nicht so kalt. Der Hündin wird es im System gut gehen. Sie wird es überleben. Alles wird gut.*

Angeekelt schiebe ich die Gedanken beiseite.

Eins.

Zwei.

Drei.

Vier.

Mein Blick klärt sich. Der Boden wird fest. Ich richte mich auf. Anya umfasst wieder meinen Ellbogen und eilt voran, führt mich immer weiter von meiner Wohnung weg. Der Sutro Tower liegt hinter uns. Als ich mich umdrehe, ist er von Wolken umgeben, unsichtbar.

Anya zieht mich mit sich. Sie scheint beschlossen zu haben, dass reden mich ablenken wird. Wobei, nicht wirklich reden, sondern zuhören. Anya ist diejenige, die redet. Sie erzählt mir, dass sie seit unserem letzten Treffen zwei weitere Hunde für die SuperMutt-Spendengala fotografiert hat. Huan hat sie begleitet. Er war keine große Hilfe, aber sie glaubt, dass er vielleicht am Ende einen der Hunde aufnehmen wird, die sie fotografiert haben – einen „lustigen kleinen gestreiften Hotdog", der einen Narren an ihm gefressen hat (Richard Nixon, denke ich, als ich mich an den Hund von der Website erinnere) –, sollte er es jemals schaffen, bei seinen Eltern auszuziehen. Nicht, dass sie in der Position wäre, mit Steinen zu werfen, wie sie weiß, auch wenn sie glaubt, dass es einen signifikanten Unterschied gibt, ob man mit seiner ältlichen kranken Großmutter lebt oder bei seinen Eltern, die jeden Abend für einen kochen und am Dienstag die frisch gewaschene Wäsche gefaltet auf das Bett legen. Sie wirkt aber trotzdem beeindruckt davon, dass er über diesen kleinen Akt der Rebellion nachdenkt – sich einen Hund zuzulegen.

Anya erzählt mir, dass Rosie noch schwächer wirkt als letztes Wochenende. Henry, Clive und Terrence haben angefangen, darüber zu reden, sie in ein Hospiz zu verlegen. Anya hasst die Vorstellung, aber sie ist nicht blind. Sie weiß, dass es für ihre Großmutter keine Besserung mehr gibt. Und Rosie würde es vermutlich gar nicht so viel ausmachen auszuziehen – sie hatte noch nie sonderlich an dem Haus gehangen.

„Es scheint, als verändern sich alle auf einmal“, sagt Anya. Sie glaubt, wenn sie irgendwann mit Rosie über die Hospizpläne sprechen, lacht ihre Großmutter vermutlich darüber, dass Anya der Vorstellung so widerstrebend gegenübersteht. Rosie hat Veränderungen schon immer geliebt. „Sie ist ein echter rollender Stein“, sagt Anya. „‚Dieses Haus ist nur eine Sache‘, hat sie immer zu mir gesagt. ‚Es kann deine Liebe nicht erwidern. Auf unserer Liebesliste sollten klopfende Herzen immer ganz oben stehen.‘“

Dieser Ausdruck – *klopfende Herzen* – durchdringt das taube Wirrwarr meiner Gedanken, als ich weitereile, den Blick fest auf meine Füße gerichtet.

„Oh, und ich habe Sybil gemailt“, fährt Anya fort. Sie springt von einem Thema zum nächsten, als wären es Steine, die über einen Fluss führen. „Ich habe ihr angeboten, eine Fotosession für die SuperMutt-Auktion zusammenzustellen. Sie ist übrigens echt cool, wie du gesagt hast. Sie will, dass ich Visitenkarten mitbringe und an die Gäste verteile. Ich glaube, das werde ich machen. Also dieses ganze Ding mit dem Fotografieren. *Anya Ravenhurst Fotografien.* Ich werde mich im nächsten Semester am City

College für einen Kurs in BWL für Kleinunternehmer einschreiben. Ich werde auch wieder im Rahmenladen arbeiten müssen, weil ich weiß, dass es eine Weile dauert, bis ich mit dem Fotografieren genügend Geld verdiene. Vielleicht werde ich auch nie Geld damit verdienen. Aber es bewahrt mich davor, dass mir der verdammte Job im Rahmenladen alle Energie aussaugt. So, wir sind da."

Ich schaue blinzelnd vom Bürgersteig hoch. „Was?"

„Wir sind da. Am Supermarkt."

Ich sehe mich um und lache. Ich lache tatsächlich. Ich kann es nicht glauben. Anya zuzuhören scheint mich in eine Art Benommenheit versetzt zu haben. Ich habe es den ganzen Weg zum Supermarkt geschafft, ohne eine ausgewachsene Panikattacke zu bekommen.

Anya lässt meinen Ellbogen los, und wir eilen nebeneinander über den Parkplatz. Auf dem nassen Bürgersteig liegt ein Pitbullmischling. Ihr weiß-braunes Fell glänzt feucht vom Regen. Eine rote kratzig aussehende Leine führt von ihrem Hals zu einem Fahrradständer. Jemand hat ihr eine Schüssel mit Wasser hingestellt, die jetzt vom Regen überläuft. Die Hündin beobachtet unser Näherkommen über den Parkplatz, als wüsste sie, dass wir ihretwegen hier sind. Alle paar Sekunden zittert sie. Ihre knochigen Rippen bewegen sich unter ihrem Fell, ihre dunklen Augen lassen meinen Blick die ganze Zeit nicht los. Ich sehe, wie sich ihr kräftiger Unterkiefer anspannt, als wir näher kommen. Ihre weißen leicht geknickten Ohren stehen auf beiden Seiten ihres Kopfes ab und lassen sie etwas weniger einschüchternd wirken. Sie sieht ein wenig aus wie Sally Field in der Serie „The Flying Nun".

Plötzlich springt die Hündin auf die Beine und bellt, zerrt an der Leine, doch als ich ein paar Schritte von ihr entfernt stehen bleibe, hört sie sofort auf und wedelt wie wild mit dem Schwanz. Ihre flügelartigen Ohren presst sie gegen ihren Kopf und streckt ein paarmal ihre Zunge heraus, als versuche sie, mich auf diese Entfernung abzuschlabbern.

„Hey, meine Süße“, sage ich leise. Ich gehe langsam vorwärts und murmele dabei besänftigend. Als ich bei ihr ankomme, halte ich ihr meinen Handrücken hin. Sie schnüffelt daran und leckt dann einmal darüber. Ihr ganzer Körper wackelt zur Begrüßung. „Du bist gar nicht so tough, oder?“, sage ich und tätschle ihren kalten nassen Kopf. Ich drehe mich zu Anya um. „Ich hätte ein Handtuch mitbringen sollen. Sie ist total durchnässt.“

„Bald haben wir sie ja trocken und warm in deiner Wohnung“, erwidert sie. „Ich habe aber hieran gedacht.“ Sie hockt sich neben mich und holt ein paar Hundekekse aus der Jackentasche. Die Hündin verschlingt sie so schnell, dass es kaum zu glauben ist. Währenddessen legt Anya ihr das neue Halsband an und hakt die Leine ein. Dann versucht sie, den Knoten in dem kratzigen Seil zu lösen. „Der sitzt zu fest. Wir brauchen eine Schere.“

Einer der Parkplatzwächter sieht uns und kommt zu uns herübergelaufen. „Ist das Ihr Hund?“

„Nein.“ Ich stehe auf. „Aber wir nehmen ihn mit uns. Ich bin Maggie. Sind Sie Ty? Sybil von SuperMutt hat uns hergeschickt.“

„Oh, gutes Timing. Der Hund bellt die Kunden an, und mein Chef wollte gerade die Polizei rufen.“

„Haben Sie vielleicht eine Schere, mit der wir das Seil durchschneiden können?“, fragt Anya.

Ty joggt in den Supermarkt und kommt mit einer Schere zurück. Wir schneiden den Hund los, danken Ty für seine

Hilfe und machen uns auf den Weg über den Parkplatz. Anya hält mir die Leine hin.

„Willst du sie nehmen? Ich finde, das hast du dir verdient."

Ich nehme die Leine. Ein großer Teil von mir will sie fest um meine Hand wickeln, den Zug des Hundes spüren, der mich erdet, ablenkt, mitreißt. Aber ich hatte es den ganzen Weg hierher ohne dieses Gefühl geschafft und überlebt. „Nee", sage ich. „Nimm du sie."

Anya nickt. Der Regen kommt jetzt fast waagerecht, und wir müssen uns gegen ihn stemmen. Im leichten Trab laufen wir über den Bürgersteig, der auf der gegenüberliegenden Straßenseite vom Golden Gate Park verläuft. Ich sehe die dunkle Öffnung des Tunnels, der zu dem Weg führt, an dem ich am Tag von Tobys Tod die Panikattacke hatte. Innerhalb von wenigen Sekunden sind wir am Tunnel vorbei; er liegt hinter uns, und obwohl es regnet, summt ein warmes Gefühl in mir, wie der milde Schein des Sonnenaufgangs, der den Himmel erhellt.

Der Hündin scheint die Leine nichts auszumachen. Sie geht entspannt und schwanzwedelnd zwischen uns. Alle paar Schritte schaut sie zu einer von uns auf, und ich könnte schwören, dass es Erleichterung ist, die ich in ihrem Blick sehe. Sie ist lebhaft, hat aber nicht den grenzenlosen zittrigen Enthusiasmus eines Welpen. Wenn ich raten müsste, würde ich sagen, dass sie drei oder vier Jahre alt ist. Das ist ein schönes Alter für einen Hund ihrer Größe; es ist das Alter, in dem ein Hund seine Persönlichkeit entwickelt hat, aber noch keine körperlichen Anzeichen des Alterns zeigt. Seymour ist vermutlich genauso alt.

„Wie sollen wir sie nennen?", fragt Anya.

Die weißen Ohren der Hündin flattern bei jedem Schritt, und wenn man auf den braunen Fleck dazwischen schaut, sieht er ein wenig aus wie ein Pony. „Wie wäre es mit Sally? Nach Sally Field aus *The Flying Nun*?“

Anya schaut mich ausdruckslos an.

Ich lache. „Das ist eine Sendung aus den Sechzigern. Meine Mom war nahezu süchtig danach.“

Anya zuckt mit den Schultern und gibt der Hündin noch ein Leckerchen. „Hier, bitte schön, Sally.“

In meiner Wohnung ziehen wir unsere nassen Jacken aus, und ich trockne Sally mit einem Handtuch ab. Sie genießt die Massage, dreht ihren Körper hin und her und lehnt sich fröhlich schnaubend gegen mich. Sie ist einer dieser Hunde, die lächeln, wenn sie sich freuen. Ihre Lefzen ziehen sich hoch, und ihre Augen funkeln. Ich hole Tobys Näpfe und sein Fressen heraus und gebe sie Anya. Sie fragt nicht, warum ich die Sachen immer noch habe. Ich bin sicher, sie weiß, dass ich es einfach noch nicht über mich gebracht habe, sie wegzuschmeißen. Sie gibt Sally etwas zu fressen, und ich mache im Wohnzimmer den Kamin an und stelle in der Küche den Wasserkessel auf den Herd, um Tee zu machen. Während ich darauf warte, dass das Wasser kocht, schicke ich Sybil eine SMS, um sie wissen zu lassen, dass wir den Hund haben. Sie antwortet sofort – *ach, jetzt geht sie an ihr Handy,* denke ich – mit ihrer üblichen überschwänglichen Dankbarkeit und bestätigt, dass die Pflegefamilie die Kleine in ein paar Stunden abholen wird.

Übrigens, schreibt sie dann, *ich habe deine Kontaktinformationen diese Woche an jemanden weitergeleitet. Eine Frau namens Linda, die vor sieben Jahren einen Hund von uns aufgenommen hat. Dieser Hund ist gerade gestorben, und sie ist am Boden zerstört.*

Als ich ins Wohnzimmer zurückkehre, sitzt Anya vor dem Kamin auf dem Boden. Sally hat sich neben ihr ausgestreckt. Ihr Kopf ruht friedlich auf Anyas Oberschenkel, ihre Augen sind halb geschlossen. Ihr Schwanz klopft auf den Boden, als ich näher komme, aber sie hebt nicht den Kopf. Der Futternapf neben ihr ist blank geleckt. Ich reiche Anya einen Becher Tee und lasse mich mit dem anderen in meinen Sessel sinken. Ich nippe an dem heißen Tee, spüre, wie er meine Kehle hinunterrinnt und meine Brust von innen wärmt. Das Geräusch des Regens draußen ist stetig und beruhigend. Die Fenster beschlagen gemütlich. Anya streichelt abwesend Sallys Kopf. Immer wieder ruht ihre Hand einen Moment und fängt dann wieder an. Die Hündin zuckt mit einem Ohr, streckt sich und seufzt tief.

„Irgendeine Chance, dass du darüber nachdenkst, sie zu behalten?", frage ich.

„Das könnte ich nicht. Das würde sich anfühlen, als gäbe ich Billy auf."

„Du müsstest ja nicht aufhören, nach ihm zu suchen. Und wenn du ihn gefunden hast, könntest du Sally trotzdem behalten. Dein Haus ist groß genug für zwei Hunde."

Anya schüttelt den Kopf. „Ich bin ein Ein-Hund-Mensch. Vielleicht will ich irgendwann noch einen, aber im Moment fühlt sich einer genau richtig an."

Im Moment hat sie natürlich überhaupt keinen Hund, aber das werde ich nicht laut sagen. „Ich weiß, was du meinst", sage ich. „Bei mir und Toby war es genauso. Man wird füreinander zum Rudel, wenn man nur zu zweit ist." Ich schaue ins Feuer und überlege, wie ich fortfahren soll. „Ich will, dass du weißt, dass mir deine Hoffnung, Billy zu finden, immer gefiel. Was das angeht, habe ich dir nie etwas vorgemacht." Ich atme tief durch. „Gleichzeitig sind es jetzt sechs Wochen. Ich weiß, das ist nicht das, was du hören willst, und ich sage auch nicht, dass du aufhören sollst, nach ihm zu suchen, wenn du dazu noch nicht bereit bist. Aber ein Hund da draußen in der Stadt, ganz auf sich allein gestellt …"

„Er ist nicht allein."

„Aber …"

„Ist er *nicht*", wiederholt sie. Sally hat die Augen jetzt geöffnet, und obwohl sie ihren Kopf nicht anhebt, schafft sie es, mir einen Blick zuzuwerfen, der besagt: Müssen wir das jetzt besprechen? *Ich hatte einen harten Tag.* „Ich habe es dir doch schon gesagt", fährt Anya fort. „Billy ist nicht alleine da draußen. Er ist nicht weggelaufen. Jemand hat ihn gestohlen."

Sie klingt so sicher, und der Mangel an Wut oder Abwehr in ihrer Stimme hält mich davon ab, sofort darauf zu reagieren. Wie kann sie sich so sicher sein? „Gibt es etwas, das du mir nicht erzählt hast?", frage ich.

Sie schüttelt den Kopf und schaut mich überrascht an. „Nein. Ich habe dir alles erzählt."

Ich glaube ihr, frage mich aber zum ersten Mal, ob es etwas gibt – einen wichtigen fehlenden Fakt – den sie irgendwo in ihrem Unterbewusstsein vergraben hat. Etwas, das sie so sicher macht, wieder mit Billy vereint zu werden. Was, wenn all das – ihre Besessenheit, Billy zu finden, ihre Wut – nichts mit Trauer zu tun hat, sondern mit irgendeinem verborgenen Wissen, auf das sie keinen Zugriff hat? Ist das am Ende nicht das, worauf Intuition hinausläuft? Ein Teil des Gehirns fügt die Fakten zusammen, zieht Schlüsse, die unbegründet erscheinen mögen, aber auf einer Reihe von subtilen Hinweisen beruhen, die nur zu leicht zu ignorieren sind?

Ich beschließe, das Thema für den Moment fallen zu lassen, aber Henry noch einmal auf die Frage anzusprechen. Ich erkenne, dass ich so darauf fokussiert war, Anya meine Unterstützung durch meine Freundschaft anzubieten und dabei zu versuchen, mich selbst zu heilen, dass ich nie wirklich darüber nachgedacht habe, ob sie vielleicht recht hat. Aber wer würde Billy stehlen wollen?

„Sally ist wirklich süß", sagt Anya und krault die Hündin hinter den Ohren. „Sie wirkt wie ein guter Hund. Warum behältst du sie nicht? Oder, wenn nicht sie, dann Seymour? Ich sehe, wie gut du mit ihm zurechtkommst. Ist es wegen Toby?"

Ich nicke. „Ich bin einfach noch nicht bereit. Ich glaube, es wäre ein Fehler, überstürzt einen neuen Hund zu mir zu nehmen."

Anya sieht mich an. „Ich weiß, dass du Unmengen über Trauer weißt und wie man damit umgeht und welches die richtigen Schritte sind und alles, aber vielleicht schießt einiges davon am Ziel vorbei. Vielleicht ist die Liebe eines Hundes genau das, was du brauchst, um das hier zu überstehen. Ich will damit nicht sagen, dass Toby ersetzbar ist – denn ich bin sicher, das ist er nicht. Du wirst niemals einen anderen Hund haben, der ist wie er."

„Nein", sage ich leise. Die Tatsache, dass es nie wieder einen Hund wie Toby geben wird, ist herzzerreißend bittersüß. Es ist ein Zeugnis dafür, was für ein einzigartig wundervoller Hund er war, und eine Erinnerung daran, dass ich nie aufhören werde, ihn zu vermissen.

„Seymour ist überhaupt nicht wie Toby. Er würde ihn nicht ersetzen, aber er könnte trotzdem …" Anyas Stimme verebbt nachdenklich. „Er könnte trotzdem deine Rettungsweste sein. Er könnte dich über Wasser halten."

„Das Gleiche könnte ich zu dir über Sally sagen."

„Aber Billy ist nicht tot." Als ich nichts sage, fährt Anya fort: „Du wirst vermutlich nie über ihn hinwegkommen." Sie sagt das ganz sachlich, als wenn sie mir eine Medizin hinhält, die zu nehmen ich mich nicht weigern kann.

Obwohl meine Augen sich mit Tränen füllen, werde ich nicht von Traurigkeit überwältigt. Vielleicht liegt es daran, dass ich gerade den ganzen Weg zu Whole Foods gelaufen bin, ohne eine ausgewachsene Panikattacke zu kriegen. Oder vielleicht liegt es einfach nur daran, dass die Zeit weiterläuft und mich die Erkenntnis, dass ich nie aufhören werde, Toby zu vermissen, nicht mehr so hart trifft, wie sie es einst getan hat.

„Du hast recht."

Ich fühle mich erleichtert, als ich die Worte ausspreche. Ein Gefühl der Akzeptanz breitet sich in mir aus. Wir tragen unsere Lieben und unsere Verluste mit uns herum, und auch wenn wir nicht wissen können, was vor uns liegt: Auf dem Weg lernen wir weiterzumachen. Und es ist wirklich egal, von wem – einem Hund oder einem Menschen.

17. KAPITEL

Ein paar Tage später weint Linda Giovanni schon, bevor sie noch meine Couch erreicht hat. Ich reiche ihr eine Box mit Taschentüchern und lächle sie traurig an. Sie ist sehr schön, selbst im Weinen. Ihr karamellfarbenes Haar liegt gekonnt über einer Schulter und ihre ausgeprägten Wangenknochen verlaufen elegant zu ihren Saphirohrringen. Sie ist keine Frau, von der ich mir hätte vorstellen können, dass sie Hunde aus dem Tierheim aufnimmt, aber das zeigt nur, wie wenig man weiß, wenn man nicht fragt.

Also frage ich. „Wollen Sie mir von Morty erzählen?"

Sie presst das Taschentuch an ihre Augen und verschmiert dadurch ihre Wimperntusche. „Ich habe ihn vor sieben Jahren von SuperMutt übernommen. Wir glauben, er war damals drei." Sie wühlt in ihrer Handtasche, nimmt ihr Handy heraus und reicht es mir. Auf dem Display erscheint das Foto einer Bulldogge mit schwerlidrigen schwarzen Augen. Er sieht aus wie Sylvester Stallone vor seinem Lifting. Es ist schwer, bei seinem Anblick nicht zu grinsen. Ihnen haben bestimmt viele Leute nachgeschaut – Morty mit seinen wabbeligen Lefzen und dem fabelhaften Unterbiss, wie er neben der schicken schlanken Linda herläuft.

„Was für ein Charmeur", sage ich.

Lindas Lippen zittern. „Er war ein guter Junge." Sie nimmt mir das Telefon ab und schaut einen Moment darauf, bevor sie es wieder in ihre Tasche fallen lässt. „Er war wie mein Kind. Oder mein bester Freund. Vermutlich beides." Sie spielt mit dem Taschentuch in ihren Händen. „Als ich ihn zu mir genommen habe, war ich sechsunddreißig und

Single. Ich hatte aufgeben, noch einen Mann zu finden. Ich dachte einfach, es gäbe ihn nicht. Und ich dachte nicht, dass ich jemals Kinder bekommen würde. Ehrlich gesagt war ich nicht einmal sicher, ob ich überhaupt Kinder wollte. Ich dachte, ich hole mir stattdessen einen Hund. Und dann ... dann habe ich mich Hals über Kopf in Morty verliebt." Sie senkt den Blick. „Ich weiß, das klingt albern."

„Für mich nicht."

Linda seufzt. „Einige Menschen brauchen Yoga oder lange Joggingrunden oder einen großen Becher Kamillentee mit Honig. Ich brauchte nur das leise Atmen meines Hundes, wenn er in meiner Nähe schlief. Ich musste nur sehen, wie seine Brust sich hob und senkte, so süß und gleichmäßig." Ihr Gesicht, das eben noch ganz weich gewesen war, fällt zu einer Landschaft aus Falten und Schatten zusammen wie ein zu Boden geworfenes Bettlaken. „Ich habe es geliebt, mich um ihn zu kümmern", fährt sie zitternd fort. „Ich habe es geliebt, wie er mich geliebt hat. Ich arbeite im DeYoung-Museum in der Spendenabteilung, und für einen Moment hatte ich mir sogar überlegt, mir einen anderen Job zu suchen, zu dem ich Morty mitbringen könnte. Doch dann haben meine Freunde mich überzeugt, dass ich es ein wenig übertreibe." Sie schüttelt den Kopf. „Das war eine seltsame Zeit für mich, aber Morty hat alles ein wenig heller gemacht. Er war sehr lustig."

„Wirklich? Auf welche Weise?"

Linda schaut zur Decke und erinnert sich. „Er war so ausdrucksstark! Ich schwöre, ich musste ihn nur ansehen, um genau zu wissen, was er dachte. Er konnte natürlich nicht sprechen, aber er konnte wirklich gut kommunizieren – besser als einige Menschen, die ich kenne!" Sie lacht schniefend.

„Wie auch immer, das Unglaublichste war, dass ich ein paar Monate, nachdem ich Morty zu mir genommen habe, meinen Mann Mario kennengelernt habe. Und dann ein Jahr später haben wir einen Sohn bekommen. Inzwischen haben wir auch ein kleines Mädchen. Ich könnte meine Kinder nicht mehr lieben, aber ich muss zugeben, dass ich nicht weiß, ob ich sie ohne Morty überhaupt bekommen hätte. Ihn zu lieben hat mich verändert. Es hat mich für alles mehr geöffnet – für die Liebe, das Leben, eine Familie.“ Ihr Gesicht fällt wieder zusammen. „Ich vermisse ihn so sehr. Ich fühle mich ... zerbrochen.“ Ihre Worte werden halb von einem Schluchzer verschluckt. „Ich habe das Gefühl, dass niemand das wirklich versteht.“

Ich nicke. „Das macht es so schwer, einen Hund zu verlieren. Einige Menschen verstehen nicht, was für eine wichtige Beziehung wir zu ihm haben. Es ist schwer, sich zuzugestehen, so um ihn zu trauern, wie man trauern muss, wenn man fürchtet, deswegen von den Menschen verurteilt zu werden. Aber Liebe ist Liebe“, sage ich ihr. „Verlust ist Verlust.“

Linda tupft sich erneut schniefend die Augen ab.

„Morty war ein vollwertiges Mitglied Ihrer Familie“, sage ich. „Er hat Ihr Leben auf die bestmögliche Art verändert. Natürlich sind Sie jetzt am Boden zerstört.“

Sie senkt die Stimme. „Manchmal kann ich ihn immer noch hören. Da ist ständig dieses Phantomklingeln seines Halsbands.“

„Das ist ganz normal.“ Wie oft hatte ich einen Hund in der Nachbarschaft bellen gehört und für den Bruchteil einer Sekunde gedacht, es wäre Toby?

Sie lächelt traurig und dankbar. „Sybil hat mir gesagt, dass Sie es verstehen würden.“ Sie wendet den Blick ab und schluckt. „Ich mache mir Vorwürfe, weil ich vielleicht noch eine zweite Meinung hätte einholen müssen. Der Tierarzt hat gesagt, es wäre an der Zeit, ihn gehen zu lassen, also habe ich es getan, aber jetzt frage ich mich, ob das richtig war. Habe ich alles für ihn getan, was ich tun konnte? Diese Frage stelle ich mir immer wieder. Habe ich versagt, ihm nicht die bestmögliche Pflege zukommen lassen? Nach allem, was er für mich getan hat …" Linda presst sich eine Hand vor den Mund.

Ich schaue ihr direkt in die Augen und sage: „Ich bin sicher, dass Sie sich ausgezeichnet um Morty gekümmert haben. Das zeigt die Tatsache, dass Sie sich selbst jetzt noch solche Gedanken um ihn machen. Aber der beste Weg, um diese Schuld aus Ihren Gedanken, Ihrem Herzen zu vertreiben, ist, darüber zu sprechen. Wir werden so lange reden, bis wir die Schuld aus Ihnen herausgewrungen haben und nur die Liebe bleibt. Die Liebe, die Sie für Morty empfunden haben, die Sie immer empfinden werden – die Liebe und die Dankbarkeit."

Linda nickt.

Ich bitte sie, mir mehr von ihm zu erzählen. „Kam er gut mit Ihren Kindern zurecht?"

„Oh ja." Ihre Laune scheint sich zu heben, als sie über die Frage nachdenkt. „Ich fürchte, er dachte, er wäre eines von ihnen."

Ich lehne mich lächelnd in meinem Sessel zurück und höre zu.

Als Anya mir am nächsten Morgen eine SMS schickt, um zu fragen, ob ich sie auf ihrer Suche nach Billy begleiten will, beschließe ich, weder Giselle noch Seymour mitzunehmen. Ich habe es bisher noch nicht versucht, ganz alleine zu gehen, aber mit meinem neu gefundenen Selbstvertrauen nach der Rettungsaktion für Sally bin ich voller Hoffnung. Es erscheint mir wie der nächste logische Schritt. Ich weiß, ich sollte es jetzt versuchen, wo ich noch den entsprechenden Antrieb habe. Ich trete durch die Gartenpforte und atme jedes Mal tief ein, wenn das Flattern und Drücken in meiner Brust beginnt, das eine Panikattacke ankündigt. Ich ermahne mich, positiv zu denken, meine Arme locker herunterhängen zu lassen und meine Schultern zu entspannen, wenn sie sich verkrampfen.

Es hat in der Nacht geregnet, und jetzt hat die Stadt diesen elektrischen Schimmer, der manchmal auftaucht, wenn die Sonne nach einem Gewitter aufgeht. Ich atme den warmen Geruch des feuchten Bürgersteigs ein und lasse ihn meine Lungen füllen.

Als ich bei Anya ankomme, warten sie, Henry und Huan schon auf dem Bürgersteig. Ich spüre, wie mein Herz bei ihrem Anblick ein kleines bisschen anschwillt, und beschleunige meine Schritte. Henry lächelt. Es ist ein privates Lächeln, das auf das hindeutet, was zwischen uns vor einer Woche in meiner Wohnung passiert ist, und ich erwidere es errötend. In Anyas Augen liegt ein amüsiertes Funkeln, was meinen Verdacht bestätigt, dass sich auf meinen Wangen eine tiefe Röte eingenistet hat.

„Wo ist Giselle?“, fragt sie.

„Ich habe beschlossen, heute mal alleine zu kommen.“ Anya und Henry heben beide ihre dunklen Augenbrauen und sehen nun wirklich wie Geschwister aus. „Ich habe es geschafft. Seid ihr beeindruckt?“

„Ja“, sagt Henry. „Das ist fabelhaft, Maggie.“

„Ach, wie schade.“ Huan klingt ein wenig enttäuscht. „Wir gehen zum Corona Heights Park. Das hätte Giselle gefallen.“

Anya gibt ihm einen Klaps auf die Schulter. „Maggie wird es auch gefallen. Menschen können Parks auch ohne Hunde genießen, weißt du?“

Huan reibt sich verwirrt die Schulter.

„Noch ein Ort, an dem ich nie gewesen bin“, sage ich fröhlich. Meine neu gewonnene Freiheit beschwingt mich.

Wir gehen den Bürgersteig entlang und bilden schnell Paare. Anya und Huan gehen voran. Nach ein paar Blocks sind Anya und Huan weit genug weg, um uns nicht mehr hören zu können.

Ich nicke in ihre Richtung und sehe Henry an.

„Was? Anya und Huan?“ Er schüttelt den Kopf. „Er ist schon in sie verliebt, seitdem sie Kinder waren. Sie hat ihn aber nie auf diese Weise beachtet. Ich glaube, der arme Huan steckt in der Freundschaftsfalle fest.“

„Ich weiß nicht. Für mich sieht es so aus, als wenn da was geht. Irgendwas scheint zu klicken.“

Henry schaut die beiden erneut an. Sie sind ungefähr gleich groß, und ihre Schritte sind perfekt synchron. Huans entschlossener Gang passt gut zu Anyas großen Schritten. Ihre Köpfe lehnen sich leicht zueinander. Anyas scharfes Lachen weht zu uns herüber.

„Vielleicht hast du recht.“ Henry klingt überrascht und erfreut. „Wo wir gerade von Klicken sprechen – ich habe dir …“ Er sieht mich an, und sein Lächeln verändert sich, seine Stimme verebbt.

„Ein Geschenk mitgebracht?“, frage ich und klimpere mit den Wimpern, was ihn zum Lachen bringt. „Für *moi?*“

„Äh, ja. Aber jetzt ist es mir ein wenig peinlich – ich glaube, du brauchst es gar nicht mehr.“

„Wenn es eine Flasche Wein ist, kann ich dir gleich hier und jetzt sagen, dass ich die immer brauchen werde.“

Er grinst und entspannt sich wieder. „Nein, dieses Mal ist es kein Wein." Er greift in seine Jackentasche und holt eine kleine Nachbildung des Sutro Towers heraus. Sie ist ungefähr acht Zentimeter hoch; eines dieser Dinge, die man in Souvenirläden findet. „Ich wusste nicht, wie ich ihn einpacken soll."

Ich nehme den Tower und drehe ihn zwischen meinen Fingern.

„Du hast gesagt, dass du dich besser fühlst, wenn du den Sutro Tower siehst", sagt Henry schnell. „Dass er dir das Gefühl nimmt, dich verlaufen zu haben. Also dachte ich, du könntest den hier in deiner Tasche bei dir haben und den Tower dann selbst an nebligen Tagen sehen. Ich meine, er kann dich natürlich nicht nach Hause führen, aber vielleicht sorgt er trotzdem dafür, dass du dich besser fühlst. Nur, dass du dich jetzt ja auch alleine ganz gut schlägst. Du brauchst ihn also gar nicht mehr." Er schüttelt den Kopf. „Es ist sowieso ein lächerliches Geschenk", sagt er und greift nach dem Turm.

„Nein", sage ich und schließe meine Finger darum. Was dazu führt, dass ich nun auch seine ausgestreckte Hand umfasse. „Ich brauche ihn vielleicht nicht, aber ich liebe ihn. Du kannst einem Mädchen nicht einfach eine winzige Nachbildung eines Sendemasts schenken und sie dann wieder zurückfordern."

Er lacht. Wir beide schauen gleichzeitig auf und sehen, dass Anya und Huan um eine Ecke biegen und aus unserem Blickfeld verschwinden. Unsere Hände halten einander und den Turm immer noch zwischen uns, und jetzt schlingt Henry seinen anderen Arm um mich, drückt seine Hand flach gegen meinen Rücken, zieht mich an sich und wir küssen uns.

Als wir uns trennen, nickt er in Richtung seines Geschenks und lächelt. „Ich weiß, dass es albern ist."

„Ist es nicht", widerspreche ich. „Er lässt mich immer an dich denken." *Selbst wenn du nicht mehr da bist.*

Anya und Huan warten am Fuß des Corona Heights Parks auf uns. Wir überqueren einen schmalen Grünstreifen und gehen zu dem eingezäunten Hundeauslaufgebiet, in dem, wenig überraschend, kein Billy zu sehen ist. Was hingegen überraschend ist, ist der Ausblick. Von diesem Platz muss man den besten Blick von allen Hundeauslaufplätzen im Land haben. Hinter der hinteren Zaunlinie erstreckt sich die Innenstadt von San Francisco vor uns, dahinter das grau-blaue Band der Bucht und die silbernen Bögen der Bay Bridge. Aus Gewohnheit fange ich an, meinen Blick zu Boden zu senken, aber dann halte ich inne. Ich atme ein paarmal tief durch, schlucke und schaue geradeaus. Ich verspüre ein winziges Zittern der Angst, eine kleine Beschleunigung meines Herzschlags.

Auf dem eingezäunten Platz galoppiert ein großer schwerfälliger Berner Sennenhund mit einem lebhaften agilen Boxer herum. Ein bellender Cockerspaniel jagt hinter ihnen her.

Und dann sehe ich ihn, meinen Talisman: einen Welpen. Es ist ein wunderschöner schwarzer Labrador, wie aus einer Hundefutterwerbung, mit rundem Bauch und glänzendem Fell. Er versucht, mit den anderen Hunden mitzuhalten, stolpert aber ständig über seine zu großen Pfoten. Ich beobachte ihn lachend, und als ich zu Henry schaue, lächelt er mich an.

Wir drehen uns um und folgen Anya und Huan einen gewundenen Trampelpfad hinauf, der zu einer Ansammlung von roten Felsen führt, die eine beeindruckende Silhouette vor dem blauen Himmel bilden. Die Hügel und Täler der Stadt – belebte, wellige Reihen von Häusern und Wohnblocks und Büros – glitzern in der Sonne. Im Westen, oben auf den Twin Peaks, ragen die roten und weißen Speichen des Sutro Towers in den Himmel. Ich streiche mit den Fingern über meine Miniaturversion, die ich in der Tasche meiner Jacke habe.

Anya geht am Rand des Parks entlang, schirmt ihre Augen mit einer Hand ab und schaut auf die Stadt hinunter.

„Billy!“, ruft sie. Ihre Stimme enthält die vertraute herzzerreißende Qual.

Huan bleibt ein paar Schritte zurück und mustert sie. Dann stellt er sich neben sie und legt die Hände trichterförmig an den Mund.

„Billy!“, brüllt er. Seine Stimme dröhnt über den Hügel und schreckt ein paar schwarze Krähen auf, die laut krächzend mit flatternden Flügeln in den Himmel aufsteigen. Anyas Kopf wirbelt zu Huan herum, ihr Mienenspiel wechselt schnell von Trauer zu Überraschung zu Verwirrung zu etwas Weicherem – Dankbarkeit vielleicht. Oder Akzeptanz.

Ich lege ebenfalls meine Hände an den Mund. „Billy!“, rufe ich über die Stadt. „Billy!“

Anya starrt mich an.

„Du hast recht“, sage ich. „Das fühlt sich gut an.“

Ich spüre Henry neben mir. „Billy!“, schreit er. „Billy!“

Anya schüttelt den Kopf und versucht, nicht zu lächeln. „Wisst ihr“, ruft sie zu uns herüber, „ihr müsst es nicht verstecken. Ihr zwei seid … ein Paar. Warum sollte mir das etwas ausmachen? Ich mag euch beide.“

„Wir mögen euch beide auch“, ruft Henry zurück und nickt in Richtung Huan.

Anya wirft Huan einen Blick zu und verdreht die Augen. „Wie auch immer“, murmelt sie und marschiert mit hochroten Wangen zum Weg zurück.

Huan tritt gegen den Boden und grinst einen Moment, bevor er ihr hinterhereilt.

Auf dem Weg zurück zum Haus, als Anya und Huan wieder außer Hörweite sind, frage ich Henry, ob seiner Meinung nach wirklich die Chance besteht, dass Billy gestohlen wurde. Er wirkt überrascht.

„Nein, natürlich nicht. Wer sollte ihn klauen? Hat Anya dich davon überzeugt, dass es so gewesen ist?“

„Nicht genau. Es ergibt natürlich wesentlich mehr Sinn, dass er irgendwie aus dem Haus geschlüpft und weggelaufen ist …“

„Aber?“

„Aber Anya ist sich so sicher, dass jemand ihn geklaut hat. Sie ist felsenfest davon überzeugt, dass er irgendwo noch lebt. Ich frage mich, ob sie vielleicht etwas weiß, ohne sich dessen bewusst zu sein, und sich deshalb diese Geschichte ausgedacht hat, dass Billy gestohlen wurde.“

„Ich bin nicht sicher, dass ich dir folgen kann.“

Ich seufze. „Ich verstehe es ja auch nicht ganz. Ich schätze, ich will nur wissen, ob du glaubst, dass es jemanden in Anyas Leben gegeben hat, der sie … ich weiß es nicht. Bestrafen wollte? Ihr wehtun wollte?“

Henry reißt die Augen auf. „Ich hoffe nicht!“ Er denkt einen Moment nach. „Ehrlich gesagt weiß ich nicht einmal, ob sie genügend Freunde hat, um Feinde zu haben, wenn das irgendeinen Sinn ergibt. Sie kennt nicht viele Leute. Sie war immer eher eine Einzelgängerin. Ich glaube nicht, dass sie noch zu irgendjemandem aus der Highschool Kontakt hat. Es gibt nur ihre Kollegen aus dem Rahmengeschäft, Huan, Rosie, Clive, Terrence, mich …"

„Sie und Clive scheinen eine ziemlich feindliche Beziehung zu haben."

„Oh, aber so war das zwischen ihnen immer. Das ist harmlos. Clive kann ein Tyrann sein, aber er würde niemals etwas so Schlimmes tun, wie ihren Hund zu klauen."

„Und Terrence?"

Henry schüttelt den Kopf. „Terrence kann keiner Fliege etwas zuleide tun."

„Was ist mit der Pflegerin? Wie heißt sie noch? June?"

Henry sieht skeptisch aus. „Wirklich? Warum sollte die Pflegerin meiner Großmutter Billy stehlen?"

„Ich weiß es nicht. Ich weiß es einfach nicht! Ich habe nur das Gefühl, dass wir irgendetwas übersehen. Anya ist sich *so* sicher. Es ist schwer, jemandem nicht zu glauben, der so überzeugt ist. Und sie kennt Billy am besten, oder? Wenn sie sagt, er würde nicht davonlaufen, er würde nicht mal rausgehen, wenn jemand aus Versehen die Tür offen lässt, sollten wir dann nicht wenigstens darüber nachdenken, ihr zu glauben?" Ich fahre mir mit der Hand durch die Haare. „Kannst du mal mit Clive und Terrence darüber sprechen? Ich weiß nicht mal, was du sie fragen sollst, aber vielleicht kommt irgendetwas dabei heraus. Und dann wissen wir wenigstens, dass wir alle Möglichkeiten ausgeschöpft haben, bevor du wegziehst nach …" Anya und Huan warten auf dem Bürgersteig vor dem Haus auf uns, und ich lasse meine Worte verebben.

Henry wird ernst. „Was das angeht … Darüber wollte ich noch mit dir sprechen …"

„Hey, Henry!“, ruft Anya und unterbricht ihn. „Für jemanden, der so auf seine Arbeit fokussiert ist, lässt du dir ganz schön viel Zeit, ins Büro zu kommen, wenn Maggie dabei ist.“

Er holt sein Telefon heraus, schaut auf die Uhrzeit und verzieht das Gesicht. „Ich muss los. Wir sprechen uns später, ja? Und ich werde ...“ Er zögert und wirft Anya einen Blick zu. „Ich werde über das nachdenken, was du mir gesagt hast.“

„Danke.“

Nachdem Henry weggefahren ist, frage ich Anya und Huan, ob sie in dieser Woche noch mehr Hunde fotografieren werden.

Huan nickt. „Vor der Auktion nächsten Samstag fotografieren wir noch zwei Hunde.“ Er wirkt verlegen. „Ich meine, nicht, dass ich die Fotos mache. Ich drücke nur auf die Quietschetiere und trage die Ausrüstung und die Leckerchen. Anya macht die ganze echte Arbeit. Die Kunst.“

„Du hilfst mir“, sagt sie sachlich.

Huan strahlt. „Ich sollte mich wieder an die Hausaufgaben machen. Morgen habe ich eine große Prüfung. Sehen wir uns auf der Spendengala? Anya hat mich eingeladen.“

„Oh, gut. Okay, wir sehen uns“, sage ich vage.

Huan drückt sein Kinn auf die Brust und eilt nach Hause. Als er an der Haustür ankommt, dreht er sich um und winkt. Anya hebt die Hand, um zurückzuwinken, lässt sie aber fallen, als sie sieht, dass ich sie beobachte.

„Was?“

„Nichts.“ Ich lächle.

Anya verschränkt die Arme vor der Brust. „Du gehst doch zu der Spendengala, oder? Sybil erwartet dich. Du hast die ganze Veranstaltung doch geplant, oder nicht?“

„Nein, nein. Ich habe mich nur um ein paar Posten für die Auktion gekümmert."

„Wic auch immer. Hör auf, der Frage auszuweichen. Gehst du hin?"

Ich seufze. „Nein, Anya, ich gehe nicht hin. Ich habe es Sybil noch nicht gesagt. Aber Partys und ich … passen nicht gut zusammen."

„Deine Wohnung zu verlassen stand letzte Woche auch nicht auf deiner Liste, und sieh dich jetzt an."

„Das ist etwas anderes. Mit Partys ging es mir schon immer so. Aber es wird bestimmt prima – Sybil ist eine Spendensammelmaschine. Du wirst viel Spaß haben."

„Ich? Oh nein. Wenn du nicht gehst, gehe ich auch nicht."

„Aber du musst! Das ist die perfekte Gelegenheit für dein neues Business. Die solltest du nicht meinetwegen verpassen."

„Ich habe mich bereits entschieden. Ich mag auch keine Partys."

„Ach, komm schon, Anya. Das kannst du nicht jedes Mal durchziehen, wenn du willst, dass ich irgendetwas tue. Es liegt nicht in deiner Verantwortung, mich wieder hinzukriegen."

Anya lacht. „Ach was. Aber ich mag wirklich keine Partys. Du bist, abgesehen von Huan, die Einzige, die ich da kennen würde. Über was zum Teufel sollen er und ich mich stundenlang unterhalten, wenn du nicht kommst? Ich würde mich vermutlich betrinken und etwas Dummes tun und dann will mich niemand engagieren, und meine Karriere als Fotografin geht in Flammen auf, bevor sie überhaupt angefangen hat, und das ist dann alles deine Schuld."

Ich stoße einen leisen Pfiff aus. „Du bist wirklich gut darin, jemand anderem Schuldgefühle zu machen, oder?"

Um Anyas Lippen zuckt es.

„Reicht es dir, wenn ich verspreche, darüber nachzudenken?", frage ich. „Mehr kann ich im Moment nicht guten Gewissens sagen."

Anya lächelt. Nicht ihr kleines halbes Lächeln, sondern ein ganzes breites Lächeln, das sie jung aussehen lässt, und das ich – und für den Gedanken würde sie mich vermutlich hassen – sehr süß finde.

„Ich schätze, das reicht", sagt sie. „Zumindest für den Moment."

18. KAPITEL

Die Woche vor der Spendenveranstaltung vergeht schnell. Sybil hat auf der Einladung zur Super-Mutt-Gala meinen Namen und meine Berufsbezeichnung auf die Liste der Sponsoren gesetzt, und jeden Tag erhalte ich ein paar E-Mails und Anrufe von potenziellen Patienten, die sich über meine Dienste informieren wollen. Erleichtert sehe ich, dass sich mein Terminkalender für den nächsten Monat langsam füllt.

Vielleicht hat diese Praxis doch eine Zukunft, denke ich.

Jeden Morgen vor meinem ersten Termin des Tages gehe ich zu Grants und Chips Wohnung und hole Seymour für ein wenig Gegenkonditionierung ab. Manchmal nehme ich Giselle mit, manchmal nicht. Ich habe sogar angefangen, für einen Latte Macchiato und ein Croissant in das kleine Café auf der Cole Street einzukehren. Diese Ausflüge sind nicht frei von meinen üblichen Symptomen, aber ich überlebe sie und genieße sie auch meistens. Endlich fühle ich mich wieder wie ich selbst, auch wenn sich das seltsam anfühlt – es ist wie zu erwachen und festzustellen, dass man der ist, der man immer war, sich aber das gesamte Leben verändert hat. Ich lebe alleine, ohne Toby, in San Francisco; einer Stadt, die ich immer noch kaum kenne. Es ist an der Zeit, Freunde zu finden, mir hier mein Leben einzurichten. Henry zieht weg, und wer bleibt dann noch? Lourdes, Anya, Sybil. Angesichts dessen beschließe ich, dass ich es Sybil und Anya – und mir – schuldig bin, zu der Spendengala von SuperMutt zu gehen. Falls irgendetwas passiert – falls es sich wie ein zu großer Schritt anfühlt –, gehe ich wieder nach Hause. So einfach ist das.

Ein paar Tage vor der Feier rufe ich Henry an, um ihn zu fragen, ob er mich begleiten will. Ich weiß, dass er kurz danach nach Los Angeles fliegt, und denke, dass wir genauso gut noch ein offizielles Date genießen können, bevor er geht.

„Das würde ich sehr gerne", sagt er. „Aber ich habe an dem Abend noch ein paar geschäftliche Telefonate, sodass ich etwas später kommen würde. Ist es okay, wenn wir uns dort treffen?"

„Natürlich", sage ich, auch wenn ich ein wenig enttäuscht bin. Ich hatte gehofft, dass Henrys Gesellschaft mich auf der Reise quer durch die Stadt nach Sea Cliff ablenken würde – so weit habe ich mich seit Tobys Tod noch nie von meiner Wohnung wegbewegt. Aber dann komme ich zu dem Schluss, dass es gut für mich sein wird, alleine dort hinzugehen. Ein letzter Test für meine Fortschritte. Und zu wissen, dass ich kurz nach meiner Ankunft dort Henry sehen werde, sollte eine perfekte Belohnung für meine Neukonditionierung sein.

Am Nachmittag der Spendengala gehe ich nach oben, um Lourdes' Kleiderschrank zu durchwühlen. Die Mädchen sitzen drinnen auf der Treppe und warten auf mich. Offensichtlich hat Lourdes ihnen versprochen, dass sie eine Modenschau zu sehen bekommen. Als ich mich hinunterbeuge, um sie zu umarmen, schreit Lourdes auf.

„Warte! Nein!"

Ich werfe ihr einen scharfen Blick zu.

„Portia hat irgendein Virus", warnt sie mich.

Portia sieht mich blinzelnd an. Sie sieht ein wenig schwach aus. Mein Magen schlägt Salti. *Wann habe ich das letzte Mal meine Vitamine genommen?* Es ist Tage her. Vielleicht sogar Wochen. Ich zwinge mich, die Hände auszustrecken und sie trotzdem zu umarmen. Lourdes beobachtet mich erstaunt.

Ich sehe sie an und zucke mit den Achseln. „Ich komm damit klar.“

Oben reicht mir Lourdes ein paar Kleider ins Badezimmer. „Ich wünschte, ich könnte heute Abend mitkommen“, ruft sie aus dem Schlafzimmer, als ich mich umziehe. „Aber mit dem kranken Kind geht das nicht.“

„Ist schon okay“, rufe ich zurück. „Ich habe sowieso ein Date.“ In einem silbernen Cocktaildress mit angeschnittenen Ärmeln und einem dünnen schwarzen Gürtel trete ich aus dem Badezimmer.

Portia und Gabby reißen die Augen auf. „Ich liebe es“, haucht Portia. Gabby nickt zustimmend. Sie sitzen auf dem Boden und essen Cracker aus einer Schüssel. Giselle hat den Spaß ihres Lebens; sie saugt die Krümel vom Boden auf, wobei ihr Schwanz wild hin und her wedelt.

Lourdes schaut ihre Kinder an und verdreht die Augen, dann streichelt sie Giselle über den Rücken. „Wie sehr ich dich liebe, Giselle“, sagt sie. „Ich müsste so viel öfter staubsaugen, wenn du nicht da wärst.“ Sie neigt den Kopf und betrachtet das silberne Kleid. „Vielleicht. Probier noch ein anderes an.“

„Oh!“, sagt Gabby. „Ich habe etwas *Wunderschönes.*“ Sie rennt in ihr Zimmer.

Als ich mit einem knielangen schwarzen Kleid herauskomme, das für meinen Geschmack ein wenig zu eng anliegend ist, legt Gabby ein gelbes Tutu, ein flauschiges, pinkfarbenes Katzenkostüm und ein Paar glitzernder Feenflügel vor mir auf den Boden.

„Nun“, sagt Lourdes und grinst niederträchtig. „Willst du das nicht anprobieren?“

„Oh Gabby, die sind wirklich schön." Ich hebe das Kleid auf und halte es mir an. „Ich fürchte nur, es passt mir nicht."

Gabby zieht die Stirn kraus. Sie schaut auf den Haufen Glitzerkostüme, dann wieder zu mir, und stemmt die Hände in die Hüften. „Mags", sagt sie, und ihre kleine Stimme wird ernst. „Du hast, was du hast, und darfst darüber nicht traurig sein."

An dem Abend, als die Dämmerung den Himmel in ein wunderschönes Schieferblau taucht, lehne ich mich in einem bequemen dunkelblauen Etuikleid auf der Rückbank eines Taxis zurück. Der Wagen steigt und fällt über die Hügel, rast auf die Party zu, fort von meiner Wohnung. Ich spiele mit dem Miniatur-Sutro-Tower in meiner Handtasche, schaue ihn aber nicht an. Ich will aus dem Fenster sehen; ich will mein neues Zuhause sehen. Es ist unglaublich schön. Ich hatte vergessen, dass eine Stadt nachts wie ein umgedrehter Himmel aussehen kann. Ihre Lichter funkeln wie Sterne, wie etwas Ewiges, etwas, in das man Vertrauen haben, bei dessen Anblick man sich vielleicht sogar etwas wünschen kann.

Das Haus ist groß und modern, viel Glas und Stahl und blasser Stuck und übergroße Kugellampen, die links und rechts vom Eingang hängen. Ich klopfe an die große rot lackierte Tür, und Minuten später wird sie von einer zierlichen Frau mit einem breiten funkelnden Lächeln geöffnet.

„Bitte sagen Sie mir, dass Sie Maggie sind!"

Ich nicke und erkenne ihre enthusiastische Stimme sofort. Trotzdem ist es schwer zu glauben, dass das hier Sybil Gainsbury ist. Die Frau, die ich mir seit Monaten als erdverbundene Joan Didion vorgestellt habe, entpuppt sich als schwarze Dolly Parton.

„Sybil?“, frage ich, aber sie hat mit ihren Händen schon meine Hand umfasst. Ihr glänzendes Haar ist hoch auf dem Kopf aufgetürmt – und ich meine wirklich hoch –, und an ihre kurvige Figur schmiegt sich ein langes orangefarbenes Kleid mit einer Borte aus regenbogenfarbenen Strasssteinen am tiefen Ausschnitt. Selbst mit dem Berg an Haaren und ihren High Heels (auch mit Strasssteinen verziert) kann sie nicht größer sein als eins fünfzig. Allein ihr Anblick macht mich froh darüber, dass ich hergekommen bin. Sybil anzusehen ist wie einen Welpen anzuschauen – sie hat ein wunderbar sprudelndes Temperament, einen herzerwärmenden warmen Schimmer, der mich sofort aufheitert.

Sie hakt sich bei mir unter und führt mich vom Eingang weg. Das ganze Haus hat einen glänzenden Parkettboden und schneeweiße Wände. Angenehme Aromen vermischen sich mit dem leicht süßlichen Duft von Blumen. Bevor Sybil mich in eine andere Richtung führt, erhasche ich einen Blick auf ein großes Wohnzimmer, das vor Kellnern und Caterern im Vorbereitungsmodus nur so wimmelt. Das Haus, erkenne ich jetzt, liegt hoch über der Küste und schaut auf das Meer hinaus. Die Sonne ist kurz davor unterzugehen, der ferne Himmel über dem Ozean ist in verschiedene Farben getaucht – Lachsrosa und Gold und Rotkehlcheneiblau. Perfekt, denke ich; ein Panik erzeugendes Doppelpack: eine Party auf einer Klippe.

„Ist dieses Haus nicht einfach unglaublich?“, fragt Sybil und neigt ihren Kopf in meine Richtung. „Dieses Viertel wird nicht umsonst Sea Cliff genannt.“

Ich lache unbehaglich.

„Wie auch immer, die Jacobsens, unsere Gastgeber, sind umwerfend. So großzügig Jahr für Jahr. Und warte, bis du ihre Hunde kennenlernst. Angie und Max – ganz *zauberhafte* Schäferhundmischlinge mit wunderbarem Temperament. Natürlich ehemalige SuperMutts." Sie deutet mit der Hand nach oben, als wir an einer dieser modernen Treppen entlangkommen, die aussehen, als würden sie schweben. „Die Hunde sind irgendwo da oben", sagt sie und legt dann eine effektvolle Pause ein. „Mit ihrer Nanny!" Sie lacht, aber es klingt fröhlich und nicht, als mache sie sich darüber lustig. Jedem das Seine, scheint ihr Schulterzucken zu sagen. Etwas, vielleicht die Strasssteine an ihrem Kleid, klimpert leise bei dieser Geste.

Als wir die geschäftige Küche betreten, ruft Sybil einen Mann im Smoking, der vor einem mit Alkoholflaschen vollgestellten Tresen steht. „Hey, Süßer! Glaubst du, du könntest uns zwei Gläser Champagner einschenken? Ich schulde dieser Lady einen Drink … oder zehn!" Sie zwinkert mir zu. „Ich denke, wir haben einen Grund zum Feiern, findest du nicht?"

„Auf jeden Fall." Ich würde vermutlich allem zustimmen, was Sybil in diesem Moment vorschlägt, so charmant ist sie. Kein Wunder, dass sie es geschafft hat, Hunderten von Hunden ein neues Zuhause in der Bay Area zu verschaffen. Wer könnte zu dieser Frau schon Nein sagen? Wir nehmen unsere Champagnergläser in die Hand und stoßen miteinander an.

Dann hakt Sybil sich wieder bei mir unter und führt mich zurück ins Wohnzimmer. „Maggie, Maggie, Maggie", sagt sie. „Ich bin so froh, dass ich dich endlich persönlich kennenlerne. Ich weiß nicht, warum, aber ich hatte diese unterschwellige Befürchtung, dass du nicht kommen würdest. Dass ich mir diese organisierte, kompetente und proaktive Hundelady nur eingebildet habe, die vor fünf Monaten in mein Leben gerauscht ist und mir geholfen hat, ein wenig von der Last dieses von mir so leidenschaftlich geliebten Projekts zu tragen." Sie lächelt. „Manchmal geht meine Fantasie mit mir durch."

„Du warst auch eine große Hilfe für mich, Sybil. Mehr, als du auch nur ahnst."

Sie hebt protestierend ihre perfekt gebogenen Augenbrauen.

„Nein, wirklich. Als ich hierhergezogen bin, kannte ich nur zwei Menschen in San Francisco. Und du hast mich mit offenem Herzen aufgenommen. Du hast mir vom ersten Tag an, als ich mich bei dir gemeldet habe, das Gefühl gegeben, Teil einer Gemeinschaft zu sein. Du hast mir geholfen, meine Praxis zum Laufen zu bringen. Ehrlich, ich muss dir danken."

Sybil stößt mit ihrem Glas gegen meins. „Was soll ich sagen? Das Einzige, das genauso an meinem Herzen zieht wie ein streunender Hund, ist ein streunender Mensch."

Ich lache. „Tja, ich glaube, ich werde tatsächlich hierbleiben. San Francisco wird wohl mein endgültiges Zuhause sein." Meine Worte überraschen mich. Ich schaue mich um und bewundere alles bis auf den Ausblick. Das Wohnzimmer verläuft über die gesamte Breite des Hauses und wird von zwei Kaminen eingerahmt, in denen Kerzen stehen. Große, kunstvoll arrangierte Wildblumengestecke in Rot- und Brauntönen blühen auf mit Hussen überzogenen Bistrotischen. In einer Ecke des Raumes spielt ein Jazztrio zum Aufwärmen auf seinen Instrumenten. Vor den Fenstern ist eine kleine Bühne errichtet worden, von der aus Sybil die Auktion leiten wird, wie ich annehme.

Sybil beobachtet, wie ich mir den Raum ansehe. „Und das Glanzstück des Ganzen …“, sagt sie und macht eine elegante Geste mit der Hand. Ich drehe mich um und sehe, dass an der Wand hinter uns verschieden große gerahmte Schwarz-Weiß-Fotos der Hunde hängen, die wir für die Auktion ausgewählt haben. „Hat Anya das nicht fabelhaft gemacht? Ich weiß ja nicht, wo du das Mädchen gefunden hast, aber ich bin froh, dass du es getan hast.“

Ich bin überwältigt von der Macht und Schönheit der Fotos. Jedes summt förmlich mit dem Geist des Hundes, den es porträtiert. Freude, Hingabe, Verschmitztheit, Vertrauen, Würde, Humor – all das strahlen die Augen der Hunde aus. Unter jedes Foto hat Sybil die vergrößerten Texte gehängt, die ich über die Hunde geschrieben habe. Der Hundename und, in Anführungszeichen, der Name seines berühmten Doppelgängers stehen in Versalien über jeder Biografie. Ich gehe an der Reihe Fotos entlang, und bei jedem Schritt wird mein Lächeln breiter. Da gibt es eine Vivien Leigh (die kleine kecke Schipperke-Mischlingshündin mit dem schimmernden schwarzen Fell), Charlie Chaplin (ein schwarz-weißer Boston Terrier mit einem tragikomischen Gesichtsausdruck) und Marcia Gay Harden (die Golden-Retriever-Hündin, die … ehrlich, genauso aussieht wie Marcia Gay Harden).

Vor Seymours Foto bleibe ich stehen. Giselle ist darin nur eine verschwommene Bewegung, eine unscharfe Form an seiner Seite, durch die Seymours klar umrissene Gestalt noch heller strahlen kann. Seine großen Ohren hängen anbetungswürdig an seinem Kopf herunter; der kleine Kranz aus hellen Haaren rund um seine Nase steht hoch in die Luft, wie um einen herauszufordern, nicht zu lachen. Er wird heute Abend vermittelt werden, denke ich und verspüre einen Stich in der Brust. Auf einem langen Tisch unter den Fotos liegen leere Blätter, auf denen die potenziellen neuen Besitzer ihre Gebote notieren werden.

Sybil legt mir ihren Arm um die Schulter und drückt mich. „Sie sind kraftvoll, nicht wahr?“ Sie schüttelt staunend den Kopf über die Bilderwand.

Ich nicke. „Es ist faszinierend, sich vorzustellen, dass morgen um diese Zeit alle diese Hunde in ihr neues Heim einziehen und das Leben von jemandem zum Besseren wenden.“

„Ja, viele Hunde – und Menschen – werden heute Abend ihr Glück finden. Selbst der arme verstörte Owen Wilson.“ Sybil nickt in Richtung von Seymours Foto. Sie drückt meine Schulter noch einmal, dann lässt sie mich los und klatscht in die Hände. „An die Arbeit!“

Anya und Huan kommen mit der ersten Gästewelle zusammen an. Anya trägt etwas, das aussieht wie ein silberner Herrensmoking mit einem weißen T-Shirt darunter. Die Smokinghose steckt in ihren üblichen geschnürten Kampfstiefeln, die aber wenigstens geputzt worden sind. Zum ersten Mal, seitdem wir uns kennen, sehen auch ihre Haare frisch gewaschen aus. Sie hat sie zu einem hohen Pferdeschwanz zusammengebunden, der ihr wie eine kastanienbraune Kaskade über den Rücken fällt. Irgendwie sieht sie verdammt hip aus. Als sie sich umdreht, um die Installation ihrer Fotos zu betrachten, sehe ich etwas, das aussieht wie ein Bündel kleiner weißer Teerosen, das um das Band ihres Pferdeschwanzes gewickelt ist. Anya fängt meinen Blick auf und hebt die Hand, um unsicher die Blüten zu betasten.

„Das ist ein Ansteckstäußchen fürs Handgelenk“, flüstert sie. „Ich schätze, Huan tut so, als wäre das hier der Abschlussball. Ich wusste nicht, was ich damit tun sollte. Ich trage keine Armbänder.“

„Die sehen in deinem Haar ganz bezaubernd aus.“

Anya verdreht die Augen. Ihr Nasenpiercing – heute Abend eine schlichte silberne Kugel – glitzert.

„Wie geht es Rosie?“, frage ich.

„Besser“, sagt Anya und kann ein erleichtertes Lächeln nicht verbergen. „Wir haben heute zusammen Mittag gegessen. Nur wir beide. Und sie war ... sie selbst. Lustig und scharfsinnig. Sie hat mir gesagt, dass ich rieche wie eingelegte Zwiebeln, und dass ich duschen sollte, bevor jemand mich auf den Kompost wirft.“ Sie lacht. „Ich weiß nicht. Vielleicht sollte ich es nicht beschreien, indem ich es laut ausspreche, aber ich glaube, sie wird noch eine Weile bei uns bleiben.“

Ich lächle. „Ich glaube nicht, dass Hoffnung etwas beschreien kann.“

Das Haus füllt sich schnell mit Gästen. Ich zerre ein wenig am Kragen meines Kleides und versuche, etwas kühlere Luft an meine Haut zu lassen.

„Geht es dir gut?“, fragt Anya. „Wollen wir uns einen Platz suchen, an dem es nicht ganz so voll ist?“

Bevor ich die Möglichkeit habe, mein Angstlevel vollständig zu analysieren und eine Antwort zu geben, erscheint Sybil an meiner Seite. Sie quiekt kurz auf, als Anya sich ihr vorstellt, und dann stößt sie einen Schwall überschwänglicher Dankeschöns für Anyas harte Arbeit aus. Ich blende sie aus, atme ein paarmal tief durch und stelle erleichtert fest, dass mir einfach nur zu warm ist, mehr nicht.

„Glaubst du, ein Lautsprecher reicht für diesen großen Raum?“, fragt Sybil mich und schaut besorgt zu der Menschenmenge. „Der Techniker hat noch einen weiteren Lautsprecher in seinem Truck, aber er behauptet, den brauchen wir nicht. Ich könnte schwören, dass wir letztes Jahr zwei hatten. Wenn niemand hört, was wir zur Auktion anbieten, wird auch niemand bieten!“

Ich bin ziemlich sicher, dass Sybil auch noch über einen Feueralarm hinweg gehört werden könnte, aber ich spüre, dass sie angespannt ist, also sage ich ihr, dass ich den Techniker suchen und darauf bestehen werde, dass er den anderen Lautsprecher auch noch anschließt. Die nächsten zwanzig Minuten verbringe ich damit, ihm zu helfen, danach gibt es noch ein kleineres Problem mit den Gemüsesticks, das geklärt werden muss, und dann weht ein unverwechselbarer Geruch die Treppe herunter, der von einem Verdauungsproblem bei einem der Schäferhunde der Jacobsens kündet (zum Glück wischt die Nanny der Hunde das Malheur schnell auf). Als ich endlich wieder ins Wohnzimmer zurückkehre, ist die Party im vollen Gange. Ich schlendere durch die Menge und suche nach Henry, ohne ihn zu finden. Mir ist warm, aber ansonsten fühle ich mich nicht unwohl.

Ich schaue mich im Raum um, gucke jedem, den ich sehe, ins Gesicht. Einige lächeln, einige lachen, andere unterhalten ihr kleines Grüppchen mit einer lustigen Geschichte, andere hören zu. Ich sehe eine Frau, die stirnrunzelnd in ihren Drink schaut, und einen Mann, der wie benebelt aus dem Fenster starrt. Musik und Unterhaltungsfetzen hängen in der Luft. Der ganze Raum bewegt sich, Arme gestikulieren und umarmen, Lippen verziehen sich, Augen kneifen sich zusammen, Kehlen schlucken, Hände berühren Krawatten und schieben lose Haarsträhnen zurück an ihren Platz. Ich könnte jetzt in meiner Wohnung sein, gemütlich unter einer Decke behaglichen Schweigens liegen, ein Buch in der einen, ein Glas Wein in der anderen Hand. Oder ich könnte hier sein, mitten im Leben, und leben.

Es sind die klopfenden Herzen. Das hat Rosie zu Anya gesagt. *Es sind die klopfenden Herzen, die zählen.* In diesem Raum befinden sich viele klopfende Herzen.

An einer der Bars erblicke ich Anya, die sich mit Huan unterhält. Es sieht aus, als hätten sie Spaß, ihre Wangen sind rosig, die Köpfe einander zugeneigt. Als ich mir einen Weg zu ihnen bahne, beugt sich Huan vor und gibt Anya einen Kuss. Ich bleibe überrascht stehen. Halb erwarte ich, dass sie sich zurückzieht und ihm eine Ohrfeige verpasst, aber stattdessen legt sie ihre Hände auf seine Schulter und erwidert den Kuss. Als sie sich wieder trennen, wirken sie beide etwas schwindelig. Anya schaut sich errötend um und sieht mich. Sie bedeckt ihre Augen mit einer Hand und schüttelt den Kopf, peinlich berührt, aber lachend, und winkt mich dann mit der anderen Hand zu sich.

„Maggie!“, ruft sie. „Komm her.“

Huan schnappt sich ein weiteres Glas Champagner von der Bar und hält es mir hin.

„Ich wollte euch nicht unterbrechen“, sage ich. „Tut mir leid.“

„Was meinst du mit unterbrechen?“, fragt Anya. „Wir sind hier, um einander vor dem Partygrauen zu retten, erinnerst du dich noch? Wir stehen das hier gemeinsam durch.“

„Ganz genau“, sagt Huan fröhlich. „Partys sind schrecklich.“ Ich bin ziemlich sicher, dass Huan den besten Abend seines Lebens hat. Er ist vielleicht sogar ein wenig angetrunken. Als er seinen Arm um Anyas Taille legt, schüttelt sie ihn nicht ab. Ehrlich gesagt wirkt es sogar so, als lehne sie sich ein wenig an ihn.

Ich frage sie, ob sie schon irgendwelche Fotoaufträge bekommen hat.

„Nein", sagt sie. „Aber ich muss ständig die Visitenkarten nachlegen, die ich nach Sybils Anweisung auf allen Cocktailtischen auslegen musste."

„Das ist ein gutes Zeichen."

„Ein *großartiges* Zeichen", stimmt Huan mir herzlich zu.

Anya sieht zu Boden und stößt ihre Stiefelspitzen zusammen. Ich nippe an meinem Champagner und lausche der Musik. Mir scheint, dass Huan und Anya noch ein Stück näher zusammenrücken.

Ich räuspere mich. „Henry sollte auch jede Minute hier sein." Ich sage das nur, um ihnen zu versichern, dass ich nicht vorhabe, für den Rest des Abends das fünfte Rad an ihrem Wagen zu sein, aber Anyas Miene verdüstert sich.

„Oh Maggie."

„Was?"

„Ich dachte, du wüsstest es. Hat er dich nicht angerufen?"

Ich spüre, wie mein Herz in meiner Brust herumtobt. „Ich weiß nicht. Ich habe den ganzen Abend noch nicht auf mein Handy geschaut. Warum?"

Anya und Huan wechseln einen Blick. „Auf der Arbeit ist etwas vorgefallen", sagt Anya. „Der Zeitplan hat sich verändert, und sie brauchen ihn sofort in L. A. Ich kann nicht glauben, dass er dir das nicht erzählt hat."

Mein Magen zieht sich zusammen. „Er ist bereits abgereist?"

„Ich glaube, ja. Er meinte, er wäre auf den letzten Flieger des Tages gebucht.“

„Oh“, sage ich und beiße auf der Innenseite meiner Wange herum. „Aber er kommt bald zurück, oder? In ein paar Tagen? Nächste Woche?“ Mir will einfach nicht in den Kopf, dass Henry umziehen würde, ohne sich von mir zu verabschieden. *Das würde er nicht tun, oder?*

„Ich bin mir nicht sicher, Maggie.“ Anya sieht zweifelnd aus. Sie schüttelt den Kopf, sodass ihr Pferdeschwanz hin und her schwingt. „Es tut mir so leid.“

19. KAPITEL

Als Sybil sich dreißig Minuten später auf den Weg zum Podium macht, um mit der Auktion zu beginnen, bin ich immer noch wie in Trance. Ich versuche, nicht darüber nachzudenken, dass Henry abgereist ist, aber es fällt mir schwer, an etwas anderes zu denken. Nachdem Anya mir die Neuigkeiten erzählt hat, habe ich mein Handy gecheckt, aber da waren keine Nachrichten. Ich rufe mir in Erinnerung, dass ich immer gewusst habe, dass unsere Beziehung zu nichts führen kann. Trotzdem hätte ich nicht erwartet, dass er geht, ohne auf Wiedersehen zu sagen. Ich schätze, ein Teil von mir hat geglaubt, wir könnten die Hindernisse in unserem Weg irgendwie überwinden, von der Straße flitzen, bevor wir die Sackgasse erreichen. Ich hatte gehofft, wir würden unsere eigene Straßenkarte erstellen.

Auf dem Podium bedankt Sybil sich bei den Jacobsens dafür, dass sie die Gala veranstalten. „Und ich danke euch allen hier im Raum für eure fortwährende Unterstützung von SuperMutt Rescue“, fährt sie fort. Ihre Stimme ist genauso klar und einnehmend, wie ich sie mir vorgestellt hatte, ob nun mit oder ohne Extra-Lautsprecher. „Euretwegen haben wir alleine dieses Jahr schon sechzehn Hunde an ihr endgültiges Zuhause vermitteln können, und über dreihundert Hunde, seitdem ich die Organisation vor sieben Jahren gegründet habe. Über *dreihundert Hunde!*“ Selbst von meinem Standort im hinteren Bereich der Menge sehe ich, dass Sybils Augen feucht schimmern. Ihr normalerweise lautes Lachen ist ein wenig zittrig. „Es sieht so aus, als hätten wir bereits den Teil des Abends erreicht, an dem ich emotional werde. Wow! Wie lange habe ich dafür gebraucht? Zwanzig, dreißig Sekunden? Das ist ein neuer Rekord!“

Der Raum füllt sich mit dem behaglichen Geräusch von zweihundert Leuten, die in einem guten Zweck vereint sind und gemeinsam lachen. „Wir lieben dich, Sybil!“, ruft jemand und ein anderer gleich hinterher: „Hört! Hört!“ Eine Frau an der Bühne reicht Sybil ein Taschentuch, das diese mit einem selbstironischen Schulterzucken annimmt. Sie tupft sich die Tränen ab und tut so, als wringe sie das Taschentuch aus. Erneut brandet Gelächter im Raum auf.

„Wie auch immer“, sagt sie. „Es ist leicht, ohne viel nachzudenken mit Zahlen um sich zu werfen, aber ich hoffe, dass ihr alle kurz innehaltet und das von jedem Blickwinkel aus betrachtet. *Dreihundert Hunde.* Dreihundert *Familien*, Erwachsene und Kinder, deren Leben sich vor Liebe geweitet hat, weil sie einen geretteten Hund in ihrem Zuhause willkommen geheißen haben. Und das alles nur dank euch. Das Geld, das wir heute Abend und das Jahr über sammeln, wird für das Futter der Hunde benötigt, denen unsere Pflegefamilien vorübergehend ein Zuhause geben, für die Präventivmaßnahmen für alle Hunde, einschließlich unseres wichtigen Kastrationsprogramms, für die Tierarztrechnungen von kranken und alten Hunden, und natürlich für die Impfungen von jedem bezaubernden Welpen, den ich in die Finger bekomme. Jeder, der je Zeuge werden durfte, wie ein geretteter Hund das erste Mal seinen Menschen trifft – oder der in die Augen eines geretteten Hundes geschaut und gespürt hat, wie die Liebe sich in ihm ausbreitet, das Wissen, dass man den ersten Schritt auf einer wundervollen Reise mit einem neuen besten Freund gemacht hat –, weiß um die wirklich große Bedeutung unserer Arbeit. Ich gebe gerne zu, dass diese Hunde nicht perfekt sind. Einige haben Geschmack an Sofabeinen gefunden. Andere erkennen den Postboten schon auf zwei Meilen gegen den Wind und hören nicht auf zu bellen, bis der arme Kerl ein oder zwei Blocks in die andere Richtung verschwunden ist. Einige beanspruchen das Bett für sich und schnarchen so laut, dass man aufwacht, weil man denkt, es wäre ein Erdbeben." Sybil hält inne und hebt eine Augenbraue. „Okay, das Letzte könnte auch mein Exmann gewesen sein."

Wir fressen ihr bereits alle lachend aus der Hand.

„Diese Hunde sind nicht perfekt, aber hier kommt das Tolle, Leute." Sie beugt sich jetzt vor und sagt ganz leise, als enthülle sie ein Geheimnis: „*Wir sind auch nicht perfekt.* Und diese Hunde lieben uns trotz unserer Fehler und Makel. Sie schauen uns an, als wären wir die tollsten Lebewesen auf Erden, oder nicht? Also ja, wir helfen ihnen, aber jeder, der jemals einen Hund gerettet hat, weiß, dass das, was wir für diese Tiere tun, nur ein Tropfen auf dem heißen Stein ist gegen das, was sie für uns tun. Ich bin so dankbar, dass ihr alle eure Herzen und Häuser und – ihr wisst, was jetzt kommt, oder? – Brieftaschen für die Hunde von SuperMutt öffnet, die es verdient haben. Mal sehen …", sie tut so, als studiere sie einen Zettel und hake eine Liste ab. „Ich habe gelacht, ich habe geweint, ich habe über Hunde gesprochen. Sieht so aus, als wäre es Zeit für die Auktion!"

Sie schirmt ihre Augen mit einer Hand ab und lässt den Blick über den Raum schweifen. „Maggie Brennan! Maggie, wo bist du? Heb deine Hand."

Widerstrebend hebe ich meinen Arm.

„Da ist sie ja! Okay, Leute, dieser nächste Teil des Abends ist nur dank Maggies harter Arbeit möglich. Maggie ist Trauerberaterin für Haustierbesitzer – sie führt ihre eigene Praxis, ihr könnt sie googeln –, und trotzdem hat sie im Laufe der letzten Monate die Zeit gefunden, alle Spenden für die heutige Auktion auf die Beine zu stellen. Ohne Zweifel ist das die beeindruckendste Ansammlung von Spenden, die wir je erhalten haben. Danke dir, liebste Maggie!"

Es gibt einen höflichen Applaus und ein paar lächelnde Gesichter drehen sich zu mir um. Ich winke kurz und spüre, wie meine Wangen heiß werden.

Es ist faszinierend, Sybil bei der Auktion zu beobachten. Sie zeigt und ruft und rattert die Zahlen in einem Tempo herunter, das die Menge vor Lachen und Aufregung zittern lässt. Ein kleiner Funke scheint jedes Mal in Sybils Augen aufzuleuchten, wenn ein Gebot überboten wird, auch wenn es vielleicht nur das Licht ist, das von ihren Strasssteinen abstrahlt.

„Und jetzt", sagt sie, „haben wir eine wundervolle Fotosession mit der begabten Fotografin Anya Ravenhurst. Wie einige von euch wissen, war Anya so nett, uns ihre Dienste für den heutigen Abend zur Verfügung zu stellen. In den letzten Wochen hat sie in der ganzen Stadt die Hunde fotografiert, die heute versteigert werden. Das Ergebnis ist diese wundervolle Fotoserie, die diesen Raum heute Abend schmückt." Sie zeigt auf die Wand ihr gegenüber, und mir kommt es so vor, als wenn jeder Kopf im Raum sich umdreht, um die Fotos zu betrachten. Ein bewunderndes Murmeln erhebt sich. „Keine Sorge. Ich werde die stille Auktion für die Hunde eröffnen, sobald wir mit diesem Teil der Auktion fertig sind – aber findet ihr nicht, dass Anya jetzt einen Riesenapplaus für ihre Arbeit verdient hat?"

Applaus brandet auf. Neben mir verschränkt Anya ihre Arme vor der Brust und tippt nervös mit ihren Stiefeln auf den Boden, aber ich sehe, dass sie sich freut.

Sybil beginnt mit der Auktion von Anyas Fotosession, und die Gebote schnellen in die Höhe. Von einhundert zu fünfhundert Dollar, zu siebenhundert, neunhundert, und landen schließlich bei tausend Dollar. Sybil lässt ihren (mit Strasssteinen verzierten) Hammer niedersausen, und Huan und ich jubeln. Anya hat die Arme immer noch verschränkt, aber sie scheint ein wenig aufrechter zu stehen, als Sybil sich dem nächsten Artikel zuwendet. Huan schaut sie bewundernd an, und dann, als könnte er nicht länger an sich halten, packt er ihre Hand und küsst sie. Anya errötet lächelnd und zuckt mit den Schultern.

Etwas zieht sich in meiner Kehle zusammen, und ich spüre, dass mein Herz anfängt zu rasen. Ich drehe den Kopf, um zu sehen, ob der Weg zur Tür frei ist, sollte ich aus dem Raum stürzen müssen. Aber mein Atem geht gleichmäßig, wie mir auffällt. Ich habe nicht das Gefühl, als würde ich sterben oder verrückt werden oder Gefahr laufen, ohnmächtig zu werden. Mir fehlt einfach nur Henry. Ich wünschte, er wäre auch hier. Ich wünschte, ich hätte sehen können, wie sein attraktives ernstes Gesicht sich zu einem stolzen Grinsen verzieht, während er Anyas Erfolg miterlebt. Ich wünschte, dass Dinge nicht enden müssten. Das ist alles. Mein Herz rast nur, weil ich Henry vermisse.

„Das nächste Objekt“, sagt Sybil, „ist ein umwerfendes, mit Diamanten besetztes Tennisarmband …“

Ich glaube, hinter mir einen Mann meinen Namen sagen zu hören, aber als ich mich umdrehe, sehe ich nur dieselben Leute, die schon seit Beginn der Auktion hinter mir stehen. Ich drehe mich wieder zu Sybil um.

„… konfliktfreie Diamanten in einer Platinfassung …“

„Maggie.“

Ich wirbele herum, und da ist Henry. Bevor ich überhaupt weiß, was ich tue, werfe ich mich in seine Arme. „Anya hat gesagt, dass du abgereist bist!"

Er schüttelt den Kopf. „Ohne mich von dir zu verabschieden? Das würde ich niemals tun. Es hat eine Planänderung gegeben, und ich dachte, ich müsste heute weg, aber ..." Seine Stimme verebbt. Er hält meine Hand und lächelt beinahe schüchtern. „Du siehst wunderschön aus, Maggie."

Anya erblickt ihren Bruder. „Henry! Was machst du hier?"

Als er Anya sieht, verändert sich etwas in Henrys Miene, doch ich kann es nicht deuten. „Anya, du musst mit mir rauskommen. Ihr alle." Ohne noch etwas zu sagen, dreht er sich um und geht zur Tür. Anya, Huan und ich schauen einander verwirrt an, dann folgen wir ihm durch die Menge.

„Was ist los?", frage ich leise, als ich ihn eingeholt habe.

„Heute Nachmittag, als ich auf dem Weg zu deiner Wohnung war, um dich wissen zu lassen, dass ich heute Abend nach Los Angeles fliegen muss, habe ich beschlossen, bei Clive und Terrence vorbeizuschauen, um sie wegen Billy zu fragen. Ich hatte es dir versprochen, und es fühlte sich nicht richtig an abzureisen, ohne es zu tun." Als wir nach draußen gehen, verstummt Henry.

Auf dem Bürgersteig vor dem Haus stehen Clive und Terrence. Clive lächelt breit. Terrence hingegen sieht aus, als würde er jeden Moment ohnmächtig. Seine Augen sind blutunterlaufen, und seine Haut hat einen gelben Stich.

An Terrence' Seite zerrt ein zerzaust aussehender, ziemlich mopsiger Hund an einer Leine.

„Billy!", schreit Anya. Der Hund springt vor. Terrence entgleitet das Leinenende, doch das macht nichts. Anya und Billy rennen aufeinander zu und kollidieren in einer

Umarmung, als Anya auf die Knie sinkt. Billy windet sich fröhlich in ihren Armen, leckt ihr über den Hals und das Gesicht. Der Hund sieht dick und glücklich aus, eher so, als hätte er die letzten zwei Monate damit verbracht, sich durch Italien zu fressen, als einsam durch die Straßen von San Francisco zu wandern. Er springt auf die Hinterbeine und stemmt die Pfoten gegen Anyas Schultern. Sie fällt lachend auf den Rücken.

Ich beobachte ihre Wiedervereinigung mit einer Mischung aus Schock und Freude – und, wie ich zugeben muss, einem winzigen Hauch von Eifersucht. Mir steigen die Tränen in die Augen. Henry legt einen Arm um mich und zieht mich an seine Brust.

„Ich verstehe das nicht“, flüstere ich. „Hatten sie etwas mit Billys Verschwinden zu tun?“ Bevor er antworten kann, steht Anya auf.

Terrence hat seine Hände tief in die Taschen seiner Hose geschoben. Tränen rollen über seine Wangen. „Anya“, sagt er mit gepresster zittriger Stimme.

Anyas Augen weiten sich, als sie seine Miene liest. „*Du* hast Billy gestohlen?“

„Ich … ich …“, stottert Terrence mit zitternden Lippen. Er senkt den Blick zu Boden und nickt.

Ich sehe, dass Anya ihre Hände zu Fäusten ballt. „Was, zum Teufel, Terrence …? Warum?“

Er knetet seine Hände und schaut überall hin, nur nicht zu seiner Schwester. „Das ist … das ist kompliziert. Mein Geschäft läuft nicht gut. Ich werde die Läden an der East Bay schließen müssen. Vielleicht auch das in San Francisco. Wenn sich nicht etwas ändert, werde ich Insolvenz anmelden müssen. Ich werde das Haus verlieren. Die Schule der Kinder. Laura …“ Er unterdrückt einen Schluchzer.

„Du wirst dich ein wenig mehr anstrengen müssen", sagt Henry streng. „Erzähl Anya alles."

Terrence nickt. Er wischt sich mit dem Handrücken die Tränen ab und atmet tief durch. „Du bist Rosies Erbin, Anya. Nach ihrem Tod geht das Haus an dich." Seine Stimme wird leise. „Es ist Millionen wert."

Anya sinkt neben Billy zu Boden und schlingt ihre Arme um ihn. „Was hat das mit Billy zu tun?"

„Nun, du weißt, dass wir – Henry, Clive und ich – uns schon sehr lange um Rosie und dich kümmern. Ich meine … finanziell. Und das habe ich immer gern getan. Du bist meine Schwester! Rosie ist meine Großmutter. Aber in letzter Zeit … mein Geschäft … alles fällt auseinander. Ich habe immer öfter gedacht: Wie soll Anya sich um das Haus kümmern, wenn Rosie einmal nicht mehr ist? Du kannst dich ja nicht mal um dich selbst kümmern. Und was willst du überhaupt mit einem so großen Haus?"

Ich bin überrascht, dass Anya keine Anstalten macht, ihm zu widersprechen; es ist beinahe, als höre sie ihm nur halb zu. Während sie immer leiser, ruhiger wird, wird Terrence immer aufgewühlter.

„Aber Rosie wird ihr Testament niemals ändern! Das Haus geht an dich." Eine fette Träne rollt über seine Wange. Er sinkt auf die Knie und nimmt unbehaglich die freie Hand seiner Schwester. „Ich bin nicht stolz auf das, was ich getan habe, Anya. Zu meiner Entschuldigung kann ich nur sagen, dass ich verzweifelt war. Ich war verrückt vor Sorge darüber, was mit meiner Familie geschehen würde, wenn ich pleitegehe, und ich wurde immer wütender und wütender, wenn ich an das große teure Haus dachte, das dort steht und um dich herum zerfällt, während meine Familie ihr Haus verliert." Er schluckt. „Also habe ich Billy mitgenommen.

Ich wusste, er bedeutet dir alles, und außerdem war ich verzweifelt und hatte Angst und habe nicht klar gedacht. Ich wusste, du würdest durchdrehen auf der Suche nach ihm. Ich dachte, das wäre der einzige Weg, Rosie zu zeigen, dass du nicht in der Lage bist, ihren Nachlass zu verwalten. Ich dachte, ich könnte sie so dazu bringen, ihr Testament zu ändern. Wenn sie mir stattdessen das Haus überließe, könnte ich es verkaufen und mich aus diesem Loch ziehen."

Anya entzieht Terrence ihre Hand und starrt ihn an. „Das war also ein zweiteiliger Plan? Erst werde ich verrückt, und dann stirbt Rosie?"

Terrence lässt den Kopf hängen, und seine Schultern fangen an zu beben. „Nein", murmelt er. „Nicht sterben … nur ins Hospiz gehen …"

„Oh, puh", sagt Anya sarkastisch. „Und für eine Sekunde habe ich schon gedacht, du wärst wirklich durchgedreht, Terrence."

Er stöhnt. „Ich weiß nicht, was ich mir dabei gedacht habe! Ich meine, ich weiß es schon – ich habe an mich und Laura und die Kinder gedacht. Aber ich hätte auch an dich denken sollen. Es tut mir leid. Was auch immer es dir bedeutet, ich wollte dir Billy zurückgeben, sobald ich Rosie davon überzeugt hatte, ihr Testament zu ändern. Ich wollte dir erzählen, dass ich ihn gefunden habe."

„Was für ein Held", wirft Clive ein.

„Und was ist mit dir?" Anya wirbelt herum und schaut Clive an. „Welche Rolle spielst du in alldem?"

„Den ignoranten Unschuldigen!", sagt Clive fröhlich. Dann funkelt er Terrence an. „Und jetzt den wütenden Bruder. Ich habe Terrence bereits gesagt, dass er für die nächsten zehn Jahre beim Sonntagsfrühstück Koch- und Spüldienst hat."

„Was machst du dann hier?“, fragt Anya ihn.

Clive schaut sie verletzt an. „Ich bin für dich da, Anya.“ Er zuckt mit den Schultern. „Ich werde immer für dich da sein.“

Anya schenkt ihm ein kleines blitzschnelles Lächeln, und er erwidert es. Terrence’ blutunterlaufene Augen blicken zwischen den beiden hin und her, und dann stößt er ein weiteres gequältes Stöhnen aus. Anya sieht ihn an und verdreht die Augen. Sie wühlt in den Taschen ihres Smokings und zieht schließlich ein fadenscheiniges Taschentuch heraus.

„Das gehört Rosie“, sagt sie und reicht es Terrence. „Also weiß ich nicht, ob dein Gewissen es dir erlaubt, es zu benutzen.“

Terrence nimmt das Taschentuch, scheint aber nicht zu wissen, was er damit anstellen soll. Er starrt es an und blinzelt. Ein paar Tränen klammern sich zitternd an seinen riesigen Walrossbart. Anya seufzt, schnappt sich das Taschentuch und wischt brutal unter seinen Augen entlang und über seinen Schnurrbart. Terrence lässt es ganz still über sich ergehen, als warte er darauf, dass der Hammer fällt. Anya stopft das feuchte Taschentuch in ihre Tasche zurück.

„Du bist ein Idiot“, sagt sie zu ihrem Bruder. „Das weißt du doch wohl, oder? Warum hast du mich nicht einfach gefragt?“

„W…was meinst du?“

„Was zum Teufel soll ich mit diesem großen Haus? Ich glaube nicht, dass ich da überhaupt wohnen könnte, wenn Rosie eines Tages nicht mehr da ist. Und ich habe viel zu viel damit zu tun, im Rahmenladen zu arbeiten und meine Karriere als Fotografin anzuschieben und Kurse am College zu belegen und SuperMutt zu unterstützen, um mich darum zu kümmern. Wenn du mich gefragt hättest, hätte ich es dir einfach gegeben."

Terrence wird ganz blass und sinkt auf seine Fersen. „Wirklich?"

Anya zuckt mit den Schultern. „Rosie hätte das bestimmt auch gemacht, wenn du sie nur gefragt hättest. Du bist in ihrer Gegenwart immer so gehemmt. Aber du bist ihr Enkel. Sie hätte dir geholfen."

Es sind die klopfenden Herzen, denke ich.

Anya tätschelt Billys Seite, und sofort lässt er sich fallen, dreht sich auf den Rücken und zappelt vor Vergnügen unter ihren Streicheleinheiten. Anya grinst. Es ist, als hätte sie den Verrat ihres Bruders schon wieder vollkommen vergessen. Das Einzige, worauf sie sich konzentrieren kann, ist Billy. „Wie bist du so fett geworden?", fragt sie ihren Hund.

„Die Kinder", sagt Terrence verlegen. Er streckt eine Hand aus, um Billy zu streicheln, aber dann scheint er es sich anders zu überlegen und legt seine Hand in seinen Schoß. „Er schläft in Masons Bett, und Sophie füttert ihn alle fünf Minuten mit Leckerchen. Sie haben schon immer einen Hund haben wollen. Ich schäme mich, es zu sagen, aber für sie war es der Himmel auf Erden. Ich habe ihnen immer gesagt, dass sie ihm zu viel zu fressen geben, aber sie lieben ihn. Deshalb habe ich die Kinder auch in letzter Zeit nicht mehr mitgebracht – ich hatte Angst, sie würden dir sagen, dass Billy bei uns ist. Ich habe ihnen – und Laura – gesagt, dass du uns gebeten hast, eine Weile auf ihn aufzupassen."

„Was wolltest du tun, wenn sie irgendwann Anya oder einen von uns getroffen hätten?", fragt Henry. „Hattest du keine Angst, sie würden uns erzählen, dass Billy die ganze Zeit bei euch war?"

Terrence blinzelt. „Ich ... ich weiß es nicht", gibt er zu und wird noch ein wenig roter.

„Diabolisches Superhirn", murmelt Anya. Ich meine, einen Anflug von Mitleid in ihrer Stimme zu hören. Sie betastet Billys Halsband. Auf einem türkisfarbenen Hintergrund fängt eine Reihe von fluoreszierenden pinkfarbenen Herzen das Licht auf, das aus den Fenstern der Villa der Jacobsens fällt. „Was soll dieses grässliche Ding?"

„Ein Geschenk von Sophie. Sie hat ihr ganzes Taschengeld in der Tierhandlung bei uns um die Ecke ausgegeben. Sie hat auf eine neue Puppe gespart, aber dann meinte sie, dass sie lieber Billy ein neues Halsband kaufen will."

Um Anyas Lippen zuckt es. „Also ist sie kein Arschloch wie ihr Dad."

„Ich schätze, ich habe den gesamten Arschlochvorrat der Familie aufgebraucht. Da ist nichts mehr übrig."

„Nicht mal für Clive?" Anya nickt in Richtung ihres Bruders.

„Clive hat seinen Teil bei der Geburt abbekommen."

„Aber selbst ich", sagt Clive, „ziehe eine Grenze, wenn es um Hundeentführung geht, liebster Bruder."

Terrence' Schultern sacken erneut herunter, in seinen Augen schimmert die Scham. Anya steht auf. Neben ihr springt Billy auf die Beine und schüttelt sich. Anya streckt Terrence ihre Hand hin, und er nimmt sie und rappelt sich auf.

„Ich werde mit Rosie sprechen", sagt Anya. „Vielleicht können wir das Haus verkaufen und ausreichend Geld zurücklegen, um eine Pflegerin und Rosies Arztrechnungen bezahlen zu können. Wir sind rollende Steine, Rosie und ich. Wir brauchen nicht viel."

Terrence schüttelt den Kopf. „Ich … ich weiß nicht, was ich sagen soll, Anya. Ich werde mich immer darum kümmern, dass du gut versorgt bist.“

Anya lacht scharf auf. „Danke, aber nein, Terrence. Ich würde sagen, deine Instinkte als großer Bruder sind dieser Tage etwas fragwürdig. Wie auch immer, ich mache mir keine Sorgen. Ich bin jetzt eine Firmeninhaberin. Meine Fotosessions für Hunde gehen für tausend Dollar das Stück über den Ladentisch.“ Sie nimmt Billys Leine, obwohl ganz klar ist, dass er ihr auch ohne sie nicht von der Seite weichen wird. Anya hatte natürlich recht; es ist schwer, sich vorzustellen, dass ein Hund wie Billy auch nur das geringste Interesse daran haben könnte wegzulaufen. Er schaut mit konzentriertem Fokus zu ihr auf; ich glaube nicht, dass er sie jemals wieder aus den Augen lassen wird – und umgekehrt.

„Maggie, darf ich dir Billy vorstellen?“, sagt Anya und dreht sich zu mir um. In ihrer Stimme liegt nur ein leichter Unterton von „Ich hab’s dir doch gesagt“.

Ich beuge mich vor, um seinen Kopf zu streicheln, und spüre sein drahtiges Fell unter meiner Handfläche. Mit seinen aufmerksamen, glänzenden schwarzen Augen und dem weißen Fell sieht er Albert Einstein wirklich verdammt ähnlich. „Willkommen zurück, Billy. Endlich bist du wieder da.“

„Ich denke, wir gehen jetzt nach Hause“, sagt Anya. „Außer du glaubst, dass Sybil mich noch für irgendetwas braucht.“

Ich schüttle den Kopf. „Ich bin sicher, sie möchte, dass du deine Wiedervereinigung genießt.“

Anya wirft Huan einen Blick zu, und sofort tritt er einen Schritt vor. „Ich hole das Auto“, sagt er, rührt sich dann aber nicht. Ich habe das Gefühl, er will sichergehen, dass Anya ihn jetzt nicht abschiebt, wo Billy zurückgekehrt ist.

„Du bist nicht mein Chauffeur, Huan. Du musst mich nicht hier abholen. Billy und ich gehen mit dir."

Huan grinst.

„Also ist zwischen uns … alles okay, Anya?", fragt Terrence.

Sie mustert ihn unter zusammengezogenen Brauen und tippt langsam mit dem Zeigefinger gegen ihre Lippen. „Sophie und Mason lieben Hunde, hm?"

Terrence nickt, als hätte er Angst, eine verbale Antwort würde ihn in eine Falle tappen lassen.

„Tja, offensichtlich können sie Billy nicht haben. Sie werden todunglücklich sein, oder?"

Wieder nickt Terrence kaum sichtbar.

„Und es würde ihre Trauer noch verstärken, wenn sie wüssten, dass ihr Dad ein Hundedieb ist, hm? Ein abscheulicher Soziopath, der entschlossen ist, ihrer Urgroßmutter zu beweisen, dass ihre Tante ein Fall für die Klapsmühle ist?"

Terrence zuckt zusammen. „Anya …"

„Lass mich ausreden", unterbricht sie ihn scharf. „SuperMutt, die Hunderettungsorganisation, bei der Maggie und ich ehrenamtlich helfen, hat viele großartige Hunde in Pflegefamilien, die ein gutes endgültiges Zuhause mit liebevollen Kindern suchen."

Terrence atmet tief durch und streicht sich mit der Hand übers Gesicht. „Ah", sagt er. „Okay. Ja. Wir werden so bald wie möglich einen Hund für die Kinder aussuchen."

„Und damit meinst du", sagt Anya geschmeidig, „morgen, nehme ich an?"

Terrence blinzelt. Er schaut zu Henry, der mit steinerner Miene nickt.

„Ja“, sagt Terrence leise. „Natürlich. Wir werden morgen einen Hund zu uns nehmen. Die Kinder werden begeistert sein.“

„Tja, erwarte aber keine Medaillen“, sagt Anya trocken. „Außerdem ist es nicht nur wegen der Kinder. Du stehst ganz eindeutig stark unter Stress. Ein eigener Hund wird gut für dich sein.“ Sie wirft mir einen Blick zu. „Eine sehr kluge Lady hat mir mal gesagt, auf manche Menschen – und vielleicht sogar auf einen Verrückten wie dich, Terrence – haben Hunde die gleiche Wirkung wie Prozac.“

Clive lacht schallend auf.

Anya wendet sich an Henry. „Danke, dass du mir Billy zurückgebracht hast.“

„Du hattest die ganze Zeit über recht“, sagt Henry. „Genau wie Mom. ‚Hoff auf die Sonne.‘“

In Anyas Augen schwimmen Tränen. Sie hebt ihre linke Hand, die ohne das Kamera-Tattoo. „Vielleicht lasse ich mir das hierhin tätowieren.“ Sie streicht mit dem Finger über ihren Handrücken. „Hoff auf die Sonne.“

Als Henry, offensichtlich verstört von der Vorstellung, anfängt zu stammeln, mischt Clive sich ein. „Ich glaube, es ergibt mehr Sinn, Moms Spruch auf Terrence’ Handrücken tätowieren zu lassen.“

Terrence wird ganz blass.

Anya lacht. „Wie auch immer, danke, Henry. Wenn du nicht jede Sekunde nach Los Angeles ziehen würdest, würde ich anbieten, dir Frühstück zu machen. Die angebrannten Rühreier, die du so liebst.“

Henry lächelt. „Lass uns morgen reden, okay? Es gibt so viel, das ich dir erzählen muss. Aber in der Zwischenzeit sollst du wissen, dass es Maggie war, die darauf bestanden hat, dass ich mit Terrence rede. Sie ist es, die deinen Dank verdient."

„Danke, Maggie", sagt Anya. „Wirklich. Für alles."

„Ich danke dir", erwidere ich.

Sie nickt, dreht sich um und fängt an, die Straße hinunterzugehen. Nach ein paar Schritten wirbelt sie auf einmal herum und rennt zu mir zurück. Billy hüpft neben ihr her. Bevor ich weiß, wie mir geschieht, schlingt sie ihre dünnen Arme mit überraschender Kraft um mich.

„Lass uns weiter zusammen spazieren gehen, okay?", sagt sie. „Ich muss Billy die Extrakilos abtrainieren. Er sieht aus wie ein zu prall gefülltes Würstchen." Sie senkt ihre Stimme zu einem Flüstern. „Und vergiss nicht, was ich darüber gesagt habe, dass ein Hund deine Rettungsweste sein kann."

Ich nicke. Sie kehrt zu Huan zurück, und zu dritt marschieren sie die Straße hinunter. Henry legt seinen Arm um mich und lächelt. Ich tupfe mir die Augen ab und lache leise auf.

„Ich rufe mir ein Taxi", sagt Terrence schwach. „Ich schätze, ich werde den Abend damit verbringen, auf der SuperMutt-Seite zu surfen."

„Gucken Sie sich mal Sally an", sage ich und denke an die süße Hündin mit den Lefzen, die sich zu einem Grinsen verziehen können, und den Ohren wie von einer fliegenden Nonne. „Ihre Pflegefamilie sagt, dass sie super mit Kindern ist."

Er nickt und zieht sein Handy raus.

„Bist du sicher, dass du nicht lieber den Bus nehmen solltest?", fragt Clive ihn. „Der ist wesentlich billiger als ein Taxi." Terrence' Schultern sacken zusammen, und Clive klopft ihm lachend auf den Rücken. „Okay. Ich fahre dich nach Hause, du trauriger Trottel. Mein Auto steht um die Ecke."

„Willst du zurück auf die Party gehen?", fragt Henry.

Ich nicke. „Die sollte bald vorbei sein, und ich habe Sybil versprochen, beim Aufräumen zu helfen." Ich drehe mich zum Haus um und traue mich nicht, Henry anzusehen. „Ich schätze, du musst deinen Flieger kriegen."

„Nein. Ich habe umgebucht und fliege erst morgen früh."

„Oh."

Meine Zurückhaltung scheint Henry zu verwirren, aber ich bin nicht sicher, wie viel Enthusiasmus ich in diesem Moment aufbringen kann. Wie sehr ich mich darüber freuen soll, dass er weitere ... neun, zehn Stunden bleibt?

„Tja", sagt er langsam. „Das war ein langer Tag. Ich könnte einen Drink gebrauchen."

Ich deute über meine Schulter. „Die Bar ist geöffnet. Die Eintrittskarten kosten nur hundert Dollar pro Person."

„Ein Cocktail für einhundert Dollar?" Er hebt lächelnd eine Augenbraue. „Alles für die Hunde, nehme ich an."

In dem Moment, in dem wir durch die Tür treten, fängt Sybil meinen Blick auf und winkt mich hektisch zu sich.

„Das ist Sybil, die Leiterin von SuperMutt", erkläre ich Henry. „Ich sehe mal besser nach, was los ist. Kommst du einen Moment alleine klar?"

„Lass dir Zeit. Du findest mich an der Bar, wenn du eine freie Minute hast."

Es scheint, dass einige der Auktionsgegenstände fehlen, und wir müssen sie finden, bevor die Leute, die sie ersteigert haben, nach ihrer Garderobe fragen und anfangen zu gehen. Ich verspreche Sybil, die fehlenden Gegenstände aufzutreiben und marschiere los, um mich bei den anderen Ehrenamtlichen, die an diesem Abend helfen, zu informieren. Es dauert nicht lange, bis ich erfahre, dass einer von ihnen eine Kiste in die Bibliothek im ersten Stock gebracht hat.

Als ich die Kiste hochhebe, gehe ich in Gedanken noch einmal die Ereignisse des Abends durch – meine alleinige Reise quer durch die Stadt, die Partygäste, die ich überlebt habe, die rührende Wiedervereinigung von Anya und Billy, Anyas Abschiedsworte an mich. Ich denke an Seymour, der morgen Grants und Chips Wohnung verlassen wird, um sich auf seine zögernde sorgenvolle Art in ein neues Leben aufzumachen. Ich werde ihn vielleicht nie wiedersehen. Meine Kehle schnürt sich zu.

Ich eile zurück zur Party und suche Sybil. Als ich sie gefunden habe, lade ich die Kiste bei ihr ab. „Ich werde auf Seymour bieten“, sage ich und kann nicht aufhören zu lächeln.

Sybils Augenbrauen schießen in die Höhe. „Oh, Maggie! Warum hast du mir das nicht eher gesagt? Ich habe die Auktion gerade für Gebote geschlossen. Alle Hunde sind vermittelt worden!“

Ich renne zu Seymours Foto. Darunter liegt ein Blatt Papier mit einer ganzen Reihe von Namen und Geboten. Mein Blick huscht zum unteren Ende der Seite, wo Sybil das höchste Gebot eingekreist hat.

Henry Ravenhurst.

Meine Gedanken taumeln wild durcheinander. *Henry?*

Da steht er neben mir und räuspert sich nervös.

„Ich verstehe das nicht“, sage ich. „Du willst Seymour zu dir nehmen?“

Er greift in die Innentasche seines Jacketts und holt ein Foto heraus. Es ist eines von denen, die Anya gemacht hat. Es zeigt Seymour und mich auf unserem ersten gemeinsamen Spaziergang und wurde nur Sekunden, bevor Seymour aus seinem Halsband geschlüpft ist, aufgenommen. Ich erinnere mich, wie nervös ich bei dem Spaziergang gewesen war, aber auf dem Foto lächle ich. Ich sehe glücklich aus. Seymour schaut mich mit Liebe in den Augen an.

Ich atme aus, die Schönheit des Fotos überrascht mich. Wir sehen aus wie ein Hund und sein Mensch, zwei Wesen, die beschlossen haben, so viel Zeit, wie ihnen gegeben ist, miteinander zu verbringen.

„Das Foto hat Anya mir gegeben", sagt Henry. „Sie glaubt, ihr zwei gehört zusammen, und ich muss sagen, dass ich ihr recht gebe, vor allem, wenn ich mir dieses Foto anschaue. Ich dachte, ich könnte Seymour behalten, bis du für ihn bereit bist." Ich öffne den Mund, um etwas zu sagen, aber Henry fährt einfach fort. „Weißt du, ich verstehe, dass sich erneut zu verlieben schwer ist – es ist beinahe unmöglich, nicht daran zu denken, wie es enden wird. Manchmal fühlt es sich so an, als gäbe es so viel zu verlieren, dass es schwerfällt, sich daran zu erinnern, wie viel es zu gewinnen gibt."

Ich schaue ihn an. Tränen brennen in meinen Augen. „Aber du ziehst weg."

„Ja und nein. Das wollte ich dir die ganze Zeit erzählen. Als ich den Anruf wegen des geänderten Zeitplans bekommen habe, habe ich erkannt, dass ich das einfach nicht kann – ich kann nicht nach L. A. ziehen. Zumindest nicht Vollzeit. Ich werde von Montag bis Freitag dort sein und die Versuche überwachen, aber ich werde meine Wohnung hier behalten und jedes Wochenende herkommen. Das ist viel Herumgereise, aber ich bin entschlossen, alles dafür zu tun, dass es funktioniert. Es ist sowieso nur vorübergehend. Der Versuch wird nicht länger als ein Jahr dauern."

Er legt seine Hand an meine Wange. „Ich habe dich gerade erst gefunden, Maggie. Die ganze Aloha-Sache – ich kann so etwas nicht. Ich kann nicht gleichzeitig *Hallo* und *Auf Wiedersehen* und *Ich liebe dich* sagen. Hallo und ich liebe dich – das kriege ich hin. Aber auf Wiedersehen … warum sollte ich das sagen wollen?"

Er küsst mich, und ich küsse ihn, und dann küssen wir uns noch mehr, und es ist kein Ende in Sicht.

In dieser Nacht träume ich das erste Mal seit seinem Tod von Toby. Er ist ein Aufblitzen von weichem Fell unter meinen Händen, sitzt für einen Moment neben mir und rennt dann zu schnell davon, verschwindet in einem schwarzen Blitz. Genauso, wie er für so viele gute Jahre gelaufen ist, frei von Alter und Schmerzen, ein beschwingter Galopp voller Freude und Wunder und Schönheit.

„Hallo!", rufe ich ihm in meinem Traum hinterher.

Die Worte sind noch auf meinen Lippen, als ich meinen Kopf von Henrys warmer Brust hebe und Seymour selig am Fußende des Bettes schlafen sehe. Wir haben ihn direkt nach der Gala abgeholt, weil ich wusste, dass es Grant und Chip nichts ausmachen würde, wenn wir so spät noch vorbeikommen. Er atmet jetzt tief, seine dicken Pfoten zucken auf der Decke, und so lege ich mich wieder hin und zähle seine langsamen zufriedenen Atemzüge, passe meine ihm an, bis ich wieder einschlafe.

Eins.

Zwei.

Drei …

20. KAPITEL

Ist es hier?“, fragt Henry und fährt langsamer.

„Ja.“

Wir sind über eine Stunde die Küste hinaufgefahren. Henry hat ab und zu meine Hand genommen, aber jedes Mal, wenn er das tut, schiebt Seymour, der mitten auf der Rückbank sitzt, den Kopf zwischen uns, seine Schnauze unter unsere vereinten Hände, bis wir einander loslassen und stattdessen ihn streicheln müssen. Wir tun ihm jedes Mal den Gefallen. Trotz meiner Versicherung, dass wir an einen Ort fahren, wo er Spaß haben wird, trotz des einen Spalt offen stehenden Fensters hinten, damit er schnüffeln kann, hat Seymour die ganze Fahrt über angespannt gehechelt. Wir sind immer noch dabei, einander kennenzulernen, also ist es vielleicht nicht fair anzunehmen, dass er unser Ziel mögen wird. Wenn er keine Autos mag, mag er vielleicht auch keine Strände. Wie Menschen sind auch Hunde nicht frei von Marotten.

Ich lehne meinen Kopf gegen den Sitz und denke an den Anruf, den ich am Morgen getätigt habe. Ich habe meine Mutter angerufen und hörte die Gefühle in ihrem Atem, als ich ihr erzählt habe, dass Toby tot ist, und das Lächeln, als ich ihr von Seymour berichtete. Ich habe ihr alles erzählt – die einhundert Tage in meiner Wohnung, die kleinen Angstanfälle, die ich im Laufe der Jahre hatte und von denen ich nie jemandem erzählt habe, und wie Giselle und Seymour und meine Freunde mir geholfen hatten, sie zu überwinden.

„Oh, Maggie“, hat sie gesagt. „Warum hast du mir das nicht erzählt?“

„Ich … ich wollte nicht, dass du dir Sorgen machst.“

„Das ist mein Text", erwiderte sie. „*Ich* bin die Mutter." Ich hörte, dass sie darum kämpfte, nicht zu zeigen, wie verletzt sie war. „Aber jetzt geht es dir besser? Du verlässt deine Wohnung? Jeden Tag?"

„Ja. Jeden Tag. Versprochen."

„Gut." Bei dem Wort brach ihre Stimme. Sie schwieg einen Moment, dann räusperte sie sich. „Und die Arbeit? Wie läuft die Praxis?"

„Es geht langsamer voran, als ich gehofft hatte", gab ich zu. „Aber ich überlege gerade, wie ich die Praxis erweitern kann. Ich habe mit der Leiterin von SuperMutt darüber gesprochen, einige der geretteten Hunde zu Therapiehunden auszubilden. Es gibt da draußen so viele Menschen mit Phobien und Ängsten, denen die Gesellschaft eines Hundes helfen könnte – und die Hunde würden auch davon profitieren, weil sie nicht nur ein Zuhause, sondern auch eine wichtige Aufgabe bekämen. Ich würde mit beiden arbeiten, den Menschen und den Hunden. Im Moment schaue ich mich nach einem Kurs um, wo ich mich zur Therapeutin für tiergestützte Therapie ausbilden lassen kann."

„Das klingt nach einer guten Ergänzung zu deiner Arbeit", hat Mom gesagt. „Die Bindung zwischen Mensch und Hund kann so heilsam sein."

„Warum besorgen wir dir nicht einen Hund? Nachdem ich den Kurs abgeschlossen habe, könnte ich für einen Besuch nach Philly kommen und sehen, ob es dort im Tierheim einen passenden Kandidaten gibt. Ich könnte mit euch beiden arbeiten."

Sie schwieg. Ich kannte den dunklen Vogel der Angst, der in diesem Moment seine Flügel in ihr ausbreitete; ich hatte viel zu viele Monate mit ihm gelebt.

„Mom“, sagte ich. „Du musst das nicht jetzt gleich beantworten. Versprich mir nur, dass du darüber nachdenken wirst, okay?“

„Ja“, sagte sie schließlich. „Das verspreche ich.“

Und ich habe ihr geglaubt.

Henry biegt auf den kleinen Parkplatz ein. Nach Norden und Süden erstrecken sich aufsteigende Klippen, die zu einer Reihe sandiger Buchten führen. Selbst vom Auto aus können wir das Rauschen des Meeres hören, dessen Wellen sich am Strand brechen. Trotz des asphaltierten Parkplatzes handelt es sich um wilde Strände mit steilen gewundenen Pfaden und mächtigen Wellen. Ich atme tief durch, öffne meine Tür und hänge mir meine Tasche über die Schulter.

Seymour springt vom Rücksitz und schnüffelt in der Luft. Er ist jetzt ganz aufgeregt, sein Schwanz wedelt, und seine Augen strahlen. Er erblickt den Weg, der zum Strand hinunterführt, zieht an der Leine und fängt seinen lustigen Sambatanz an, den er immer macht, wenn er glücklich ist, wie ich inzwischen weiß. Seine Schwanzspitze zittert.

Los, gehen wir! scheinen seine Augen zu sagen. *Worauf warten wir noch?*

Kieselsteine spritzen unter unseren Füßen auf, als wir den Weg hinuntergehen. Hinter mir kommt Henry ins Rutschen und stürzt. Ich drehe mich um und strecke ihm meine Hand hin, aber anstatt sich von mir hochziehen zu lassen, zieht er mich zu sich herunter. Er schlingt seine Arme um mich und küsst mich volle zwei Sekunden, bevor Seymour auf uns raufklettert, unsere Gesichter abschleckt und an unseren Hälsen schnüffelt. Lachend zerzaust Henry ihm das Fell.

Sobald wir am Strand unten angekommen sind, drückt Henry meine Hand und geht mit Seymour los, um eine Reihe Felsen am Rand der Bucht zu untersuchen. Ich gehe zum schaumigen Wasser hinunter, ziehe meine Schuhe aus, setze mich und vergrabe die Füße im nassen Sand. Dann hole ich die Schachtel mit Tobys Asche aus meiner Tasche. Das hier ist genau der Platz, an dem er vor so vielen Monaten gelegen und mit so uncharakteristischer Ruhe auf das Meer hinausgeschaut hat. Ich halte die Schachtel, die warm vom Fußboden im Auto ist, in meinem Schoß. Die Sonne funkelt grell auf dem Wasser, aber ich hole nicht meine Sonnenbrille heraus. Ich will das alles sehen, will es alles fühlen – ich habe erkannt: Wenn man sich zu sehr damit beschäftigt, sich zu schützen, riskiert man, die Schönheit eines jeden Tages zu verpassen.

Jedes Mal, wenn das Meer sich zurückzieht, höre ich Henry unbefangen mit Seymour reden und ihn ermuntern, alles zu untersuchen. Das erinnert mich an meine Theorie, dass man immer den richtigen Hund für jede Phase seines Lebens bekommt. Und wenn man Glück hat, denke ich, bekommt man vielleicht auch den richtigen Mann.

Ich schaue aufs Meer hinaus und vermisse Toby. Er war ein guter Hund, er hat mein Leben verändert und mir geholfen, der Mensch zu werden, der ich jetzt bin. Ihn zu verlieren fühlte sich an, wie ein Stück von mir zu verlieren. Aber es ist an der Zeit, nach vorn zu schauen, weiterzulaufen – und laufen war immerhin das, was Toby am besten konnte. Und was er mir beigebracht hat.

Ich werde Tobys Asche nicht in den Wellen verstreuen, wie ich es ursprünglich vorgehabt habe. Ich kann das einfach nicht. Ich bin hergekommen, um Henry und Seymour den Strand zu zeigen, den Toby und ich geliebt haben. Und ich bin hergekommen, um Tobys Tod in einer stillen Zeremonie zu gedenken. Nicht, weil es das letzte Mal ist, dass ich an ihn denken werde, sondern einfach, weil ich ihn liebe.

Ich erinnere mich noch so genau daran, wie Toby ausgesehen hat, als er an jenem Tag an diesem Strand lag, dass es sich beinahe anfühlt, als könnte ich ihn immer noch an meiner Seite sehen, wie er aufs Meer schaut und nachdenkt über … wer weiß das schon? Die Schönheit und den Frieden und die Macht der Natur? All die Jahres seines Lebens, die dazu geführt haben, dass er sich an diesem atemberaubenden Strand in Kalifornien wiederfand, einschließlich der wie auch immer gearteten Schmerzen und Freuden des ersten mysteriösen Jahrs seines Lebens? Den kurzen Zeitabschnitt, der noch vor ihm lag? Den Fisch, den er fressen würde, wenn er ihn nur in die Pfoten bekäme?

Ich lächle, verloren in glücklichen Geschichten, und erinnere mich.

Auf dem Rückweg nach San Francisco folgt das Auto den Kurven der Küste. Henry und ich öffnen unsere Fenster und lassen die kühle salzige Luft hinein. Seymour, der endlich müde ist, liegt zusammengerollt in einer Ecke der Rückbank. Ab und zu strecke ich meine Hand aus, um seine weiche warme Flanke zu streicheln.

Wir überqueren die Golden Gate Bridge und fahren durch die Stadt. Als wir Cole Valley erreichen, fährt Henry weiter.

„Wo fahren wir hin?“, frage ich.

„Das wirst du schon sehen.“

Wir folgen der gewundenen Straße die Twin Peaks hinauf. Unter uns breitet sich die Stadt aus, ihre Gebäude und Straßen schrumpfen immer mehr. Mit jeder Kurve ragt der

Sutro Tower größer über uns auf. Auf der Spitze des Hügels angekommen, stellt Henry den Wagen ab. Seymour springt auf dem Rücksitz auf und hechelt.

Ich schaue zu dem enormen Turm hinüber. „Ich weiß nicht, Henry", necke ich ihn und ziehe die Miniaturversion aus meiner Tasche. „Den echten so nah und persönlich zu sehen lässt diesen hier etwas ... mickrig wirken."

Henry tut so, als wäre er beleidigt. „Nur, dass du es weißt: Das ist die beste Sutro-Tower-Miniatur, die es auf dem Markt gibt."

Wir steigen aus, und mein Magen schlägt einen kleinen Salto, als wir uns der Mauer am Rande des Ausgucks nähern.

„Ist das okay?", fragt Henry. „Es ist normal, hier oben ein wenig Höhenangst zu empfinden. Ich glaube, das geht jedem so."

Ich nicke.

Henry zeigt auf die Market Street, die unter uns die Stadt durchschneidet und ins Stadtzentrum führt. „Und das ist die Mission", sagt er und zeigt mir, wo ich hinschauen soll. „Da gibt es ein großartiges Restaurant, in dessen Innenhof alte Filme auf eine Wand projiziert werden." Er bewegt seinen Finger ein wenig weiter, bis er auf ein Viertel zeigt, das Nob Hill heißt, und erzählt mir, dass er immer durch das Labyrinth im Hof der Grace Cathedral geht, wenn er den Kopf freikriegen muss. Er bewegt seinen Finger noch weiter und erklärt, dass der kleine schwarze Fleck in der Bucht die Fähre nach Tiburon ist, wo wir in einer Bar namens Sam's am Dock Bier trinken und Fish and Chips essen könnten.

„Dort ist es normalerweise sonnig", sagt er, „sodass wir dem Sommernebel entfliehen können."

Während ich ihm zuhöre, beruhigt sich mein Magen langsam. Ich strecke die Hand aus und tätschle Seymour. Das ist das Leben, denke ich und spüre, wie der letzte Rest meiner Angst sich auflöst. Man hofft einfach, dass die Aufregung über das Leben, das man führen könnte – das Leben, das man leben *kann* – ausreichen wird, um die kleinen Nadelstiche unserer Ängste abzumildern.

Zurück im Auto, fahren wir langsam die steile kurvige Straße hinunter und in die Stadt hinein.

„Wohin jetzt?“, fragt Henry.

Das ist genau der Satz, von dem ich mir immer vorgestellt habe, dass Toby ihn sagen würde, wenn er hätte sprechen können – der Satz, den vermutlich die meisten Hunde sagen würden, wenn sie könnten; und ihre Freude wäre übersprudelnd, ansteckend, weise. *Wohin jetzt?*

Ich schaue Henry an und denke an all die Orte, an die wir fahren könnten.

„Nach Hause?“, fragt er.

„Nein, nicht nach Hause.“ Seymour drückt seine feuchte Nase gegen meinen Hals und bringt mich so zum Lachen. „Noch nicht jetzt zumindest. Überrasch mich.“

Ich öffne alle Fenster weit und lehne mich für die Fahrt zurück.

– ENDE –

„In Touch" mit MIRA!
Das Verlagsprogramm elektronisch abrufbar
Interaktiv dabei sein: Buchbesprechungen, Gewinnspiele, Aktionen, Leseproben und vieles mehr.
Folgen Sie uns auf Twitter, Facebook, Instagram, Pinterest und google+
www.mira-taschenbuch.de
mtb
MIRA TASCHENBUCH

Band-Nr. 25912
9,99 € (D)
ISBN: 978-3-95649-281-5
576 Seiten

Susan Andersen
Reine Kuss-Sache

Mr. Perfect gibt es nicht:
Jane braucht keinen Prinzen! Sie hat alles unter Kontrolle: ihre Haare, ihren Job und die Umbauarbeiten an der Villa, die sie mit ihren besten Freundinnen Ava und Poppy geerbt hat. Bis Devlin Kavanagh in ihr Leben tritt – und sie völlig aus dem Gleichgewicht bringt. Besser einen Bogen um den heißen Playboy machen, sagt sich Jane. Aber als in ihr Haus eingebrochen wird, ist sie auf Devlins Hilfe angewiesen!

Rosarot in Seattle:
Sie liebt Männer in Uniformen! Und Jason de Sanges ist ein echtes Prachtexemplar. Der Anblick des Cops treibt den Puls der frechen Poppy in die Höhe und weckt in ihr den Wunsch rosarote Herzen an eine Wand zu sprühen. Obwohl sie findet, dass er zu den drei verurteilten jugendlichen Sprayern, die sie zusammen betreuen, ein wenig streng ist. Überhaupt scheint Jason alles viel zu ernst zu nehmen. Doch sie wird ihm den grimmigen Zug um den Mund schon wegküssen …

Band-Nr. 25902
9,99 € (D)
ISBN: 978-3-95649-271-6
eBook: 978-3-95649-521-2
384 Seiten

Anouska Knight
Weil wir zusammengehören

„Wir kriegen ein Baby!“ Amy ist überglücklich, als sie die Nachricht erhält. Nach Jahren des sehnsüchtigen Wartens dürfen sie und James endlich ein Kind adoptieren. Doch nur Tage später platzt ihr großer Traum von einer gemeinsamen Familie: In flagranti erwischt Amy ihren Mann mit einer anderen! Tief verletzt verlässt sie ihn und stürzt sich in ihre Arbeit, um den Schmerz zu vergessen. Dort lernt sie den abenteuerlustigen Rohan kennen, der es schafft, ein Fünkchen Hoffnung in ihr zu entfachen. Da gesteht James ihr, dass er sie immer noch liebt. Soll sie ihm eine zweite Chance geben – und damit auch ihrem Wunsch nach einer Familie?

**"Ich war überrascht,
wie sehr ich dieses Buch geliebt habe."**
HELLO! Daily News

"Bewegend!"
The Sun